中ボス令嬢は、
退場後の人生を謳歌する(予定)。

こ　る
K　O　R　U

一迅社文庫アイリス

CONTENTS

CHARACTER
中ボス令嬢は、退場後の人生を謳歌《おうか》する（予定）。
Mid-Boss Lady wants to enjoy second life.
アーリエラ
公爵家の令嬢で、乙女ゲームのラスボス。異世界からの転生者であるため、ラスボスを回避しようと動いているが……。
ミュール
男爵家の養女で、乙女ゲームのヒロイン。異世界からの転生者であるため、ヒロインとして行動しがちで……。
シーランド
侯爵家の子息で、レイミの婚約者。乙女ゲームの攻略対象者の一人。

レイミ
とある事故により片足を失い、乙女ゲームの中ボスになってしまう運命にある伯爵令嬢。――だったはずが、いつの間にか中身が社会人の麗美華《れみか》になったことで、超前向き思考の令嬢に変貌を遂げてしまった。目指すは、中ボスからの脱却！
バウディ
レイミの家の従者の青年。ある日からレイミの中身が違うことに気づき、以降は麗美華として接している。実は、隣国の王子で乙女ゲームの攻略対象者だったりする。

イラストレーション◆Shabon

中ボス令嬢は、退場後の人生を謳歌する（予定）。

Mid-Boss Lady wants to enjoy second life.

序章　目覚め

——じくじくと右足が痛む。

深い眠りが保てないほどの疼《うず》きに、次第に意識が浮上する。

「ぃ……っ、痛ぅ……っ」

柔らかなベッドで体を丸め、右足の痛みの元に触れようとして——一向に手が足に触れないことに気が付き、一気に意識が覚醒した。

上掛けを跳ね上げて起き上がろうとしたのに、いつものように体が動かない。まるで子供の頃に、高熱で寝込んだときのように体が重い。

いつもより暗い室内に戸惑いながら、肘《ひじ》をついて上半身を持ち上げて座り、痛みが続く右足を確認すべく上掛けをまくった。

「あれ？　どうして……ネグリジェ？　パジャマは……」

ヒラヒラとした裾から出ているのは折れそうに細い左足で、こんなの、明らかに私の足じゃない、それよりも大問題は右足だ。

ネグリジェの裾の膨らみで太ももまであるのはわかる、膝《ひざ》もある、だけどそこから先がない。

「いやいやいや。ちょっと待てよ？　なにか、根本的に、なんかおかしくない？」

ぞわぞわと背筋が寒くなる。

まさか、私が、私じゃない？　だってこれ、私の体じゃないもの。なにこの細さ、筋肉ないじゃないっ、髪もやたらと長いしっ、なにコレーっ！

──って…………夢ね、きっと。

足の痛みもうなくなってるし、これは夢だわ、よし寝よう。

違和感のある右足を敢《あ》えて無視して、上掛けを肩まで引っ張り上げて大きく息を吐き出す。

そうよ、明日も仕事だし、明日仕事に行けば三連休よ！　仕事帰りにチユキちゃんたちとケーキバイキングの予定だから、お弁当は軽くしておいたほうがいいかな。

そんな計画を立てながら寝返りを打ちかけて──右足の違和感に体が強張《こわば》る。

なんなのよもうっ！　きっとこれって悪夢よね、片足がないうえに体はガリガリで力が入らないし、なんだか無性に悲しいし！

まぁいいや、もう寝よう。明日も五時半に起きないといけないし、早く寝ないと仕事に障《さわ》る。

原因のわからない悲しさとは別の、嫌な感情がべったりと胸に乗ってくるようなこの胸くその悪さも、朝にはスッキリしてるわよね。

こんなダークな気持ちでいるのはよくないわ、きたるべき明日のケーキバイキングに焦点を合わせるべきよ。あそこのバイキングははじめてだけど、ケーキが大好きなチユキちゃん情報だと、三つ星店のパティシエがプロデュースしているから超美味《おい》しいらしいじゃない。

明日のケーキバイキングに思いを馳《は》せることで強引に気分を盛り上げて、眠りについた。

＊・＊・＊・・＊・・＊

足を失った日、『私』を彩っていた世界の色がくすんだ。

月に一度……私の右足を奪った男がやってくる。

「調子はどうだ。たまには外に出たらいいんじゃないか」

治癒の魔法で傷口は閉じたものの、まだ腫《は》れていて起き上がるのもやっとなのに、この人はどうしてそんなことを言うの。

＊　＊　＊

「散歩に出るなら、車椅子を押してやろう。家にこもってばかりいては、つまらないだろう」

粗野な彼に車椅子を押される恐怖を考えて、身震いする。

＊　＊　＊

「もう傷は治ったのだろう。主治医から聞いたが、完治しているのにいまだに痛みを訴えているそうじゃないか。勿論《もちろん》医者の費用は持つが、ありもしない痛みをでっち上げ、医師の手を煩《わずら》わせるのは賢明ではないな」

私にも、どうして失った場所が痛むのかわからない。だけど本当にまだ痛みはあるのに。

悔しい、悔しい、悔しい、悔しい、悔しい、悔しい、悔しい……。

＊　＊　＊

「医師の往診はいらないと申し出たと聞いたが――」

やっぱり痛みは嘘《うそ》だったのだろうと言外に言われ、彼が帰ってから悔しくて涙がこぼれた。

＊　＊　＊

「君から、はい以外の声を聞きたいものだな」

肯定しか望んでいないくせに、よくもぬけぬけと言えると呆《あき》れる。二度と我が家に来ないではしいと、心から願った。

＊　＊　＊

「私は随分譲歩してるつもりだ。確かに、君には悪いことをした。だが、こうして誠意を示しているんだから、もうすこし心を開いてくれてもいいじゃないか」

勝手にやってきて好きなことを言って、お茶を一杯だけ飲んで帰っていく。そんな義務感丸出しの訪《おとな》いに、開く心などあるはずもないのに。


「お嬢、お菓子を買ってきたぞ、最近できた店のだ。一緒に食わねぇか？　お嬢の好きな、クッキーだぞ」

あの人が帰ると、我が家の従者であるバウディが必ず私を甘やかしてくれる。それだけが、あの訪いの利点かもしれない。

私が足を失ったときも自分のことのように悲しみ、励ましてくれた彼がいたから、絶望せずに生きていられた。

腫れ物に触るように接してくる両親とは違う、変わらない物言いや態度に安心する。

そんなある日、父からこっそりと、バウディと結婚してはどうかという話が出た。

驚いたけれど、片足をなくした私に貴族との婚姻は無理であると理解できるし、バウディならば我が家にずっと仕えてくれているから気安くもある。

そしてなにより、私は長いあいだ彼に片想いしていた。

彼が了承してくれるなら、私に異存はないと父に伝える。ただ、私がよくても、彼の意思を無視したくはなかったから、そこだけはよくよく言い含めた。

笑った父は、まずは侯爵家に以降の償いは不要だと手紙を出してから、時期を見てバウディに打診すると約束してくれた。

――だけど、私の幸せな夢は、たった一日で破れた。

父からバウディとの結婚話が出た翌日の夕方、花束を抱えたあの男が笑顔を貼り付けてやってきたから……。

「レイミ、君が学校を卒業したら、結婚しよう」

突然の言葉に、唖然《あぜん》とした。

表情をなくした私に、売れ残りを買ったのだろう色のまとまりのない花束を押しつけた彼は、両親に二人だけにしてくれと請《こ》う。

私同様に戸惑っている両親が渋々席を外すと、深いため息をひとつ吐き出して貼り付けていた笑顔を剥《は》がし、眉を寄せ不機嫌を隠しもしない顔で言った。

「君の考えはわかった。だが、君を見捨てることなどできない、我が侯爵家の沽券《こけん》に関わるからな。君だって、もうまともな結婚を望めないと理解しているだろう？　だから私が君を娶《めと》るしかないんだ。安心するといい、不自由のない生活を約束しよう。なに、持参金など気にせずに、身ひとつでかまわない、我が家ですべて揃《そろ》えるから」

貴族の令嬢のあいだで精悍《せいかん》だともてはやされている顔で、一方的な非道を私に言い渡した。言葉も出ない私の顔を一度も見ないまま、言いたいことだけ言った彼は、お茶を一杯飲む間も惜しんで部屋を出ていった。

私の前のソファに肩を落とした両親が背を丸めて座っている、私と同じように悄然《しょうぜん》として。

身分が上の家からの要請だから、向こうが決めてしまえばどうしようもないのだと……どうしようもないのだと……っ。

「あぁ……っ。私は……あの方の元へ、嫁《とつ》がねばならないのですか……っ。私の、足を奪ったあの人にっ！　責任など……っ。責任など取っていただかなくても、いいのに……っ」

張り裂けそうな胸の痛みに、両手で顔を覆《おお》いさめざめと泣き崩れ、そして私は――頬を涙で濡《ぬ》らしながら目を覚ました。

第一章　現実

「はいっ！　夢じゃありませんでしたぁっ！」

更《さら》に言うならば、私以外の私の記憶まである！

——だからこそ、なにがどうなっているのかわからない。

「ああもうっ！　どういうことなのよ、本当にっ」

さっきまで見ていた胸くそ悪い夢に引きずられて、勝手にこぼれていた涙を拭《ぬぐ》い、フリルとレースを多用した少女趣味のベッドに起き上がって髪をかきむしる。

自分が高満田麗美華《たかまんだれみか》ではなくレイミ・コングレードという名前だということも、まだ十五歳だってことも、その他にも色々と記憶がある。

ここは私の部屋。父親は伯爵位だが、宮中伯の中でも立場は下のほうで、予想だけど中間管理職じゃないかな。そこら辺の詳《くわ》しい情報は、レイミの記憶にないんだけど。

王都の貴族街の端寄りにあるこの屋敷は、貴族にしてはコンパクトだし、ベッドも天蓋《てんがい》付きのお姫様ベッドではない。

屋敷で雇っている人は、メイドがひとりと料理人と従者の三人だけ。

ああそうだ、夜中に起きたときに感じた胸くその悪さの理由は、つい昨日、右足がなくなる原因となった侯爵家の息子が、よりにもよって『詫《わ》び』だなんて言ってレイミに求婚してきたからだった。

こっちが格下だからって言いたいこと言いやがって！　自分の足を奪った人間と、誰が結婚したいと思うかな⁉　マジで空気読んでください馬鹿ボンボン。気の弱いレイミなら、絶望感だけで死ぬわ！　ばーか！　ばーか！　絶対にアンタなんかとは結婚しねぇ――って、いけないいけない、封印していた地が思わず出てしまったわ、いくらレイミの感情が上乗せされていても暴言は控《ひか》えなきゃね、私は大人なんだし。

深呼吸して怒りをやり過ごす。

「お嬢、起きてますか」

部屋の外から耳に心地よい低い声が掛かり、途端《とたん》に胸がときめいた。

……ときめく？　この胸に湧《わ》き上がる甘酸っぱさは、もしかして！

L字にした指を顎《あご》に当ててにんまりと笑う。ふふふっ、一体どんな人なのかしら、レイミの初恋の男って。

記憶はあるけど、イマイチ細部までは出てこないのよね。まぁ、記憶なんてそんなもんだろうけどさ、ってことで早く会ってみたいけれど、さすがにネグリジェ一枚じゃまずいわね。

枕元にレースで編まれたショールを見つけたので、それを羽織ってドアに声を掛ける。

「起きているわ」

前を合わせて、ベッドから足を下ろして……片足しかないことに、そこはかとない絶望を覚えた。ああ、この絶望感はレイミのものね。

まぁ、辛《つら》さは理解できるけど、一年間引きこもったんだから、もうそろそろいいでしょうに。

すべてを投げ捨てたくなるほどの深い胸の痛みを、深呼吸をひとつして散らす。

「おっ！　偉いぞ、お嬢。自分で起き上がれたんだな」

ドアを開けた青年は一瞬だけ見せたホッとした顔をすぐに笑顔に変えて、洗面道具を持って入ってくる。

レイミの初恋の人は、濃い青色の髪をうしろでまとめ、澄んだ緑色の瞳をした俳優顔負けのイケメンだった。彼はこの家に雇われている使用人で、名前はバウディ。

年はレイミの十コ上の二十五歳だ。

レイミ、あなたなかなかいい趣味じゃない、私は年下って守備外だったけど、彼ならありだと思うもの。顔がいいうえに、しっかり筋肉がついているところが高評価だわ。

それに彼の服装も素敵。腿《もも》の筋肉が盛り上がるスラックスに、胸筋のラインがわかるしなやかな素材のシャツとベスト、きちんとタイもしてるのに、ラフに折りあげられた袖が粗野な感じを演出していて最高。

「今日もいい天気だぞ」

彼はベッド脇の窓際にある机に、持ってきた桶《おけ》と水差しを置いて窓を開けてくれた。

朝の身支度の手順は覚えているんだけど、問題はレイミは立てないから、座っている膝《ひざ》に布を掛けて、彼が手で持っててくれる桶でしなきゃならないってことなのよね。

「はいよ、どうぞ、お嬢」

「ありがとう」

顔を洗ってからコップの水で口をすすぐんだけど、私は人前で水を吐き出すのに抵抗があるので、できる限り素早く終わらせた。

「今日は、えらく手際がいいな」

水と顔を拭《ふ》いた布を片付けながら、彼が感心したように言った。いつものレイミは一つひとつの行動がとろいものね、痛いのはしょうがないんだろうけど、体が重いのは寝過ぎで鈍《なま》ってるだけなんだから頑張ろうよ。

「そんな日もあるのよ。着替えたいから、ボラを呼んでもらえるかしら」

「おっ！　今日は元気があるんだな、いいことだ。呼んでくるから、ちょっと待っててくれ」

嬉《うれ》しそうに請《う》け負ってくれたバウディはすぐにメイドを連れてくると、彼女に私を任せて桶を下げにいく。

「おはようございます、レイミお嬢様。今日はお加減がよろしいんですね」

彼女のふくよかな体型と穏やかな物腰に、こっちもほんわかする。優しそうなところが素敵な、お母さんって雰囲気の女性だ。

「おはよう、ボラ。ええ、体調は、いいわ」

笑顔で含みのある答えをした私に、彼女は眉の端を下げる。彼女も、私が昨日あの馬鹿、もとい侯爵家のご令息に求婚されたことを知っているのだろう。

それでも、私を気遣ってか、すぐに表情を明るくする。

「どの服になさいますか?」

「動きやすい服がいいわ、濃い緑のはどうかしら」

クローゼットを開けてくれた彼女に提案すると、ちょっと躊躇《ためら》ってからそのスカートを出してきた。

「こちらは、すこし裾が短めですが。……よろしいですか?」

ああそういえばこれは膝下だったわね、失敗したわ。気遣われるのが面倒で、足首丈のスカートを選び直すとホッとされた。ほら私、気遣いのできるイイ女ですから! わざわざそういうのは着ませんことよ、おほほほ!

「さぁさ、お嬢様、できましたよ」

着替えを手伝ってくれてから、胸の下まであるストレートの黒髪も丁寧に梳《と》かしてくれたんだけど、梳かしただけなのよね。前髪も長くしているから、はっきりいって邪魔くさい。

この世界では短い髪が推奨されないのはわかるけど、本音はバッサリ短くしたい。

「ねぇボラ、前髪を上げて、髪をまとめてもらえるかしら?」

勝手に切るわけにもいかないので、せめて目に掛からないようにお願いした。

「まぁまぁ! それでは、可愛《かわい》らしくしましょうね」

彼女はそういうが早いか、エプロンのポケットから櫛《くし》を取り出すと、前髪をスッキリと上げて手早くまとめてくれた。

「鏡はあるかしら？」

できばえを見たくてお願いすれば、彼女は感極まったように何度も頷《うなず》き、手鏡を取りに部屋を出た。

そういえば、記憶ではこの部屋にも鏡台があるのに、いまはないわね、どうしたんだっけ？

「お待たせしました、お嬢様」

晴れやかな笑顔で戻《もど》ってきた彼女に、鏡台の行方を追っていた意識を引き戻して、顔全体が映る大きな手鏡を受け取って覗《のぞ》き込んだ。

予想通り、顔色の悪い少女と目が合う。黒髪は日本人として見慣れているけど、目は緑色で違和感があるわね。涼やかに整った目鼻立ちなのに、頬は痩《こ》けて肌は白を通り越して青白くてかさかさ、髪の艶《つや》もなくて……全体的に生気が薄い。綺麗《きれい》系の顔立ちだから、病的な感じが迫力あるわ。

でも、ボラがスッキリと髪をまとめてくれたから、辛気臭《しんきくさ》さはかなり薄れたと思う。

レイミが髪を上げたがらなかったのは理解できる、沈鬱《ちんうつ》な気分を演出するには、髪を下ろしておいたほうがいいもの。

私は髪の毛が顔に掛かるのが嫌だから、まとめちゃうけどね。

「ありがとう、綺麗にしてくれて、嬉しいわ」

お礼を言って、ニコニコしている彼女に手鏡を返す。

「どういたしまして。さ、バウディを呼んでまいりますね」

部屋を出た彼女と入れ替わりに、車椅子を押したバウディが入ってきた。

「おお、可愛いじゃねぇか。やっぱり、顔出したほうがいいな」

迂闊《うかつ》に笑顔で褒めるイケメンって罪深いわぁ、四六時中これじゃレイミも惚《ほ》れるわよね。

「そう？　ありがとと。ああそうだわ、いつでもいいから、鏡台を元の場所に戻してもらえるかしら」

「鏡台を、な。わかった、すぐに戻しておく」

私の……いや、レイミの心境の変化を追求せずに、笑顔で請け負ってくれてありがたい。

ベッドの横に車椅子を置いたバウディは、その流れでするっと私を持ち上げた。おっ？　重さを感じさせないスマートなお姫様抱っこなんて、筋肉は伊達《だて》じゃないわね。

そっと車椅子に乗せられたけど、座り心地がとてもよくて驚いた。この乗り心地を自分で動かせたら文句ないのに、と思ったらレイミの記憶が蘇《よみがえ》る。なんだ、この車椅子って自分で動かせるんじゃない。

実際にレイミが動かした記憶はないけどね、なんせ無気力だったからなぁレイミ。だから今日のところは、いつも通り彼に押してもらうことにする。

「じゃぁ、出発するぞ、しっかり掴《つか》まってろよ」

「え、あ、きゃぁっ」

勢いよく押され、廊下に出たところでほどよく急カーブして、体が軽く外に振られ、ジェットコースターのようで笑ってしまった。彼はちょくちょくこういういたずらをする――以前からだけどね。

ずっと、変わらないの、私が足を失ってからも失う前も、ずっと。

あー惚れるわぁ、惚れないわけがないわぁ、身分差とか関係ないわぁ、惚れちゃったレイミが正義だわ。

「ホント罪深いわ」

「なにがだ？」

思わず出たため息交じりの言葉に、車椅子を止めた彼が私を覗き込んでくる。

至近距離ーっ！　駄目《だめ》でしょ、この距離感は！

「バウディ、ちゃんと前を向いて押してください」

彼の額《ひたい》を手のひらで押し返し、廊下の先に向けて指さした。

「はいはい」

笑いながら押してくれる。レイミの記憶で、ここまで明るい彼が久し振りなのがわかった。

きっと、私……レイミが元気だからよね。

中身が変わってるんだけど、うーむ、元の記憶もあるから、中身が入れ替わってるのとも違うんじゃないかしら？　よくわかんないけど。

「どうしたんだ、お嬢？」

眉を寄せて悩んでいた私に気付いた彼が、軽い調子で聞いてくる。軽い調子だけど、心配してくれてるって、凄《すご》く伝わってくるのよね。

ねぇ、本気で心配されてるわよ、レイミ。よかったじゃない、脈はゼロじゃないわ。

「お腹《なか》が空《す》いたな、って考えてただけよ」

「そりゃいいな、腹が減るってことは、いいことだ」

車椅子を押しながら、楽しそうに頷いてるのが気配でわかる。お腹が空くってことは、生きたいって思ってるってことだもんね。

「この時間だと、旦那様も奥様もいらっしゃるから、二人共喜ぶな」

そうね、足を失ってからレイミはいつも起きるのが遅くて、父を見送ることもしなかったし、調子が悪い日は部屋で食事をとっていたから、母にすら会わない日だってあった。それに、ヤツと顔を合わせたあとの数日は、必ず部屋に引きこもっていたし。

バウディに車椅子を押してもらって、ダイニングに入る。

「おはようございます、お父様、お母様」

元気に挨拶《あいさつ》をした私に、ちょっと恰幅《かっぷく》のいい父はあんぐりと口を開け、それからパァッと表情を輝かせた。あら、レイミの髪は父親譲りなのね、これから仕事だからか黒髪をピシッと凜々《りり》しく撫《な》で付けて、顔も西洋風で彫りが深く、キリッとしていれば凜々しいのに、いつも笑顔で表情が温和だから雰囲気は柔らかい。

なんだかちゃんと顔を見るのが、久し振りな感じだわ。

母に目を移せば、長い睫毛《まつげ》が色っぽい細い目を驚いたように見開いてから、おっとりと目を細めて、とても嬉しそうに微笑《ほほえ》んでくれた。シャープな顔の輪郭やはっきりとした目鼻立ちは母親に似ているのね、目の大きさはレイミのほうが大きいけど。

色味は父、それ以外は母似ってところかしら。二人共、身長はあまり高くないから、私の身長も期待はできないわね。

「おはよう、レイミ！　さぁさ、一緒に食べようじゃないか」

父が自ら引いてくれた椅子に、バウディがお姫様抱っこで移してくれる。

ううむ、やっぱりことあるごとに抱えられて移動するのって気恥ずかしいわね、どうにかならないものかしら。

ボラが私の分の食事をテーブルに用意するのを待ってから、三人で食事がはじまった。

レイミはちゃんと貴族のお嬢様だから、お食事マナーも問題なし！　こういう習慣化された部分は、なにも考える必要がなくていいわ。食後のお茶で、ティーカップを音も立てずにソーサーに戻した自分にビックリしたもの。凄いわね、お嬢様って。

「それにしても、レイミが元気になってくれて、本当によかった。昨日のこと――」

「うふふ、沈んでばかりもいられませんもの、これからは、すこし体力もつけようかと思っておりますわ」

迂闊に昨日のことを話題に出そうとする父の話をぶった切って、さりげなく牽制《けんせい》する。さすがに昨日の今日では、レイミの胸の痛みが半端ないのよ。

「そ、そうだね。それはいいね、向こうに嫁《とつ》――」

「お母様、そういえば、私の服、裾の短いスカートを長くはできないでしょうか。このままでは、折角《せっかく》あるのに着られないのが勿体《もったい》なくて」

「そうねぇ、何着か形を変えてお直ししてみましょうか」

母は婚約の話を一切出さずにいてくれるのでありがたい。というか、父、昨日の今日なのだからすこしは空気を読んでほしい。

それともあれか？　婚約話の直後に、私がこうして元気な顔を見せているから、話に前向きになったとでも思っているのかな。

甘いわね、そんなわけないわよ。私とレイミの怒りと悲しみは、マグマよりも熱くマリアナ海溝よりも深いのよ、絶対に許さない。

何度か話を強引に変えたことで、父も私がその話を一切したくないということを察して、話を出さなくなった。代わりに不自然なほど「元気になってよかった」という言葉を使う。

まるで、なにか言いにくいことがあるときみたいな感じじゃない？　ほら、母も……目が細くてわかりにくいけれど、父にアイコンタクトしてるもの！　父も『うん』って頷いてるんじゃないわよっ。きっと、よくないことなんでしょ？

意を決したらしい父は上着のポケットから一通の封筒を取り出し、そっと私の前に置いた。

「ええと……レイミ宛の、手紙だよ」

「私宛の？　読んでもいいかしら？」

確認すると食い気味に頷かれたので、既《すで》に開封されている封筒から手紙を抜き出した。

それにしても随分と立派な手紙だわ、なんて思いながら手紙の内容に目を通してから、そっと封筒に戻す。

公爵令嬢サマが、なにゆえ引きこもりの伯爵令嬢をお茶会に誘うのかしら？　レイミの記憶を思い返してみても、公爵令嬢のアーリエラ・ブレヒスト様との接点は思い出せない。

思い出すために難しい顔をしていた私に、父が慌《あわ》てる。

「ごめんねレイミ、こういうのはなるべく断っていたんだが、先方からどうしてもといわれてね。ええと、レイミの気が晴れるようにと心を尽くしてくださるそうだよ。でも、あのね、具合が悪くなったらすぐに帰ってきていいからね、バウディも一緒に行けば心強いだろう？　本当は父様も一緒についていってあげたいんだけど、仕事があるから……」

そうよねー、超ＶＩＰである公爵家のお誘いを断るのはハードル高いもんねぇ。お貴族様の上下関係ってシビアみたいだし、レイミの記憶にも格上の貴族のお茶会で気疲れした思い出が残っているもの。

だけど、手紙の内容は本当にこちらをいたわっていて、悪意は感じられなかったからきっとそう悪いことはないと思うのよね。だから、ショボーンの顔文字をリアルで見せてくれた父の顔芸に免《めん》じて、ここは私が頑張ろう。

「大丈夫よ、お父様。折角私のために開いてくださるお茶会ですもの、楽しんでまいりますわ」

もし見世物になるとしても、これから先一生この体と付き合っていかなきゃならないわけだし、いつかは外に出るなら、それがこのお茶会でもいいわよね、レイミ。だからさ、いい加減勝手に悲しい気持ちになるのやめてよね、感傷なんてがらじゃないのになぁもう。

食後のお茶を終えて慌ただしく出勤する父を、母と一緒に見送る。その後、バウディに車椅子を押してもらって部屋に戻り、車椅子からベッドに移動させようとした彼を止める。

「バウディ、ちょっとだけ、自分で動かしてみてもいいかしら？」

私の言葉に、彼は一瞬固まってからすぐに笑顔で頷いてくれた。え、私がこれを動かしたらなにか問題があるのかしら。

「勿論《もちろん》いいとも。ただ、お嬢、筋肉無《ね》ぇからなぁ」

あ、そういうことね。確かに、ウラヤマシイ細さを通り越して、痛々しい細さだものね。

「とにかくやってみたいの。どうやるのか、わかる？」

「はいはい。まずは、このストッパーをこう外側にずらすんだ、できるか？」

彼がパチンと簡単にやってみせてくれたのをまねして……。

「ぐ……ぬ、ぬ、ぬっ。かたいっ」

「そうか？　ちょっといいか——やっぱ、別に固くはねぇな」

私の手を避けてもう一度やってみせた彼に、私ももう一度、両手を使って全力でストッパーを外す。

「とうっ！　できたわ！」

指が折れるかと思ったけれど、なんとか外せたわ。もうすこし緩くならないのかな、もしかしたら安全上これ以上緩くできないのかもしれないけど。

「おお、できたな。そうしたら、車輪の横にあるここを手で回すだけだ」

「わかったわ、これを、こうねっ！　ふ……んっ！　――動かないわよ？」

「純粋に、力が足りねぇんだよな、お嬢は」

ですよねぇ、ウンともスンともいわないもの。

「身体強化の魔法でもできりゃぁいいんだが」

そう言って頭を掻《か》いた彼の言葉にハッとする。

「身体強化の、魔法？　え？　ええと」

魔法、魔法――ある、記憶にあるわ！　ヤバい、ヤバい、テンション上がっちゃう！　あれ、でも？　魔法の使い方なんて思い出せないぞ？

私の困惑には気付かずに、彼が説明してくれる。

「身体強化の魔法っていうのは、よく騎士とか兵士とかが使う魔法だ。純粋な魔法とはちょっと違うけどな、魔力で体を強くしたりする魔法だな。全身だけじゃなく、部分的に使って、足を速くしたりもできるんだ」

知りたかったのは魔法のことだけど、魔法で体を強くできるのはすっごくいいかも！

「私の場合は、腕力を上げるってことかしら？　そうすれば、自分で車椅子を動かすことができるわよね」

「腕力と握力と、まぁ上半身全体じゃないか」

「上半身全体……それって、私にもできるのかしら？」

ワクワクして聞けば、頷かれた。

「勿論だ、そのために魔法学校に通うんだからな」

「魔法学校！　私もそこに通えるの？」

思わず聞き返した私に、彼は頷く。

「そりゃぁ、貴族の子供は、必ず入学しなければならない学校だからな」

必ず、というところに力を入れていたから、私も通うのは間違いないわね！

「ということは、義務教育なのね。そこに行けば、魔法を使えるようになるのねっ」

「勉強は、魔法だけじゃないけどな。さて、もう自分で動かすのは諦《あきら》めたのか？」

「諦めたわ！　びくともしないのですもの」

最後にもう一度だけ渾身《こんしん》の力を出して頑張ってみたけれど、やっぱりちっとも動かないので、今日は諦めることにした。ちょっと……というか、かなり疲れちゃったし。

レイミは本当に体力がないわね。

「頑張っただけ御《おん》の字だ。じゃぁ、ベッドに移動するぞ」

「はーい。お願いします」

私を持ち上げにきた彼の首に両手を回して掴まり、そのまま持ち上げられてベッドに下ろされ、ベッドの足下《あしもと》に跪《ひざまず》いた彼にスマートに靴を脱がされた。やだ、ときめいちゃう。

「ありがとう、バウディ。移動したくなったら、また呼んでもいい？」

「ああ、いくらでも呼んでくれ」

快く引き受け、車椅子を押して出ていく彼を見送る。ここに置いておいてもいいのに、部屋がまあまあ手狭にはなるけれど。

さてと、魔法の使い方、魔法の使い方。しっかり思い出すには集中して記憶の引き出しを開けないと、詳しいことが出てこないんだけど――。

「うぬぬ～っ……駄目だわ。ちっとも出てこないわね。まだ知らないのかしら？」

額に人差し指を当てて、記憶を掘り返してみたけれど、魔法の使い方なんて出てこなかった。

座っていた姿勢からそのまま後ろに倒れ、ベッドに大の字になって天井を見上げていたら、気付けば眠っていた。

車椅子を頑張った疲れかしら、本当にレイミってば体力がないわぁ……。


どのくらい眠っていたのか、気がつけばちゃんとベッドで布団を掛けて寝ていた。

きっとバウディよね、動かされても気付かないなんてちょっと恥ずかしい。

ぼんやりと見上げる見慣れない天井なのに、馴染《なじ》みがある感じが不思議。私とレイミは二人でひとりになってしまったのかしら？　よくわからないけど。

目の前に手のひらをかざしてみる。

見慣れない、だけどよく知った細い手がある。栄養が足りないのか、体質的にそうなのかわからないけど、すこしかさついた細い手。

冷たい指先を擦《こす》り合わせれば、すこしだけ温かくなる。

「圧倒的な、体力不足よね」

だって、着替えてご飯食べただけなのに、疲れて寝ちゃうんだもん。

これじゃぁマズイでしょうよ、年齢を重ねるごとに体力なんて勝手に落ちていくのに！

「本当にっ、いまのうちに底上げしておかないと、十代のいまでコレじゃ、じり貧だわ」

がばっと起き上が――れなかったので、腕をついてよっこいしょっと起き上がる。本当に筋肉がない！　腕力も、腹筋もっ！

「なければ、つけるだけよ。知識もそうね、ほしい情報がなさ過ぎる！　なにして生きてたのかしらこの子！　まったくもうっ」

筋トレすら無理そうだから、まずはストレッチからだわ。

肩周りを伸ばし、首を回し、可動域の狭い上半身を解《ほぐ》していく。あー、カッチコチだわ、面白いくらい固い。

それにしてもさ――他人のことだったらどうでもいいんだけど、レイミは他人であって他人じゃないから、いくらでも怒るわよ私。

まったくもうっ！　鬱々《うつうつ》とばっかりして、泣いて暮らして、足が生えるのかってのよ！　ないものはない！　じゃぁどうすればいいのかを考えなさいよ！

そこで思考を止めてどうすんのよ！　魔法があるなら、もしかして飛べる魔法もあるかもしれないわ、そうすれば足がなくても問題ないでしょ！

車椅子があるなら、松葉杖《づえ》だってあるかもしれないじゃない、いいえ、あるに違いないわ。

車椅子であのイケメンと一緒に行動できるのは嬉しいけど、ずっとそれじゃ息が詰まるじゃない？　ひとりで行動できるようにならないと！

そしてゆくゆくは義足がほしいわ。

元の世界みたいに高性能なものは無理だと思うけど、生足がNGな世界だから義足の上から靴下を履けばパッと見わからないもの。

ストレッチで体を温めながら、部屋を見回す。壁に作り付けの本棚にはレイミの愛読書が一列だけ並んでいる。恋愛小説が並ぶその上に、不自然に開いているスペースがあった。

「あれ？　ここって」

記憶を思い返すと……ああ、家庭教師に渡された教科書があったけれど、捨てたのね。どうせ自分には必要ないって、自暴自棄《じぼうじき》になって父のつけてくれていた家庭教師も辞めさせて。

レイミにはいらなくても、私には必要なのよう！

「とりあえず、ないものは仕方ないわね。まずは、体力をなんとかしましょう」

上半身は温まったから、次は足よ。このマッチ棒のような足をどうにかしなきゃ。

ベッドの上を這《は》って、ベッドに並べて置いてある机の近くまで移動する。とりあえず立ってみようと思うのよ。

レイミの影響なのかすっごく怖いけども、やればできるっ！　足を床に下ろし、机にしっかり手をついて――「とうっ！」

かけ声と共に、ベッドから腰を浮かせた。

「た、立てるじゃない」

とはいえ、机に縋《すが》ってなんとかって感じだけど。でも、立ち上がって見る景色は、とても明るい。

机の前にある窓の風景は記憶にあるよりも明るくて、生き生きとしていて。

庭の小さな木に小鳥が止まっているのを見たとき、勝手に涙が一筋頬を伝った。

ああ——そうね、レイミ。

あのときから、あんたの視界、グレーのフィルターが掛かったみたいに、目に映るすべてがくすんでいたんだもんね。

青い空が、緑の木々が、とても眩《まぶ》しいわね、レイミ。

・・*・・*・・*

体力増強を目標に、日々秘密のトレーニング……いや、ストレッチを続けた結果、なんとか一日起きていられる体力はついたぞ！

日々の食事でも、お肉をしっかり食べるようにしている。最初はこのお肉さえも食べ慣れないのかお腹を壊しちゃってさ、なんとかすこしずつ量を増やしていって、やっと一人前近くを食べられるようになった。

そして迎えたアーリエラ・ブレヒスト公爵令嬢とのお茶会は、驚いたことに招待客が私ひとりだった。

公爵家ともなると家も半端なく大きくて、町中にあって周囲を木々に囲まれたこの大邸宅！

キョロキョロしないように気をつけながら、今日はきっちり上着まで着たバウディに車椅子を押してもらう。

出迎えてくれた執事さんに、我が家が二軒は入りそうな広いお庭にある、意匠《いしょう》の素晴らしい柱と屋根がお洒落《しゃれ》な白亜の東屋《あずまや》に案内され、そこで美しい金色の髪を緩く巻いた彼女と顔を合わせた。

公爵令嬢というから、もっとバリバリしたお嬢様なのかと思ったら、ふっくらした頬に、すこし垂れた目のおっとりした雰囲気のお嬢様で肩透かしをくらってしまった。そのせいでどんな挨拶をしたのか覚えていないけれど、彼女が歓迎してくれていることと、他に招待した人間がいないことはわかった。

彼女の案内で東屋に入ると、真ん中に小さなテーブルが置かれ、品のいいケーキが用意されていた。精緻《せいち》な模様の美しいティーセットを見ながら、絶対に粗相をしないことを心に誓う。

「レイミお嬢様、こちらでよろしいですか？」

テーブルまで車椅子を押してくれたバウディが、低い声で私に確認してくる。

「ええ、ありがとう」

「では、私は見えるところにおりますので、お呼びください」

生真面目《きまじめ》な口調で私にそう言ってから、アーリエラ様に一礼をして東屋を離れた。

うん、ちゃんと私から見える位置にいるわね、ちょっと安心する。

メイドのお姉さんも、お茶を淹《い》れるとすぐに東屋を出てしまった。

レイミの心許《こころもと》ない記憶が確かならば。こうして少人数で、ましてや二人きりのお茶というのは密談に違いなくて。だからメイドもバウディも、なにも指示がなくても声の届かない位置まで離れたんだろう。

密談――この子とは、はじめて会ったはずなんだけど、どうして密談なのかな？　ちょっとだけ不安になるじゃない。

「レイミ様、ごめんなさい、急にお呼びして」

「いいえ、アーリエラ様にお会いできて、光栄ですわ」

微笑んで彼女の謝罪を受け入れる。

それにしても、彼女のバウディを見る目が気になるのよね。チラチラ彼を盗み見て、ちょっと頬を赤くする。

そりゃ、バウディはかっこいいから、見惚《みと》れちゃうのはわかるけどね。

はっ！　まさかとは思うけど、引き抜きとかしないわよね？　公爵家から言われたら、従うしかないんじゃないかしら？　レイミ由来の悲しみが胸に湧くのを、なんとか表情に出さないようにする。

バウディを連れてくるんじゃなかった。とはいえウチって男手が少ないから、彼以外の選択肢《し》がないもんなぁ、やっぱり自分で移動できるようにならなきゃ！

体力もついてきたし、絶対に松葉杖を入手しよう。

香りのいいお茶をいただき、ぽつぽつと天気の話なんかをしながらそう決意する。

はじめて会うから共通の話題なんてないし、そもそもレイミは一年近く完璧《かんぺき》な引きこもりだったから、天気以外の話題は無理。

だから、そろそろ中身のない話は切り上げて、本題に入ってほしいところなのよね。

目の前の彼女は会話をしながらもソワソワと落ち着きがなくて、どう見ても別の用件があるのがバレバレなんだから。

「ところで、レイミ様、あの、その」

彼女が手をもじもじしはじめたから、とうとう本題かしら。

「はい、なんでしょう？」

カップを置いて、促《うなが》すように微笑みを彼女に向ける。

やっとかよ、という心の声は表情に出さないように注意しておく、なにせ相手は公爵家のご令嬢だ、家格が違い過ぎて私の中のレイミがずっと慄《おのの》いているのよね。

そして、満を持して放たれた言葉に、私はポカンとすることになった。

「わたくしが転生者だと言ったら、驚きますか？」

言い終えて、もじもじしながらチラチラと私を見る彼女に、気を取り直す。

と、とりあえず、バウディの引き抜きじゃなくてよかったわ。

「てんせいしゃ、ですか？　それは、どのようなものでしょう、ええと、ちょっと待ってくださいね」

記憶をたぐり、転生者という言葉を思い出す。

「生まれる前の記憶を持つ者である、転生者でしょうか？」

あれ？　もしかして、私もソレなのでは？　なんか、レイミとは別に麗美華の記憶バッチリあるし、っていうか、私の意識のほうがメインだけど。

でもなんか転生っていう言葉は、しっくりこないのよねぇ。

「そう！　それです！　実はわたくし、この世界とは別の世界から転生してきたのです」

キラキラと輝く表情で語ったのは、彼女の前世であるという『日本』のことだった。

一応、彼女の話を真面目な顔で聞いていたんだけど、飛び飛びで要領を得ないうえに、かなり荒唐無稽《こうとうむけい》な話だった。それというのも、この世界は日本で売られていたゲームと同じ世界で、公爵令嬢も私もその中の主要キャラだということらしいんだけど。

なんでこの世界がゲームなのか、そこからして意味がわからない。

ざっくり聞いた内容は、元々平民だった主人公であるヒロインが王子様をはじめ色々なタイプの男性と好感度を上げてゆき、最終的にはその中のひとりと結ばれるらしい……複数の男の好感度を上げるってなに？　何股するつもりなのって引いてしまったけれど、そういうものなのだと押し切られた。

「突拍子もないお話で驚いたでしょうけれど、どうか信じていただきたいの。ここは乙女ゲームの世界で、わたくしが『悪の令嬢』で、レイミ様、あなたもそうなの」

両手を祈るように組んで身を乗り出して訴えてくる彼女に、ちょっと体を引く。

乙女ゲームというものがあったのは聞いたことがあるけど、それとこの国、世界？　が一緒っていうのは、納得しがたい。

そして、重要ワードである『悪の令嬢』が彼女で、私もというのは一体……？

「私も『悪の令嬢』なんですか？」

彼女の話だと、ゲームの序盤で主人公であるヒロインの邪魔をするのが私で、本命の敵が公爵令嬢である彼女ということらしい。

「レイミ様は、わたくしほど大物ではなくて、ええと、小悪党と申しますか、小物な……そうだわ！　中盤に出てくる、中程度のボスですから、『中ボス令嬢』ですわね」

彼女は小さく手を叩《たた》いて、イイ言葉を見つけた的に言い放った。

「私が、小悪党の中ボス……え？　『中』ボス令嬢⁉」

ダサい、ダサ過ぎる！　すさまじい二流感だわ！　愕然《がくぜん》としている私に、彼女は悲しそうな顔をする。

「あなたは一学年の前期に、ヒロインちゃんをいじめるの、彼女の明るさとかに嫉妬して、だったはずですわ。わたくし、一通りエンディングは見ましたけれど、お気に入りの場面以外は、全部スキップしておりましたから、よく覚えておりませんの」

おいぃぃ、自信満々に言っておいて、覚えてないってなによ！　物憂げにため息を吐きながらティーカップを傾ける彼女に、突っ込みを入れそうになって慌てて言葉を飲み込む。

上下関係、上下関係、上下関係、大貴族には逆らわない。胸の内で呪文を唱えて、心を落ち着かせた。

「それで、アーリエラ様はボスである、と？」

「ええ、そうなのレイミ様が中ボスですから、わたくしはラスボスといえばいいかしら。それにしても困りましたわ。このままでしたら、わたくし、悪魔に乗っ取られてしまいますの」

全然困ってるように聞こえないけどね。へにょんと下げた眉毛と、頬に添えた右手がちょっとだけ困ってるっぽいけども、全然本気に見えない。

「悪魔に、乗っ取られるんですか？」

さっき聞いたダイジェストは、本当にあらすじだけだったので、彼女から新しい情報が出るたびに驚いてしまう。ダイジェストじゃなくて、最初から細かく聞きたかったわね。

「そうなの、乗っ取られて悪いことをするのよ。ええと、精神に作用する魔法で、魔法学校内外に混乱の渦を巻き起こして、さりげなくヒロインちゃんを殺そうとするの」

「そうですか、さりげなくヒロインちゃんをころ……随分殺伐《さつばつ》としているのですね、乙女ゲームというのは」

同調しようとして、言葉が詰まってしまった。乙女ゲームという言葉から、平和できゃっきゃうふふなゲームだと思っていたんだけれど、どうも違うようだわ。

ゲームなんてやったことがないから、どんなものなのか全然わからない。あ、でもラスボスっていうのが敵の親玉っていうのはわかるわよ。ってことは、もしかしなくても、私がこのお嬢様の手下になるってこと？

「殺伐といえば、そうかもしれませんわねぇ」

本当に、こんなとろくさいお嬢様の手下なの？　私って。

あーやっぱり上下関係からかしら、押しも押されもしない大貴族だし、歯向かえないわよね。

「それで、アーリエラ様はどうなさりたいのですか？　ボスとして――」

歯向かえない私は、ちゃんと下手《したて》に出て応対するわよ。長いものに巻かれるのは好きじゃないけど、この世界だと大貴族に睨《にら》まれたらウチ程度なら本当に潰されちゃうから。

「あのっ、あの、わたくし、ヒロインちゃんをどうこうしたいとは思っておりませんの。穏便に魔法学校を卒業して、公爵令嬢として第二王子殿下と結婚して幸せになりたいのです」

両手を胸の前で組んで言い募る彼女にホッとする。

「それは、とてもいいと思います。では、私も中ボスではなく、ひとりの生徒として勉学に励めばいいのですね」

ヒロインちゃんをいじめろとかっていう、無茶振りはされないようだと胸を撫で下ろした私に、彼女は目を丸くする。

「えっ？　でも、そうすると、ヒロインちゃんの能力が、開花できなくなってしまいますわ」

オロオロしながら言う言葉がそれですか。

「では、私には、中ボスの仕事をしろとおっしゃるのですね。自分はボス役を降りるのに、私には中ボスをしろと」

「そうではないの、そうではないのよ？　だって、そうしたら、レイミ様が大変なことになってしまいますもの。でも、ほら、やっぱり、ストーリーも見たいではありませんか、折角この世界に来たのですもの」

両手を合わせて目をキラキラさせる彼女に、内心ため息を吐く。ストーリーを見たいってことは、私に大変な目に遭えってことだって気付かないのかしら？　具体的にどんな目に遭うのかはわからないけれど、最悪死すらあるゲームだというなら、まぁそういうことだろう。

じっと彼女を見つめると、おずおずと曖昧《あいまい》な笑顔になり、それから肩を落とした。

「そうですわね……わかりました。ヒロインちゃんの能力は諦めますわ」

「そうしていただけると、ありがたいです」

しょんぼりしている彼女には申し訳ないけれど、危険なことは回避するに限る。

安堵《あんど》した私に、彼女は横の椅子に置いてあった立派な表紙をした薄い本を出してきた。

「これは……？」

差し出されたそれを、恐る恐る受け取る。

「いまお話をしたことと重複してしまいますけれど、記憶にある限りのゲームの内容を書き出してみましたの。レイミ様に差し上げますわ、是非《ぜひ》お役に立ててくださいな。あの、わたくしたち、身分は違いますけれど。これからも、手を取り合って助け合いましょうね」

小首を傾《かし》げて微笑む彼女に、返事が詰まる。

もの凄く拒否したい、拒否したいっ！　だけど、受けるしかないってわかってるっ！

「わざわざ、ありがとうございます」

笑顔を返して、いただいた薄い本を丁寧に膝に置く。

「まだ、信じられないとは思いますけれど。時がくれば、信じずにはいられなくなりますわ」

予言者めいた言葉に、背筋がゾクリとする。

「あの……私も、悪魔に取り憑《つ》かれるのですか？」

聞かされたダイジェストの内容に出てこなかったことを確認すると、整えられた指先を顎に添えてすこし考えた彼女は、首を横に振った。

「あなたは……あの、言葉はよくありませんけれど、手下といいますか。悪魔に取り憑かれたわたくしの、一番弟子？　みたいなものですわ」

やっぱり彼女の手下だったかー、なんかがっかりするなぁ。

「そういうことでしたら、こうして親しくなるのはまずいのではありませんか？　未来を変えたいのならば、私たちが出会わなければ、間違いなく未来がひとつ変わるのですから」

「大丈夫ですわ！　本来ならば、魔法学校に入学してから出会う予定でしたけれど、それがこうして早まったのですし。なによりわたくしが、悪魔に取り憑かれて闇落ちしなければ、なにも起こりませんもの。でも――わたくしひとりだけでは、その、心細くて……。レイミ様にも一緒に頑張ってもらえたら、とても心強いですわ」

ニッコリと笑う彼女に、察する。そうかー私ってば、巻き込まれちゃったのかー。

「わかりました、まずはこちらの本を読ませていただきますね」

立派な薄い本を小さく掲げてみせれば、彼女はパァッと表情を明るくした。

「ええ！　是非。ご自宅でじっくりお読みくださいませ」

私が了承したことで彼女の目的が達成したからか、無事お茶会がお開きになった。

＊・＊・＊・・＊・・＊

ぐったりした気分で帰宅してすぐにベッドに横になり、翌日の昼前まで寝込んだのでスッキリと目が覚めた。

「よく寝たぁ」

伸びをしながら起き上がる。ちょっと頑張らなきゃいけないけど、最初の頃のように手をついてよっこいしょって感じではなくなったから、かなり進歩してる。

昨日の夕飯も今日の朝ご飯も食べてはいないけれど、空腹感はあまりない。

公爵邸でお茶をしたときに、なんだかんだいってケーキとスコーンを食べたものね。思い返すとあれは本当に美味《おい》しかったわ、テイクアウトしたいくらい。

そして連鎖的に思い出した、昨日の厄介な出来事を。

キョロキョロと見回し、机の上に例の薄い本を見つけ、身を乗り出して手に取る。

「本、というか、立派なノートね」

表紙は赤地に豪華な金の刺繍《ししゅう》入り、パラパラとめくった中の紙も厚めでしっかりしている。

タイトルはなく、文字はこの世界のもので、日本語で書かれているわけでもなかった。

ああそっか、こっちの人間であるレイミに渡すならそうなるわよね。

「それにしても綺麗な字ね、さすが公爵令嬢だわ」

伸びやかに流れるような文字は美しく、感心してしまった。書かれている内容は、文字の美しさとは別だけどね。

ベッドにクッションを立てかけ、背中をもたれさせた楽な姿勢で薄い本を開く。

物語は魔法学校の入学式からはじまっていた。

主人公であるヒロインちゃん目線で書かれているその内容は、なんというか、まぁ、思いつくままに綴《つづ》られていて。

話は飛び飛びだし、平気で前後するし、ヒロインちゃんとイケメンとの絡《から》みは妙に力強く長い一文だったり、それ以外の、公爵令嬢にとってどうでもよかったんだろうところは適当に流されていたりして、——どう見ても抜けが多いのよね。

「それにしても、なんでこんなにヒロインちゃん至上主義なのかしら？　それに、これってゲームなのよね？　この内容の、どこが面白いのかしら」

思わず真顔になってしまったけれど、きっと彼女に聞けば、中に出てくるイケメンズとの恋の駆け引きが面白いとかいうんだろうな。

「それよりもなによりも、大事なところが抜けてるわよ。レイミが根暗だった理由は、まぁ予想できるけど、どうしてヒロインちゃんを魔法学校から追い出そうとするのかしら。確かにね、男をとっかえひっかえして、侍《はべ》らすのは目障りだけど、追い出す理由がレイミにはないように思えるのよね……。やっぱり、アーリエラ様に命令されたのかしら？　アーリエラ様の婚約者である第二王子が、ヒロインちゃんのお相手のひとりだものね――」

ゲーム自体は一年の終了と共に終わるのだが、そもそも私の出番は、一年の前期が終わるときに終了する。でも大事な役どころであるらしいわ。ヒロインちゃんが自分の能力を覚醒するための噛《か》ませ犬的な意味で。

「それにしても。中ボス、ってなによ、中ボスって！　悪の女帝くらいやらせなさいよっ」

昨日の公爵令嬢の言葉を思い出し、クッションをサンドバッグ代わりに殴る。でもわかってる、数発殴っただけで息切れしてしまうこの体では女帝は無理だろうってことは、でも中ボスはない。

「そもそも、ヒロインちゃんの覚醒する能力ってなんなのかしら？　詳しく書いてないってことは、アーリエラ様も知らないってこと？」

ノートを斜め読みしながら首を傾げる。

というか、恋愛方面にばっかりページを割《さ》き過ぎなのよ、なんのためにコレを書いたのかしら？　悪役にならないためじゃないの？　このゲームの中の私は、ことあるごとにヒロインちゃんのデートの邪魔をしたり、いじめたりする役回りっぽい。主要キャラとの好感度を上げるのを邪魔するので要注意とか書いてあった。要注意ってなによ、要注意って。

無茶苦茶ヒロインちゃん贔屓《びいき》だけど、もしかして、あの人悪役降りる気ないんじゃない？

「でも、あちらはあちら。私は私。要するに、私が悪役にならなければいいのよね……そもそも、どうしてアーリエラ様は悪魔に憑かれるのかしら？　そこが問題だと思うんだけど、それについて一切書いてないわね」

わざと書いてないのか、本当にわからないのかが謎。あの人天然っぽいのよねー、いえ腐っても公爵令嬢だから腹に一物持ってるのかもしれないけど、やっぱ一回会ったくらいじゃ人となりなんて掴めないし——。ページをめくっていた手が止まる。

「んんっ？　え、バウディも出てくるの？　それも、隣国の王子様って……」

言いかけて慌てて口を閉じて、周りを見回してしまった。どう考えても王子様が我が家で働いてるなんておかしいわよね、訳ありってことかしら……まぁ、この内容が本当だとしても、知らないフリしておくのが無難かな。

人助けが趣味の父だから、知っててウチに置いて——ってことはないわね、知ってたらあの父が普通の態度なんてできないだろうから、きっと知らずに雇ってるんだわ。

考えながらページをめくる。

「私が退場して、実家が没落して、バウディはヒロインちゃん家《ち》に引き抜かれるのかぁ。ボラと料理人も引き受けてくれたならいいけれど……なんだか、この流れだとイケメンだけ保護してそうね。そもそも貧乏男爵家らしいから、そんなに雇えもしないわよね」

貧乏伯爵家であるところの我が家でさえ、三人がやっとだもの。

とりあえず最後まで目を通してノートを閉じ、深くため息を吐く——よく最後まで読み終えた！　自分、偉いぞ。

「ウチが没落する理由も書いてないし、選択肢の選び方によってはバウディとヒロインちゃんがくっつくストーリーもあるし、第二王子とくっつくのもあるし、宰相の孫とくっつくのも……凄いメンバーよね。あと、公爵令嬢は精神魔法で魔法学校を牛耳ってしまうし、だけどその『理由』は書いてないし。とにかく、情報が足りないけど、ネットもないこの世界で、どうすればいいのかしら――足で探すしかないのよね、きっと」

足、ねぇ。

上掛けをまくると、ネグリジェは右足の膝下から先がぺったんこになってる。胸の奥から、そこはかとない絶望感が湧いてくるわね、もうどうしようもないのに。

「まずは、もっと機動力がほしいわね」

いまみたいに、バウディに頼らなくても移動できるようになりたいわ。そもそも、車椅子しか移動手段がないっていうのがネックなのよ。

やっぱり義足と松葉杖は必要だわ、空を飛ぶ魔法も覚えられたらいいわね。

「早く学校にいって、魔法について学びたいわ」

アーリエラ様がいうには魔法学校で大変なことが起きるらしいけれど、ヒロインちゃんに関わらなければ物語通りにはならないんだから、大丈夫なはず。

心から、ヒロインちゃんの恋愛模様なんてどうでもいいもの。

それにしても、このノートは問題だわ、この先に起こることが書いてあるんだもん。アーリエラ様が公爵家を精神魔法で支配して王家と対立するとか、バウディ絡みで隣国からの使者が来ることとか色々。

さて、どこに隠しておこうかな――立派過ぎるノートを手に部屋を見回していると、部屋のドアがノックされて無茶苦茶ビックリした。

ドア越しに、入室の許可を求めるバウディの声が掛けられる。

「お嬢、入っていいか」

「ちょっと待って！」

枕の下にノートを突っ込んで背中をもたれさせ、手早く上掛けを戻し、枕元に置いてあるショールを羽織った。この間、四秒！ どうよ、この早業っ。

「入っていいわよ」

よし、セーフ！ 怪しまれてはいないわね。

「飯は食えそうか？ 持ってきたぞ。……って、どうした？ 髪がボサボサだぞ」

食事を乗せたトレーを机に置いた彼に指摘されて、そういえば寝起きのままだったことを思い出す。

照れながら手櫛で整えようとしたら、バウディがポケットから櫛を取り出した。

枕がずれたらまずいので、梳かしてくれようとするのを固辞して、あとから自分で梳かすことを約束する。以前お願いしていた鏡台は、その日のうちに元の場所に戻されているので、いくらでも自分で整えることができるんだから。

そして食事のために、ベッドの上にテーブルを用意しようとした彼を止める。

「そっちに行くから、机に置いておいていいわよ」

ベッドで物を食べるのが嫌なのよね。

だから、起き上がって、机に手をついてぴょんと片足で立ち、彼が素早く引いてくれた椅子に座った。

「見間違えじゃなかったのか……」

思わずといったように彼の口からこぼれた。

ああ、そういえば立ってるところを見せたのは、はじめてだったわね、部屋でこっそり自主練してたから。見られているとすれば、はじめて立ったあの日かな？　空の青さに涙がこぼれたところまでは見られてないわよね？　あれはレイミの感傷だったから、私にはノーカウントだけど、泣き顔を見られていたとしたら恥ずかしいもんね。

「このくらいは、できるのよ。あ、そうだ！　松葉杖、松葉杖なんてないのかしら？　それがあったら、きっともっと楽に移動できるわ」

「松葉杖……」

ショックを受けた顔をした彼に、かまわずに続ける。

「それがあれば、もっと行動範囲が広くなるでしょ？　この一年で体力もかなり落ちて、すぐ疲れるようになってしまったから。これからはちゃんと動いて、魔法学校に入学するまでには、・人前の……いえ、せめて半人前くらいまで体力をつけたいの」

表情を引き締めて決意表明した私に、彼はすこし顔をゆがめたがすぐにニヤリとしたいつもの笑みに変えて、大きな手で私の頭を撫でた。

最近は全然撫でてくれなくなっていたのに久し振りで、勝手に胸がときめく。

「いい心がけじゃねぇか。すぐに手配してやるよ」

そう言って、丁度《ちょうど》いい位置にあったのだろう私のつむじにキスをして、部屋を出ていった。

……バウディッ、そういうところよ！　ああああっ、もうっ、レイミの心臓が爆発しちゃうじゃないっ！

ドキドキする胸を深呼吸で整えてから、彼が持ってきてくれた昼食に手をつけた。

＊・＊・＊・・＊・・＊

その日の夕食は、ちゃんとダイニングに顔を出すことができた。

両親からもう調子は大丈夫なのかとくどいくらいに確認されてしまったけれど、疲れて寝てただけだから、ちょっぴり罪悪感があって一生懸命元気アピールをしてしまった。

「レイミが元気ならいいんだ。そういえばレイミ、ボンドに松葉杖を頼んだそうだね」

やっと体調がいいことを納得されると、話題を変えた父に言われて首を傾げた。

「松葉杖はバウディに頼みましたけれど、ボンドさんというのはどなたでしょう？」

「レイミも会ったことがありますよ。ほら、車椅子も作ってくださった、ドワーフの魔道具職人さん」

母に言われて、記憶を引っ張り出す。ドワーフというのは、あれよね、小柄でガタイのイイ物作りが得意な種族の人よね。ええとこの世界の大陸の北部にドワーフの王国があって、ドワーフの国と我が国は遠いので、その人はこの国に定住してるってことだ。

その魔道具職人さんが車椅子を作ってくれたとき、納品に来て調整もしてくれていたはずなのに、ぼんやりとしか思い出せないわね。

基本的に、右足を失ってからの記憶がはっきりしないからしょうがないか。

それよりも、気になることがある。

「車椅子と松葉杖って、魔道具ではありませんよね？」

私の質問に父が笑う。

「勿論、違うよ。だけど彼は腕のいい職人だから、魔道具じゃないものも作ってくれるのさ」

松葉杖は魔道具じゃないけど、特別に作ってもらえるってことかな？

「お父様に助けられた恩があるからと、いつも快く引き受けてくださるの」

母の補足で更に思い出す。そういえば、父はちょくちょく人助けをするんだって。

ボラも、どこかの貴族の屋敷で働いていたけれど、そこでなにかあって、ウチに来ることになったのよね。子供であるレイミに詳しいことを話す人はいないから、なにがあったのかは知らないけれど、ボラはよく働いてくれるからボラが悪かったわけではないのだと思う。

そして、いまだに顔を合わせていない料理人も、同じように訳ありでウチに来ていたはずだわ……となると、記憶がはっきりしないけど、バウディもきっとそうね。

「ふふっ、旦那様は優しくていらっしゃるから、人徳があるのですわ」

ニコニコして言う母に、父は照れて頭を掻いている。

ああっ、大事なことを思い出した……そうだわ、確かに父は優しいし、躊躇わず人を助ける気概のある人だけど！　だけどもだ！　その人のよさのせいで、騙《だま》されることも数知れず。レイミには隠しているみたいだけど、そのレイミですら薄々と我が家の財政が楽ではないんじゃないかと思っている。

でも三人も人を雇っているのだから、それなりなのかしら？　昨日の公爵邸を見てしまったら格が違い過ぎて、普通というのがよくわからないけど。

家ではこんなにおっとりした父だけど、きっと仕事のときはバリバリ働いているのよね。王宮勤めなんて、エリートなんだろうし。

人は見かけによらないわね——なんて、思っていたのは一瞬だけだった。

食後のお茶を終えた父が、片付けられたダイニングテーブルに書類を広げだしたのだ。

「お父様……？　これって、お仕事の書類ですか？」

見てはいけないのかもしれないけど、見てしまう。

「ああそうだよ、書斎の机はちょっと手狭だからね。それに、こうやってみんながいるところのほうが、仕事が捗《はかど》るんだ」

娘が気にしたことが嬉しいのか、ほくほくした顔で教えてくれる。

い……いやいやいや！　そうじゃなくて！　国の書類を自宅に持って帰るってどうなの？　機密的にまずくはないの？　なんて指摘するのも今更だろうと、ダイニングテーブルでお茶を飲みながら、父の仕事っぷりを拝見することにした。

ボラはさっき帰宅する挨拶をして帰り、料理人は多分皿を洗ってくれていて、バウディは部屋の端で車椅子の点検をして、母はリビングのソファに移動して編み物の準備をしている。

「お父様。お金絡みの書類を、自宅で処理しても大丈夫なんですか？」

何気ないフリを装って尋ねれば、父は頭を掻いて歯切れを悪くする。

「んんー、よくはないんだけど、色々あってね」

よくはないが、しなければならないってことかな。まぁ、そういうこともあるわよね。

「そうなんですね。これが終わらなければ、お父様も休めないのでしょ？　簡単なことなら私もお手伝いしますわ」

私がそういえば、父は本気で目を丸くした。

「ええっ、レイミがかい？」

「書類を抜き出したり、戻したりすることはできますもの」

「そうだね、じゃぁお願いしようかな」

嬉しそうな父に頷き、父のほうに椅子を近づける。一回立って、椅子を押して座るだけの簡単な作業なのに、父は感慨深そうな、ちょっと泣きそうな顔をしていた。

「さぁ、頑張りましょうね、お父様」

「そうだね。じゃぁこれからお願いしようかな」

渡された書類を指示された通り、種類ごとに分けていく。

それにしても、ちゃんとした紙なのね、規格も統一されているし。それに……父の手元には電卓がある。近世の西洋っぽいけれど、電卓があることに違和感がないのよね。

書類を一枚検算し終えて、合計を別紙に書き込んだ父は「ふーっ」と大仰《おおぎょう》に息を吐いて目頭を押さえる。老眼かしら？　そんな年じゃないと思うんだけど。

「お父様、私も計算入れをやってみたいわ、お借りしてもいい？」

無邪気な子供のフリをしてお願いすれば、休憩《きゅうけい》するあいだならと許可をくれた。

選《よ》り分けてあった紙を引き寄せ、数字を目で追って右手を電卓に滑らせる。キー配列が同じなら、多少サイズが違ったところで入力ミスはしないもの。

「お父様、ありがとうございました。こちら、二箇所ほど計算間違いがありましたわ」

検算を入れた書類と電卓を、ポカンとしている父に渡す。

「お父様はまず、数字の配列を手に覚えさせて、電卓を見ずに入力する練習をなさったほうがいいわ。遠回りに見えても、結果的に時間を短縮させるのは、入力作業をいかに早くできるかです。一本指が許されるのは、算盤《ソロバン》世代のおじいちゃんまでですわ」

真顔で言った私に、ショックを受けた顔をする。

「おじいちゃん……」

「お父様は若いのですから、すぐに覚えられます」

しょんぼりしてしまった父が可哀想になって、明るい声でフォローしてしまう。

「お父様、もうひとつ電卓はありますか？　お父様が練習しているあいだ、私がこちらの計算をしておきますわ」

「もう一台あるとも！　いま持ってこよう！」

私の言葉に表情を輝かせて書斎に向かう父を見送ると、ソファのほうから母のクスクスと笑う声が聞こえてきた。

「レイミも、お父様に甘いわね」

も、ということは、お母様も甘いということかしら？　振り向いた先で、静かにもの凄い早さでレース編みをしている母に、言い返す言葉を失った。

ええと、プロフェッショナル？　機械のような早さで、レースが編まれてゆく様に、呆気《あっけ》に取られる。

「お、お母様……凄くお早い、ですね」

動きが早過ぎて、指が何本にも増えて見える。

「うふふ、コツを掴めばすぐよ」

コツ！　コツの問題なんだろうか、あの早さは。ゆったり座って微笑みながらなのに、手だけは別物のように動いていて、ちょっと怖い。

「待たせたね！　持ってきたよ」

一回り小さい電卓を持ってきた父からそれを受け取り、大きい電卓と共に、一枚書類を渡して、手元を見ずに計算をする練習をしてもらう。

その間に私は他の書類の検算を入れていく。書類の枚数は多かったけれど、計算を入れるだけでよかったので、そう掛からずにすべて片付いた。

「ありがとう、レイミ！　今日は早く寝られるよ」

「どういたしまして。では、お父様、お母様、おやすみなさい」

久し振りに充実した時間を過ごした気がするわ！　成果が目に見えるっていいわよね。

清々《すがすが》しい気分でバウディに車椅子を押してもらって部屋に戻っていると、彼が妙に静かなことに気付いた。

「お嬢。いや、お嬢、ではありませんね。あなたは一体誰だ」

部屋に入ったところで、腰に響く低いイケボで問われた。

ああ！　やっと突っ込みがきた！

思わずバウディを拝んでしまいそうになっちゃったわよ。

父も母も優しい人だから、怪しんでいても言いにくいんだろうなぁとは思ってる。だからこそ、よくぞ突っ込んでくれたバウディ。

やるなら、君しかいないと思っていたよ。

「いままでベッドから出るのも嫌がっていたお嬢が、急に活動的になったのも、おかしいとは思っていたんだ。あなたは、誰だ」

「バウディ、とりあえず、灯《つ》りを点けて、そこの椅子に座ってもらえるかしら」

この部屋に唯一ある椅子を示せば、彼は部屋の灯りを点けて座ってくれた。

私の座っている車椅子は低めなので、椅子に座った彼は膝に肘をつくと上体を前に傾けて私に視線を合わせてきた。ふふっ、イケメンに凄まれるの怖いわぁ。

「あなたは誰だ」

「高満田麗美華、という人間の意識よ」

堂々と名乗った私に、彼の眉間の皺が深くなる。

「たかまんだ、れみか……」

「華やかな名前でしょ？　麗美華とレイミ、ちょっと似てるわよね。性格はまるで違うみたいだけれど」

私の言葉に、彼が怒ったのがわかる。

無言の圧力っていうのかな、息苦しさを感じるけれど微笑みは崩さないわよ、意地でもね。

「私がレイミの中で目覚めた日は、わかるでしょう？」

「あなたが、お嬢の中で目覚めた？」

怪訝《けげん》な声で繰り返され、頷く。

「ええ、気がついたら、私はレイミになっていたの、正確にはあの日の夜中から」

思い出しながら言葉を続ける。

「右足が痛くて、痛くて、目が覚めたら、そのときにはもうレイミになっていたわ。夢だと思って、二度寝したけどね」

だけど、夢じゃなかった。私は麗美華に戻れなかった。

「先に言っておきますけど、理由はわからないわよ。気がついたら、なっていたのだから」

腕を組んで顎を上げ、挑発するように目を細めて彼を見た。

さて、どう出るかしら。

「それにしては、随分と落ち着いているようだが？」

固い声、それに言葉使いもレイミを相手にしてるときとは違うわよね。

――粗野っぽいイケメンの敬語って、超いいわね！　ドキドキしちゃう。

「そりゃ、慌ててどうにかなるなら慌ててるわよ。どうにかなるならね」

ため息を吐いて、組んでいた腕を解いた。

「こうなったのも突然だったから、多分、戻るのも突然なんじゃないかしら？」

肩をすくめた私に、彼の目はなにかを推し量るように細くなる。きっと、いま凄い勢いで色々考えてるのよね……考えたところで、どうしようもないのに。

ひとしきり考え終えたのか、彼はひとつ息を吐いた。

「あなたは、これからどうするおつもりだ」

「どうもしないわよ、いまを生きるだけだわ」

これだけは引けないことだと、彼の目を見てきっぱりと言い切る。

「ありがたいことに、レイミの記憶はあるの。だから、あなたの名前も知っていたし、お父様とお母様にも親愛の情があるわ。まぁ、ちょっとばかり、記憶が抜けてるところもあるけれどね。足を失って悲観するのはわかるけど、投げやりになるのはよくないわね。せめて、家庭教師がくれた教科書類は捨てずに取っておいてほしかったわ」

苦笑いする私に、彼は視線を上げて頷いた。

「ああ、もういらぬから捨ててくれと言われたな。一応取ってあるが」

「取ってあるのっ？　さすがバウディ！　レイミが惚れた男だけあるわ」

手放しで褒めれば、彼は微妙な顔をしてバリバリと頭を掻いて体を起こした。

「……惚れた腫《は》れたを、本人のいないところで言うのは、マナー違反じゃねぇのか」

あら、言葉使いが戻っちゃったわね。

公式の場所ではちゃんと敬語ができるのは、公爵家に行ったときに知っていたけど、いまの尋問でも固い言葉使いだったわね、どっちが素なのかしら。

レイミ的にはちょっと乱暴ないつもの言葉使いのほうが距離感が近くて好きみたいだけど、
私的には敬語のほうが好きだわ、粗野っぽさとミスマッチなのがいいのよね。イケメンマッチョでスーツと眼鏡が似合う男が私のタイプだから。

それはいいとして、なかなかいい感触だわレイミ。憎からず想われてるわよ、あなた。

「ふふっ、そうねマナー違反だったわね」

レイミの想いの影響か、胸がふわふわと温かくなって心が浮き立つ。

ふと、彼がなにかを思いついたようにこちらを見た。

「お嬢にあんたがいるってことは、あんたのほうにお嬢が入ってるってことはあるのか？」

ああ、それねぇ。

「わからないわ。可能性としてないとは言えないけど、だからといって、確認しようもないし、どうにもできないことだもの。でも、そうねぇ――」

昨日、公爵令嬢に教えられた乙女ゲームのストーリーが脳裏をよぎる。レイミが魔法学校を追い出されてしまう、あまりにあんまりな結末のあれだ。

「レイミが戻ってきたときに、困らないようにはしておいてあげたいわね。子供を守るのは、大人の役目ですもの」

「大人……？　あんた、一体いくつなんだ」

「女性に年齢を聞くのって、マナー違反よね？　ふふっ、まぁ十五歳ってことでいいんじゃないかしら」

そう答えると、舌打ちされた。レイミの前だとやったことないくせに、こっちが本性かしら。

「そうだわ、このこと、お父様とお母様には伝えるの？」

「……どうしてほしいんだ、あんたは」

「私はどっちでもいいわよ？　伝えたところで、家を追い出されるなんてことはないでしょうし。伝えないまま、いつかレイミが戻ったとしても、そのときはそのときで、あの二人なら大丈夫でしょうから」

ちょっと頼りなくはあるけれど、愛情は間違いのないものだというのはわかるから、どっちを取っても問題はない。

きっぱりと言い切った私に、彼はまた考えて、言わないことを選択した。

「言えないだろう……違う人間が、お嬢に宿ったなんてよ」

「そうね、説明するのが面倒よね。でも私に直接聞かれたら、ありのまま答えるわよ」

「それはあんたの判断に任せる」

あっさりと言い切られ、すこし驚いた。

随分と信頼してくれちゃってるわね。思わず、にんまりしてしまう。

「だが、あんたの行動は俺が見張る。お嬢にとって、不利益になることは、必ず止める」

「それはいいけど。不利益かどうかって、個人の見解に左右されるんじゃないのかしら？　それをあなたの基準で判断するのでしょう？　大丈夫？」

まぁぶっちゃけると、私がやってきたみたいに色々動き回るのは、記憶にあるレイミ的にはNGだと思うのよね。たとえこれが、いまできることの最善だとしても、あの子は……逃げたがっていたから。

でも、まぁ、いまは私がレイミなんだし？　私は私の生きたいように生きるしかないのよ。

「ああ言えばこう言う。本当に、お嬢とは全然違うんだな。いつか……いつかお嬢は戻ってくるのか？」

「私には、わからないわ」

感慨深い声音で聞かれたので、敢《あ》えてきっぱりと答える。

だって、絶対に戻ってくるかなんてわかりもしないこと、適当に言えない。

「そうか……すまん、何度も聞いちまって」

「いいわよ、別に。ただ、秘密を共有したんだから、色々と便宜《べんぎ》を図ってもらうわよ。とりあえずは、教科書類、あと、色々とわからないことは随時教えてほしいの。これは、レイミのためにもなるわよ？　レイミの記憶はちゃんと残っているんだから、私がこの体で記憶したことも残るはずだもの。私が学んだことは、彼女が学んだことと同じってことでしょう？　だから、お願いねっ」

表情筋を目一杯使ってニッコリと笑う、ついでに可愛らしく手を合わせて小首も傾げてみせた。どうよ、あざといでしょう！

「承知した」

口元を引きつらせて、ひと言だけ返してきた。

なんて無愛想なっ！　十五歳の乙女が、可愛いポーズまでしてるのにっ！　まぁいいわ、言《げん》質《ち》は取れたんだから。

さぁ、これからやりたいことを片っ端からやっていくわよっ！

第二章　準備

昨日はあれからすぐにバウディが、レイミの捨てようとしていた教科書を持ってきてくれたから、今日はそれに目を通しているんだけど。

国の歴史、貴族社会の作法と心得、近隣諸国の歴史、魔力と魔法についての本。歴史系の本は鈍器《どんき》サイズなのに、魔法関係の教科書は基本薄い。

魔法は専門の学校で習うからなのかもしれないわね、なんて考えながら薄い本を斜め読みする。魔法を使うためには『魔力』というのが必要で、それは人間には必ず備わっているものらしい。だけど、魔力を体に溜《た》めておける量、使った魔力がどのくらいで回復するかには個体差がある。王侯貴族は魔力の貯蔵量が多く、普通の人は少ない。

そして、貴族には魔法を使って国を支えるという役目があり、有事の際には強制動員される。災害とか戦争とか。国史を読んだ限りでは、最近は近隣諸国との関係が良好らしく、戦争の心配はないみたいだけど……。

「そういえば、バウディルートだと隣国への軍事介入が発生するのよね」

こっちの世界でも国家間の内政は不干渉だろうに、なんで軍が動いたんだろう？　よっぽどなことが起きたんだと思うけど、アーリエラ様がくれたあの薄いノートにはそこら辺のくだりがさっぱり書かれてなかったわね……。

　貴族の役割としては、それ以外にも国の運営とか、支配階級としての役目があるようだけど、学校まで作って魔法を使えるように育成する意味はとても大きいってことはよくわかる。

　だから魔法学校を卒業しないと、貴族として認められないっていうシビアさも、貴族っていう特権階級の義務の一環なのね。

「やっぱり、ちゃんと卒業したほうがいいわね」

　レイミの立場を悪くするわけにはいかないし、我が家は一人っ子だからちゃんと学校を出て、貴族として認められたほうがいいわよね。

　とはいえ、義務じゃなくても学校は楽しみなんだけれどねっ！　魔法って未知過ぎて、無茶苦茶ワクワクする。

「攻撃魔法、防御魔法、身体強化魔法、治癒魔法……色々あるのね」

　攻撃魔法や防御魔法っていうのは、魔力をたくさん使うのでなかなか連発はできない。

　だから貴族は平時には魔法を使わずに魔力を溜めておいて、有事のときだけ使用が許可されるということだ。ああ、でも、身体強化魔法は使えば使うだけ魔力の馴染《なじ》みがよくなって、集中力も上がるから、日常的に使うことを禁じられていないのね。

　そして、本を読み進めて、愕然《がくぜん》とする。

『貴族籍を持つ者が強化系以外の魔法を許可なく使用した場合、罰金及び刑罰が科せられる』

　身体強化の魔法を使うのはいいけど、攻撃魔法とかを使うのは駄目《だめ》ってこと？　まぁ、妥当といえば妥当かな？　魔法を町中で使うような人間を罰せないのは問題だもんね。でも、折角《せっかく》魔法のある世界なんだから、ほうきで空を飛んだりしたいじゃない。

読み終えてしまった本を閉じて、机に突っ伏す。

「もっとちゃんと魔法の使い方を載せてくれてもいいと思うのよねー。折角だからちょっと使ってみようと思ったのになー」

「そういうのを危惧して、詳《くわ》しく書いてねぇんだよ」

ポコンと頭を叩《たた》かれ、顔を上げる。

「入室の許可くらい、取ってくださーい」

腰に手を当てたバウディに唇をとがらせてみせると、もう一回叩かれた。それから、ニヤリと笑った彼が、親指で部屋の入り口を示した。

「お嬢の待ってたものが、届いたぞ」


バウディの押す車椅子に乗ってリビングに向かった私は、王都でも一、二の腕前を持つというドワーフの親方と対面することになった。

生憎《あいにく》と父は仕事で、母も自作のレースを納品しにボラと一緒に町へ出ているので、私はバウディと共にドワーフの親方こと、ボンドとリビングで対面した。

「久し振りだな、嬢ちゃん！　車椅子の調子はどうじゃ！」

車椅子に乗った私と同じ目線のお洒落髭《しゃれひげ》の筋肉だるまのような彼は、まず私の体調よりも自分の作品の調子を聞いてきた。さすが職人ってところかな？

「乗り心地がとてもいいです。それよりも、お願いしてあったものは？」

「まぁ、急ぐな、急ぐな。ちゃんと、持ってきとる」

急《せ》かす私を手で制し、ボンドは手に持っていた革張りのケースをテーブルに置いて蓋を開けると、中に収まっていたパーツを手際よく組み立てた。

「お、お洒落な松葉杖《づえ》ね」

脇に当たる部分は柔らかそうな素材のパッドがつき、そこからS字にカーブした先にグリップがあり、先はまっすぐ地面まで伸びている。色は明るい黄色とオレンジのグラデーションで、花と鳥のモチーフが彫られて所々に小さな宝石らしきものが埋め込まれている。

それが左右それぞれに用意されていた。

「若ぇ嬢ちゃんが使うんだ、洒落てたほうがいいだろ」

キュッと鼻を擦《こす》り、イイ笑顔になる。

バウディの手を借りて立ち上がって、ボンドから松葉杖をまず一本受け取る。ずっしりとした手応えに受け取った手が下がる。

「思ったよりも重いのね」

持ち上げたときの手応えに驚いた私に、彼はポリポリと頭を掻《か》いた。

「これで重ぇのか……。強度を出すのに芯を入れてあるからなぁ。これ以上軽くすんのは難しいんだ。まずはいっぺん、これで長さの調整をするから、ちょっと当ててみてくれ」

急かされて、まず左側の脇にパッドを挟みグリップを握り、次に右を持つ。

どう見ても松葉杖が長い。あと五㎝は短くしてもらわないと、つま先立ちになっちゃう。

「よしよし、一回座ってくれ」

そう言うと、持ってきていたもうひとつのバッグから取り出した厚手の大きな一枚布を床に敷き、同じく取り出した小さなノコギリで、躊躇《ためら》いなく杖の先を切り落とし、切った面にサッとヤスリを掛けて杖を渡してきた。

「もう一回合わせてみてくれ」

請《こ》われて立ち上がり、もう一度松葉杖をかまえた。

「まぁ、ぴったりだわ」

たった一回調整しただけなのに、ビシッと決めるのはさすがね。そのまま、恐る恐る数歩歩くとコツが掴《つか》めたので、バウディに付き添われながら、なんとかリビングを一周した。

重さはあるけれど、これから筋力を上げていくから許容範囲ってことにする。それにしても、白力で移動できるというのはとても素晴らしいわね!

「長さも、持ち手も丁度《ちょうど》いいわ」

「そらよかった。最後の仕上げをするから、ちょいと貸してくんな」

ボンドはもう一度杖の先にヤスリを掛けると、ポケットから取り出したテープをぐるぐると厚めに巻き付け、グローブのような手でテープをぎゅっと握ってぐいぐいと数度ねじるように動かした。彼が手を離すと、テープだったものが一枚のゴムのようになって杖の先を包んでいる、聞けばこのテープは魔道具で魔力を通すと形状が変化するものらしい。

「滑り止めだ。擦《す》り減ったら交換するから、言ってくれ」

「ええわかったわ。もうひとつお願いがあるのだけれど、——私に義足を作ってほしいの」

「嬢ちゃんが義足だって!? おいおい本気か？」

「ええ本気よ。あ、でも、作れないなら無理は言わないわ。ボンドとは畑違いだものね」

驚くボンドに、肩をすくめてそう答えれば、彼は憮然《ぶぜん》とした表情をする。

「義足はいっぺん作ったことがあるぞ！ このわしが作れんはずないじゃろ。じゃがな、義足っちゅうのは、若いお嬢ちゃんが使うようなもんじゃねぇんじゃよ」

言われて思い出したわ、こちらの義足というのはとんでもなく無骨だってことを。

「私がほしいのはアレじゃないわ！ 外見は足に似せて、足首も可動式にして滑《なめ》らかに歩けるようにするの！ なんて注文……さすがに、ボンドでも無理よね……」

ちらっとボンドを見ながら言えば、彼は特大の鼻息を吹き出した。

「なかなか面白ぇこと考えるじゃねぇか！ 人の足に似せた義足たぁ、腕が鳴るぜ！」

「じゃぁ、作ってくれるのね！」

思わず声が弾んでしまった私に、横から声が掛かる。

「レイミお嬢様いけません、義足など——」

いままで黙っていたバウディが、たまらずといったように口を挟んでくる。

「どうして駄目なの？ 私に体力がないから？」

憮然とした私の疑問に、答えてくれたのはボンドだった。

「義足ってぇのは、平民が使うもんだからな。貴族はそもそも、平民に比べて、義手や義足が必要になるような事故も少ねぇし。四肢《しし》が欠損したとしても、使用人でなんとかなるだろ」

苦い含み交じりの言葉に、なるほどと納得する。確かにウチも、バウディが私の足のような役割をしてくれているものね。

「レイミお嬢様、私がいくらでも足になりますから」

車椅子のうしろに立つバウディが、私の心を挫《くじ》こうと悪魔の囁《ささや》きをするけれど、それを受け入れる私じゃないわよ。

「嫌よ、私は自分で歩きたいの」

頑として引かない私に、バウディはなんとかやめさせようと説得してくるが、撥《は》ね除《の》けて我を通す。ここで折れてなるものか！

「まぁまぁ、一度どんなもんか、嬢ちゃんの考えを図面に起こしてみようじゃねぇか。それから決めてもいいいんじゃねぇのか？」

ボンドの提案で、ひとまずバウディが折れてくれた。

「ありがとうボンド！　あなたの腕ならば、きっと素晴らしい義足を作れるわ。だってこんなに素晴らしい車椅子や、松葉杖を作ってくれたのですもの」

私の言葉を聞いて、ボンドは自分の頭をガシガシと掻いた。

「わかった、わかった。まずは設計図だ、それ次第《しだい》でできるかできないか決めるからな」

「ええ！　ボンドはいま時間はあるかしら？　大丈夫？　なら、さっそく話し合いましょう！　ダイニングのほうが広いし、図面を書きやすいわね、じゃぁそっちに移動して、バウディは紙とペンを用意してね！　さ、ボンド、こっちよ」

できあがったばかりの松葉杖をついて、ボンドをダイニングのテーブルに案内する。バウディは紙とペンを出してから、お茶を用意しにいってくれた。

お茶が用意できるのを待つあいだ、ボンドの隣に座って頭を下げた。

「ごめんなさいね、無理を言って。あなたの都合もあるのに……でも、どうしても、私、自分の足がほしいの」

思う通りに行動できない不自由さを、これ以上我慢できないから。

「あー、まぁ、その気持ちも理解できるからのぉ、やるとなったら全力は尽くさせてもらうが。それにしても、嬢ちゃんはわしみたいなモンが嫌じゃねぇんだな」

苦笑したボンドが、紙とペンをたぐり寄せて、手持ち無沙汰《ぶさた》のように紙に人の足を描く。

「あなたを嫌う？　どうして？」

サラサラと書かれていく足を見ながら首を傾《かし》げると、彼は一度手を止めて、ガシガシと頭をかきむしった。

「わしが、ってぇか、わしらみたいな人間以外の種族だな。貴族は大抵《たいてい》嫌がるもんだ。ああ、あんたの父ちゃんと母ちゃんはそんなことねぇけどな。――命がけで、助けてくれようとする貴族なんて、はじめてだった」

懐《なつ》かしむ声音と遠くを見るような視線で、きっと父と出会ったときのことを思い出しているんだと思う。

外見の違い、言葉の違い、習慣の違い、能力の違い――残念だけれど、この世界でも多様性を受け入れる風土はできていないようだ。

「人間がみんな、ここの家みたいならいいんだがなぁ」

感慨深い声を落とす彼を見れば、ドワーフの国を出て色々苦労があったのだろうと思う。

「そういえば、私、他の種族の方に会ったことがないのですけれど。ドワーフ族以外には、どんな種族がいるんですか？」

暗い話題を変えたくて聞けば、ボンドもすんなり乗ってくれる。

「そうさなこの国だと、エルフ族、人猫族、人狼《じんろう》族、あたりが住んどるか。変わりどころだと、もう絶滅してしもうたが、ヘキレイ族もおったな。碧《あお》き御霊《みたま》の種族じゃ」

なるほど、碧霊《へきれい》族。

「碧霊族は、絶滅したんですか」

幽霊っぽい名前だけど、絶滅したってことはお化けってわけじゃないのよね多分、きっと、絶対に、生物だと思いたい。

「そもそも、あまり個体を増やさん種族じゃったからのぉ。己の伴侶《はんりょ》を大事にしてのぉ、先に死んだほうの精神体がこの世にとどまり、伴侶の死を待ってから共に天に昇るっちゅー性質じゃったらしい。この地に住んでいた最後のツガイが死んで、もう二百年以上経《た》つはずじゃ」

「精神体で伴侶を待つんですか……それはつまり、お化けということですよね？」

恐る恐る確認すると、かっかっかと笑われた。

「はっきりと人型はしておらんよ。ただ、残された伴侶に、碧色の人魂としてくっついておったらしい、平和なもんじゃろ。ただ、伴侶に仇《あだ》なす者は、一様に不幸な事故や死に見舞われるくらいで」

「碧霊族というのは、結構、過激なんですね」

「手を出さんばなんもせん、平和な種族じゃ」

手を出さなきゃやり返さないなら、平和なのかな……。死してもなお伴侶に執着してる感じがすこし怖いけど、相思相愛なら問題ないのかも？　私にはそういう愛の形はわからないけどさ。

「嬢ちゃんがこれから通う魔法学校のある場所は、その碧霊族の悲恋の物語があってのう。碧霊族の青年と結婚した人族の娘が、当時この地を治めていた領主に懸想《けそう》されての」

「碧霊族にも異種族婚があったのね」

そして領主の横恋慕《よこれんぼ》とか、嫌なにおいがプンプンするわね。

「そりゃあるだろう。特に、碧霊族は人族に近い容姿のうえに、とても美しかったらしいしの。それでだ、領主はその娘をなんとか自分の嫁にしようとしたものの、碧霊族は魂魄《こんぱく》の扱いがうまく魔法に長《た》けた種族じゃから、どうしても追い払われてしまう」

「魂魄の扱いが、魔法に影響するのね。魂だけで存在できるくらいだから、よっぽど器用だったのかしら。でも領主だって、きっとねちっこく諦《あきら》めなかったのでしょう？」

　こうして話が残るくらいなのだから、きっと盛大にやらかしてると思うのよね。

「そうじゃ、諦めなかった。どこからか、碧霊族の天敵ともいえる特殊な魔法を使う貴族を連れてきて、とうとう娘を我がものにしてしまったんじゃ」

「最悪ね。それで、碧霊族の青年はどうしたの？」

　続きを急かす私に、彼はまぁ待てと手で窘《たしな》める。

「領主に捕まった娘は必死に抵抗して、死んでしもうたんじゃ。じゃが、人族である娘の魂は、碧霊族である夫の魂を待つことができず、すぐに天に昇ってしもうた」

「ん？　碧霊族って、伴侶と共に天に昇るのでしょう？　ということは……」

「本来であれば、異種族と結婚した碧霊族は、相手を追って自決するのだが」

　潔《いさぎよ》い粘着っぷりだわ、まぁ夫婦ならセーフかな？　種族的な性質だし、しようがないのかもしれないけど……凄《すご》いわね。

「領主の策略で、妻の死を知るのが遅くなった夫は、急いで自決したものの妻の魂に追いつけず、天へ昇ることができなくなってしまっての」

「え、一緒でないと、天に昇れないの？」

　独り身の人や結婚前の人はどうなるの、っていう疑問は野暮なので封印しておく。

「そうじゃ、難儀な種族じゃて。それで夫は怒り狂い、自分を足止めした例の魔法を使う貴族を呪い、領主を呪い、一族を呪い尽くしたあげく、魂を消滅させてしまったといわれておる」

ボンドが沈痛な面持ちでそう締めくくった。

魂の消滅というのがこの世界では耐えがたいことなのだと、レイミの意識で理解する。胸がとても痛い。

「そして一族郎党が変死した呪われた領主の館というのが、いまの魔法学校がある場所じゃ」

「なんでそんな曰《いわ》くのある土地に、学校なんて建てるのよっ」

墓地の上に学校を建てるようなもんじゃない？　絶対に肝試しなんかできないし、日が沈んでから一人歩きもできないわよっ。

「かっかっか。曰くがあるから建てたんじゃろう。鎮魂《ちんこん》の意味も込めてのぉ」

「学校なんて騒々しいところで、魂が休まるとは思えないし。これからその学校に通う私に、そんなことを教えるのは、意地悪じゃないかしら」

憤慨する私を、ボンドは楽しそうに笑い飛ばした。

学校の七不思議になってそうな話を聞かされて悶絶《もんぜつ》している私と、愉快そうに笑う意地悪なボンドのいるダイニングテーブルに、お茶を用意してきたバウディが戻《もど》ってきた。

「お待たせしました」

バウディがボンドの前にジョッキのビールを置き、私の前にお茶を出してくれた。

真っ昼間だけどビールありなんだね、ボンドの顔が輝いてる。

「おほっ！　こいつはありがてぇ、遠慮なくいただくぞ」

「無理をお願いいたしますので」

なるほど、私の無茶振りのお詫《わ》びってことか！

というか、これから打ち合わせするのに飲んで大丈夫？　バウディがそこらへん、しっかりしてると思うので突っ込みは入れないけど。

ゴッゴッゴッと喉を鳴らしてビールを飲むボンドの飲みっぷりに、ちょっと呆《あき》れる。

「ぷはぁっ！　頭がすいすい動きそうじゃゃ！」

そう言うと、猛然とペンを動かした。

「――よっしゃ、これをこうして、足首を動くようにじゃったな？　じゃぁ、あの技術を使って、ふんふん、これでかなり足に近くなったな、じゃが、可動部が見えるままじゃちと問題か、じゃぁ全体をワイバーンの皮膜で覆《おお》って、となると全体的に一回り小さくせにゃならんか。よし、嬢ちゃん、これでどうじゃ」

先程描いた足の絵に注釈と説明図を付け足していくボンドに呆気《あっけ》に取られてしまったが、こちらに向けて広げられた図面に気を取り直す。

「凄いわ！　そうそう、こんな風に、足に近い義足がほしいのよ！　ねぇ、物を入れられるように、この中を空洞にできたりしないかしら？」

義足を作ることを考えた当初から、そのことを考えていた。義足の中に武器を仕込めたら、カッコイイだろうなって。武器を入れたいなんて言ったら、バウディに怒られちゃうから、いまは空洞だけをお願いする。

「空洞ぉ？　嬢ちゃんは、こんなところに、なにを入れるつもりなんだかなぁ」

無理を言った私に笑いながら、白紙を引き寄せて新たに図を描いていく。余白になにやら数字を書き込んで計算をしていたが、渋い顔になる。

「ううむ、やはり強度が足りんな。嬢ちゃんが物への強化魔法ができるなら、話は別じゃが」

「物への強化魔法？　そんなのがあるの？」

「兵士が武器に掛けたり、人間の鍛冶師《かじし》がハンマーに掛けたりしとるよ。自分の手の延長ってぇ感覚で魔法を発動するもんらしい。わしにゃぁ必要ねぇから、聞いた話だがよ」

むっきむきのドワーフだから、身体強化するまでもないってことね。

それにしても、物への強化が身体強化の進化版ってことは、日常使いしてもいいってことじゃない？

「じゃぁ、私、それを覚えるわ！」

両手で握り拳《こぶし》を作って宣言した私に、二人は残念そうに首を横に振る。

「すまんな、言っておいてなんじゃが、身体の強化と物への強化じゃぁ難易度が違う。そう簡単には――」

「やらないで諦めるなんて、そんな馬鹿なことはないわ。挑戦しないでどうするのよ。成功するまで努力を続ければ、努力は必ず実るのよ！」

一瞬きょとんとしたボンドだったが、大きな口を開けて笑いだした。

「かっかっか！　そりゃぁそうだ、行動を起こさねぇと可能性はゼロだが、動けばゼロじゃなくなる。それがどんだけ凄いことか、嬢ちゃん、よくわかってるじゃねぇか」

私の無茶な理屈を受け入れてくれたボンドが、親指を立ててウィンクしてくれる。

「その心意気、気に入った！　まずは、普通の義足を作ってやる。それから、嬢ちゃんの希望の、中が空洞の義足だ」

「ありがとう！　期待しているわ」

今後も義足を作るまでに打ち合わせがあるだろうから、そのときにこっそりと義足に仕込みたい武器についてボンドにお願いしなきゃね。

このあと用事があるというボンドを見送り、バウディに見守られながら松葉杖で部屋に戻って――ちょっと休むつもりで横になったら、そのまますっかり寝入ってしまった。

＊・＊・＊・・＊・・＊

お昼ご飯も食べずにぐっすりと眠り、目が覚めたのは午後三時前だった。

あっ！　寝る前にベッドの脇に置いておいた松葉杖がない！　これは、きっとバウディの仕業に違いないわね。折角、ひとりで行動できるようになったのに、もうっ。

枕元のテーブルに置いてあるベルを力強く鳴らすと、すぐにバウディがやってきた。

「どうしたっ！　……って、なんで怒ってるんだ」

腕を組んでぷんすかしながらベッドに座る私に、急いで来たらしい彼は首を傾げる。

「バウディ、私の松葉杖はどこ？」

「なんだそんなことか。あんなにでかい音で、急に呼び出すから何事かと思った。ちょっと待ってろよ」

そういえば、私になってから、バウディを呼び出したことってなかったっけ？　なんだかんだと理由をつけて顔を出してくれるから、そのときに用を足すので間に合ってたし、そりゃぁ驚きもするか。そう思ったら、すこし溜飲《りゅういん》が下がった。

ホッとした顔の彼は部屋を出るとすぐに、松葉杖を手に戻ってきた。

「今度から、ここに置いておいて」

ベッドと机の細い隙間《すきま》を示すと、彼は難色を示す。

「お嬢がもっとちゃんと歩けるようになるまでは、駄目だな」

きっぱりとした否定の言葉に、思わずムッとしてしまう。

「どうしてよ！　ちゃんと歩けるわ、さっきだって歩けたんだからっ」

「あれをちゃんととはいわねぇよ。まずは練習だ、それで本当にしっかり歩けるようになったら、部屋に置いておいてもいいいぞ」

「ねぇ、一応私が主人なんじゃないの？　どうして私の言うことを聞いてくれないのよっ」

思わず出てしまった言葉に、私の中のレイミが胸に痛みを訴える。

そうね、彼とのあいだに主従関係があるのが嫌だったんだものね。彼の砕けた言葉使いも、あんたの気持ちの反映なんでしょ？

でも、出ちゃった言葉は戻らない。彼の機嫌を損ねてしまったかと思ったけれど、彼は気にもしていないようにニヤリと片方の口の端を上げて、挑発するように私を見下ろした。

「主人の暴走を止めるのも、いい従者の条件だろうがよ。ほら、練習するんだろ？　まずはこっからリビングまでだ」

むきぃぃぃ！　歯がみする私を立ち上がらせて、松葉杖を持たせる。

「両手で、しっかり掴めよ」

「わかってるわっ！　そこ、邪魔だから退《ど》いてちょうだい」

「へいへい」

これでも、あっちの世界でも松葉杖を使ったことが何回かあったから、経験はゼロじゃないのよ。だけど、レイミの筋力がね、本当にねっ、全然ないのよねぇぇっ！

松葉杖が突っかかったら転んじゃうから、気をつけて一歩一歩丁寧に歩く。

車椅子ならあっという間の距離を、顔を赤くして、汗をかいて、やっと到着した。

「よく頑張ったな。すこし休むか？」

「甘やかすのが早いわ。やっと、体が温まってきたところなのに」

そうやって甘やかすから、レイミの筋肉がこんなに落ちちゃってるのよ！　最低限のリハビリしかしてないのは、レイミの記憶で知ってるのよっ！

くっそぅ、ビシバシ体を使って、なんとしても体力を戻すわよ。このままじゃ、学校に車椅子登校だわ！　そうなったら、公爵令嬢の薄いノート通りになっちゃうかもしれないもの。

「あら、レイミ。それが、ボンドにお願いしていた松葉杖なのね」

「お母様！　帰っていらしたのね」

ソファに座り、いつものようにレース編みをしていた母が立ち上がって近づくと、取り出した繊細な刺繍《ししゅう》が入ったハンカチで、私の額《ひたい》を流れる汗を拭《ぬぐ》ってくれた。

「ありがとうございます」

「どういたしまして。ああそうだわ、あなたまだお昼を食べていないでしょう？　一旦休んで、お母様と一緒に、軽食を取りましょう」

母の提案に空腹を思い出して、力強く頷《うなず》いてしまった。

ダイニングテーブルまでなんとか歩ききると、バウディの引いてくれた椅子にドスンと座ってしまった。も、もう左足が限界だったんだもん。

母から渡されたハンカチで流れる汗を拭《ふ》いてるあいだに、バウディが松葉杖を壁に立てかけ、料理人に軽食を頼みにいってくれる。

いつもは向かいの席の母が、今日は珍しく隣に座った。なにかあるのかしら……、もしかして、レイミの中身が変わったことを、確認されるのかな？

さすがに母親から確認されるのが怖くて、緊張で胸が痛くなる。

「お疲れさま。ねぇ、レイミ、あなたは私に似ているから、繊細な魔力操作がきっと上手だと思うの」

ドキドキしながら待っていた言葉は、全然関係のないことで拍子抜けしてしまった。

に、似てるのかしら？　このおっとりしている母と、私が？

「繊細な、魔力操作ですか?」

「ええそうよ、放出系の魔法よりも、体の中に循環させるほうがきっと得意になるわよ。兵士の人たちみたいに、ガチガチにするのでなくていいの、ちょっと足りないところを、部分的に補助してあげるだけ」

足りないところを補助する、兵士はガチガチ、ということは?

「それはもしかして、体を強化する魔法ですか?　お母様は、身体強化の魔法が得意なんですか?」

驚いて尋ねた私に、母がコロコロと可愛《かわい》らしく笑う。

「ええ、得意ですとも。あなたも左足に身体強化を使ったら、もうすこし楽に歩けるのではないかと思うの」

「ですが、奥様。そうしてしまうと、きちんと筋肉がつかなくなってしまいますよ。一部だけに使うと、筋肉のつき方に偏りが出てしまうかもしれません」

調理場から水とグラスを持って戻ってきたバウディが、母に苦言を呈《てい》している。

彼が母を止めてるということは、現段階でも身体強化の魔法を使っていいということね?

「嫌ねぇ筋肉筋肉って。レディなのですもの、そんなに筋肉はいらないでしょう?」

母に言われて、バウディが言い返そうとしたと同時に挙手する。

「はいっ!　お母様、身体強化の魔法を教えてほしいですっ!」

絶対教えてほしい!　そして、それの進化形である物への強化も覚えるの!

「ほら、レイミもこう言っているのですもの、ね？」

ほんわりとした母の笑顔に、バウディはぐぬぅと言葉を飲む。

「安心してバウディ、私、ちゃんと運動もするから！　ね、いいでしょ？」

両手を胸の前で組んで、上目遣いにお願いポーズをする。

「仕方ない。ちゃんと、俺が見てる前でするんだぞ」

やったー!!　了承いただきましたー！

「はーいっ」

十五歳らしく、朗《ほが》らかにお返事をする。

「ふふっ、バウディの許可も取れたし、心置きなく特訓できるわね、レイミ」

おっとりと微笑《ほほえ》みながら言う母の言葉が引っかかる。特訓なの？　練習の間違いじゃなくて？

＊・＊・＊・・＊・・＊

母から身体強化の「特訓」を受けることになったけど、その前にまずは腹ごしらえ。

ボラがお茶の用意をしてくれて、料理人が作ってくれたサンドイッチがテーブルに出される。

引っ込み思案な料理人に私はまだ会ったことがない、レイミの記憶にもかろうじてうしろ姿が残っているくらいで、ぼんやりとしか思い出せなかった。

その極度の引っ込み思案のせいで我が家に来ることになったのだけど、腕は確かだし、いつでも家にいるので、こうして中途半端な時間でもお料理を出してもらえるのはとてもありがたい。誰かに作ってもらったご飯って、本当に美味《おい》しいわよね。

「そういえば、お母様の身体強化って、もしかして編み物をするときの、両手ですか？」

サンドイッチを食べ終えてから、思い当たったことを口にすると、お茶を飲んでいる母がゆっくりと頷いた。

「ふふっ、惜しいわね。指先に強化の魔法を使っているの」

「そんな部分的にできるんですね。そのほうが魔力の消費も少なくて済むからでしょうか？」

「強化魔法に使う魔力は体内を循環させるものだから、ほとんど消費することはないのよ」

なんと！　それは便利。ああ、だから強化魔法の使用は制限されていないのね。貴族は、いざというときに魔法を使うために、平時に魔法を使わないように決められているけれど、魔力を減らしさえしなければ問題ないということか。

いつにも増して楽しそうな母に促《うなが》されて、母と向き合うように座り直すと、姿勢を正して目を閉じるように指示される。

「肩の力を抜いて、鼻から吸って、ゆっくりと長く息を吐き出すの。まずはその呼吸に集中して。他のことは考えないで、いいと言うまで続けてね」

これって瞑想《めいそう》ですね、ちょっと悪ぶっていた時期のあとに、はまってたわ。

呼吸に集中することで、なにも考えず純粋に「今」を感じる。未来も、過去もない、純粋な今このときを生きるということに集中する。

「はい、上手ね。それじゃぁ、目を閉じたまま体の内側に意識を向けて、どこか意識が集中する場所があるから、見つけたらそこにぎゅーっと意識を集中させてみて」

指示通り、違和感のある眉間《みけん》に意識を集中させる。すると、そこにじんわりと熱が集まってきた。こんなのは、向こうでやってたときにはなかった現象で、ワクワクする。

「熱くなってきたわね？　それが魔力よ。その魔力をゆっくりと他の場所に移動させましょう、まずは肩、それから両腕から手へ、胴体、腰、最後に足先」

魔力を下におろしていく。意識すれば本当に動くその感覚が面白くて、言われたように上から下に移動させ、足先まで移動できたら今度はそこからまた上に移動させる。その往復作業を何度もおこなうことになった。

途中で集中が途切れたら最初からやり直し、何度も繰り返しているうちに、どんどん魔力の移動がスムーズになるのがわかる。

「一回休んでいいわよ」

母の声に、集中を解いて目を開くとなんだか目がチカチカした。集中していたからかな？

「お嬢、飲み物置いとくぞ」

バウディが氷の入ったレモン水をテーブルに置いていく。母の横には、ティーカップだ。

その母は私の指導をしながら、凄い勢いでレースを編んでいる。

どんな風に強化すればこんなに高速で指を動かせるんだろう？　強化って単純に力が強くな

るだけじゃないってことよね。

冷たいレモン水を一口飲むと、思ったよりも喉が渇いていて、二口で飲み干してしまった。

「はじめてにしては、とても上手だったわ。だけど、まだまだ魔力が漏《も》れていたから、次は魔力を体の内側だけで回すことを意識できるといいわね。魔力が漏れるということは、魔力を放出したのと同じですから、あまりやり過ぎると罰を受けることになるので気をつけてね」

母がニッコリと爆弾発言する。魔力が漏れると罪になるって、大問題じゃない！

「奥様、あまり脅《おど》さないでください。お嬢、大丈夫だ、練習で多少放出する程度なら、罪に問われねぇから」

目を丸くしていた私の頭を撫《な》でたバウディが、空いたコップを下げてくれる。

「もうっ、本当にバウディはレイミに甘いのだから。危機感があったほうが、覚えも早くなるのに」

おっとりと小首を傾げる母は、もしかしたら見た目によらず策士なのかもしれない。

「お母様、頑張りますから、あまり危機感を煽《あお》らないでください」

「うふふふ。魔力を漏らして身体強化を使ってるなんて、他の人に悟られるのは、三流以下のとても恥ずかしいことですから、早く魔力を完全に制御できるようになりましょうね」

三流以下⁉　私はいま、三流以下なの？　中ボスよりもまだ悪いわ、超最悪！

「わかりました。なんとしても、完全に魔力を制御できるようになりますっ！　お母様、ビシバシ鍛えてくださいっ」

「レイミがやる気になってくれて嬉《うれ》しいわ。では、また同じように魔力を循環させましょう。最終的な目標は一瞬で任意の場所に魔力を移動させることよ、勿論《もちろん》、一切外に漏らさずにね」

「わかりました！」

体育会系のノリの私たちに、バウディがなにか言いたそうな顔をしているけれど、強化魔法については母に一日《いちじつ》の長《ちょう》があると思うの、毎日あのスピードで編み物をしているんだから。

「まずいまは、魔力をゆっくりと移動させながら、魔力を漏らさない練習ね」

「はいっ」

また、瞑想からはじめて、魔力の認識、そしてゆっくりとその魔力を移動させる。

漏れているというのが、どんな状態なのかまだわからないけれど、魔力がふわっと広がっているのがよくないのかもしれない、もっとこう、霧状のふわふわした感覚ではなくて液体でイメージをすればいいのかも？　粘度のある液体を思い描いて、移動させてゆく。

ふんわり霧状だったときよりも、動かすのに集中力がいるし、動くスピードが遅い、だからさっきよりもずっと疲れる。

父が帰ってくるまで、ダイニングで魔力を動かす練習をした。母からはまだまだ魔力の漏れはあるものの随分よくなったと褒められはしたけれど、『まだまだ漏れてる』ことに悔しさしかない。

「お嬢、あのな、奥様の言っていた目標は、王宮勤めの魔術師クラスの話だから、普通の貴族はそこまでの精度は求められねぇからな」

よたよたと松葉杖をついて部屋に戻った私に付き添ってきたバウディは、私から松葉杖を受け取りながら、宥《なだ》めるように言った。

『フツー』の貴族ってことは要するに、三流貴族ってことじゃない？　そんなのと、一緒で満足するわけないでしょうっ。

「わかったわ、バウディ、ありがとう。って、なんで松葉杖持って行くのよっ」

「まだまだ、ひとりで使わせるわけにはいかねぇからな」

私の抗議は却下されて、松葉杖は回収されてしまった。

腹いせに、バウディが出ていったドアにクッションを投げつけようとしたけれど、そんなことをしたところで松葉杖は戻ってこないから、グッと我慢した。

それよりもまずやることがある、ベッドに横になって瞑想と魔力の循環練習よ！

と意気込んではみたものの、疲れ切った体は休息を求めていて、横になったら三秒も数えないうちにスコンと意識を失っていた。

この日から、瞑想と魔力の循環練習は、私の朝と夜の日課になった。

＊・＊・＊・・＊・・＊

すっっっっかり忘れていたけれど、月に一度、ヤツが来るのよ。

私の仇敵《きゅうてき》ともいえる、シーランド・サーシェルくそボンボンが、言いつけられて仕方なく来てます感丸出しのご機嫌伺いに。

今回も先触れもなく突然やってきたヤツを迎えるために、松葉杖をついて玄関ホールに向かうと、金色にも見える薄い茶色の髪を首のうしろでまとめた青年が所在なげに立っていた。

「サーシェル様、ようこそいらっしゃいました」

松葉杖の練習をしていたので、いつもの裾の長いスカートではなく一般的な脛《すね》半ばの丈のスカートを穿《は》いているのだけれど、ヤツはそれを見てあからさまに眉をひそめた。

おおん？　自分の罪を見せられるのが気に食わないのかね？　次からはもっと短いスカートで出迎えてやろうじゃないの。

「君には、そのように短いスカートは似合わないな」

咳払《せきばら》いして、挨拶《あいさつ》するよりも先に注意を口にする。本当にコレで貴族なのかよと、心から思いながら、背筋を伸ばして立ち、クイッと顎《あご》を上げて口の端を上げる。

「あら、先触れをいただいていたら、着替えておきましたわよ？　私に突然会いたくなったのはわかりますけれど、突然こられますと、私もあなたのために着飾りたいのに、お時間が足りませんわ。だって、サーシェル様はお忙しくていらっしゃいますから、いつもカップ一杯のお茶を飲む時間しかございませんでしょう？」

うふふふふと笑顔で釘《くぎ》を刺してやる。五寸釘をね。

言い返した私に、彼は面食らったあとギリッと奥歯をかみしめ、口を開こうとしたタイミングでバウディが私たちをリビングへと誘導してくれた。ナイス、タイミング！

ここ数日の訓練で、松葉杖の使い方はかなり慣れてきたものの、大股で歩くシーランドの歩幅には追いつけず、ゆっくりとあとを追う。

うしろにはバウディがついてくれているけれど、最近は転ぶこともないからもうそろそろひとりでも大丈夫だと思うのよねぇ、全然許可が下りないけど。

遅れてリビングに入ると、シーランドは既《すで》にソファに悠々と座り、母がお茶を用意してくれている。ボラもいるのだけど、こういうときはやっぱり女主人がもてなすものなのかしら？

「バウディ、ダイニングの椅子を持ってきてもらえるかしら」

ソファだと低くて、筋力が足りない私には座りにくいのよね。ほら、綺麗《きれい》に座るには腹筋と背筋が必要でしょ？　バウディの指導で、ただいま絶賛筋肉育成中なんだけれどまだ間に合ってないから、座りやすい椅子を所望するわ。

すぐにシーランドの向かいに置いてくれた椅子に座って、松葉杖をバウディに預ける。

「――松葉杖を、使っているのだな」

母とボラが席を離れた途端《とたん》に切り出してきた彼に笑顔を向ける。

「ええ、車椅子では不自由でしたので。それにしてもお久し振りですわね、前回は……ああ、突然、婚約のお申し込みをされたときでしたわね。あのときは、大変驚きましたわ、ふふふ」

口元に手を当て、肩を揺らして笑ってみせる。

「そっ、それは、きっ、君に早く伝えたほうが、安心できるかと思ってだな」

安心？　どこが？　家格が低いと侮《あなど》って、片手間に伝えにきただけでしょうが。すこしくらい取り繕《つくろ》いなさいよ、お馬鹿。

「あら、折角の求婚なのですから、きっちりと筋を通していただいてかまいませんでしたのよ？　だって、一生に一度のことですもの。そこら辺の花屋の店先で売れ残っていた萎《しお》れた花じゃなくて、私の瞳と同じ色の宝石を贈ってくださる時間くらい、十分に待てましたわ」

瞳の色の宝石を使ったアクセサリーを贈るというのが、この世界の求婚のセオリーだっていうのは知ってるのよ。時間も金もケチるなんて、本当にクズいわね。

目に見えて動揺する彼に優雅に微笑んで、手にしたカップを傾けてお茶で喉を潤《うるお》す。

「宝石が、ほしいのか」

「あら、いただけませんの？　私を妻にと望むのに？」

ほしいわけじゃないけれど、プレゼントする気持ちが一切ないことを露《あら》わにするのは、さすがに最低でしょうよ。せめて「いま用意しているから、もうすこし待ってくれ」くらい言えないのかしらね、無能。

金目当てだと思ったのか、こっちを厳しい目で見る彼の茶色の瞳を、ゆっくりとした動作でカップを置いてから悠然と見返すと、彼が怯《ひる》んだのがわかった。

「この婚約は、取り引きでしょう？　あなたは罪悪感をすすぐため、そしてあなたの家は世間体のため、足を潰したうえに私の人生まで捧《ささ》げろと――そうおっしゃるのですから、それに見合うだけのものを私に与えるのは当然だと思うのですけれど」

「なっ、なっ、なっなにを、馬鹿なことをっ」

すっぱりと言い切った私に、見事にどもった彼の顔が怒りに赤くなっていく。面白いわ、人間ってこんな風に顔を赤くするものなのね。

これ見よがしに右足を彼に向けるように椅子に座り直してみせ、肘掛《ひじか》けに肘をついてすこし婀娜《あだ》っぽく体を斜めにする。

「言い訳があるのでしたら、お聞きしますわよ？」

微笑んでみせると、カッとなった彼が腰を浮かせかける。

「きっ、貴様に言うことなどっ――」

『貴様？　あなたの妻になる人間を『貴様』呼ばわりですか。常々思っておりましたが、侯爵家の教育はどうなっておりますの？」

真顔になって首を傾げると、彼がブルブル震えだした。怒りで震えるって本当にあるのね。

「わっ、我が家を愚弄《ぐろう》するのかっ」

テーブルに拳《こぶし》を叩きつけた拍子にカップからお茶が跳ねるけれど、生憎とこっちはその程度でビビるようなヤワな根性してないのよ。

「あら、野蛮。侯爵家のご子息ともあろうお方が、そのように怒りに任せてテーブルを打つなんて、思ってもおりませんでしたわ。考えを改めないといけませんわね」

口元に手を当て、クスクスと笑う。

『それが、おまえの本性か」

絞り出すような彼の声に、ピタリと笑うのをやめる。

「いいえ、本来の私は、あなたも知っての通り、奥ゆかしく、おとなしい女ですわ」

「どこがだ！」

睨《にら》む目に視線を合わせる。

「あなたが、変えたのよ」

彼にだけ聞こえるように、静かに囁いた。

目に見えて彼の表情に怯《おび》えが浮かぶ。はて？　そんなにビビらせるようなこと言ったかしら？　そうでもないわよね、いままで言われてきたことの十分の一くらいしか言ってないし。

まだまだ言い足りないから、今後も月一の苦行のときにはこうしてネチネチ苛《さいな》んであげよう。

そうすれば、もしかしたら婚約をなかったことにしてくれって言い出すかもしれないし？

どんな手段でも講じておけば、どれかは実を結ぶかもしれないわけだから、うん、いままでの鬱憤《うっぷん》をどんどん晴らしていこー！

「――おまえ、随分と、性格が変わったな」

「あら嫌だ、『おまえ』だなんて、まるで妻にするみたいに呼ばないでいただけますか？　どうぞ、コングレード嬢とお呼びください」

微笑んで訂正すると、苦虫をかみつぶしたような顔をする。

名前すら呼んでほしくないの。でも仕方ないから、家名でお呼びって感じ。

あーあ、早く帰ってくんないかなぁ、まだ松葉杖の練習しなきゃならないし、そのあとは魔力の循環の特訓もあるから暇《ひま》じゃないのよねぇ。

「今日はなにか御用があって、いらしたのではありませんか？　いつもなら、花の一輪も持ってくるのに、手ぶらということは、随分とお急ぎかと思ったのですが」

けんか腰の私の言い様になにか言い返そうとして、それをグッと堪《こら》えて本題に入ったのは賢明だったけれど、その内容がゲスかった。

気を取り直すようにひとつ咳払いをした彼は、私から視線を逸《そ》らし虚空《こくう》を睨んで口を開く。

「もうすぐ君も、貴族の義務として、魔法学校に入学しなければいけないだろう？　我が家からも、君が入学を免除できるように働きかけたが、却下されてしまった。確かに貴族の義務だが、君は、だって、足があれなのだから、配慮してもいいだろうに。魔法を覚えたところで、国に貢献できるわけもないのだから」

彼からスラスラ出てくる言葉は、まるで台本を読んでいるような滑らかさで、何度も練習してきたんだろうなぁってわかる、青二才め。

「だが、義務だからな。学校を出なければ、貴族として認められぬし――」

最後だけ実感がこもった歯がみするような低い声で言う彼に、ああそういうことかと理解した。魔法学校に入らなければ私が貴族ではないという建前が使える、そうすれば平民にする程度の賠償で済むのだ。勿論結婚などする必要もなくなる。

なるほど、それもひとつの手段ね。

レイミ的には貴族でなくなるというのは大問題らしいけれど、私は悪くないと思うのよ。

だって、平民になったなら、目の前にいるこのクズと結婚しないで済むうえに、堂々とバウディと結婚できるじゃない。

そんなことを考えながら黙っている私を尻目に、彼は言葉を続けた。

「魔法学校では、私を当てにしないでほしい。学年が違うから、手を貸すことなどできないからな。私の婚約者であるということも、他人に吹聴《ふいちょう》するのも、すべきではないとわかるな」

以上で用意してきた台詞《せりふ》は全部かね？　結構長い台詞だったけど、突っかからずに言えてよかったわね、お姉さんちょっとハラハラしちゃったわよ。

もしかして、いままでも台詞を用意して喋《しゃべ》っていたのかな？　レイミは嫌悪感でいっぱいだったから気付いてなかったみたいだけど、その可能性は高いわね。

視線を逸らして長台詞を言い切った彼が、決め台詞の最後でこっちを睨んできたのだが、生温かい目で見ている私に気付いて、ビクッと体を引いた。

「言いたいことはそれだけかしら？　一通り言い終わったようですし、もう帰ります？」

「なっ！　な、なにをっ！　ふ、不愉快だ！　帰るっ！」

小首を傾げて微笑めば、彼は顔を真っ赤にして立ち上がり、喚《わめ》きながら出ていった。

あらあら、青いにもほどがあるわね。

「もしかして、暗記した台詞を忘れないようにしていたから、手土産《てみやげ》を忘れてしまったのかしら？　今日はいつもより、長台詞だったものね」

ふと思い浮かんだ可能性を口にすると、うしろにいたバウディが声もなく崩れ落ちた。

いや、私の座っている椅子の背もたれに手をついて床に蹲《うずくま》るのは回避したものの、片膝《かたひざ》をつき、片手で口を覆って肩を震わせている。

笑いたければ、我慢しないで笑えばいいのに。

「随分、楽しそうね？」

思わず目が据わってしまう。こっちはヤツの顔を見るだけで、レイミから受け継いだ対シーランド・サーシェルへの怒りという名のストレスが最高潮だったっていうのに。

「くくっ、お、お嬢が、変なことを言うからだろうが」

笑いを収めた彼が顔を上げて、文句を言ってくる。

「泣くほど笑わなくてもいいじゃない。それにしても、今度からはお花じゃなくて、お菓子を持ってくるように伝えておかなくてはいけないわね」

お花は綺麗だけれど、いまは美味しいお菓子を食べて気力と体力をつけたいのよね。果たして次があるかはわからないけれど。

「その前に、濃い緑色の宝石がついたアクセサリーを持ってくると思うか？」

笑いを収めた彼がしゃがんだまま、すこし悪い顔で私を見上げてくる。レイミには見せない顔だけど、そんな魅力的な表情もできるんじゃない。

イケメンの悪い顔は心の栄養だわ。

「持ってこないんじゃないかしら？」

「あれだけあからさまに言って、持ってこないなんてあり得ないだろう」

そういう考えもあるけれどね。

「あちらのお宅って、我が家よりは裕福なようだけれど、私が足を失うことになったあの事故をもみ消すほどの力はないし、私の医療費も渋っていたところを見ると、湯水のようにお金があるとは、考えられないわよね」

「まぁ、そうだな」

やっぱり、バウディは彼の家の状況を知っているのね。もしかしたら、レイミのことがあったから調べたのかもしれないけれど。

「そしてきっと、私を逆恨みもしているでしょう。そんな状況で、私が望んだからといって、アクセサリーを買うことを許されるとは思えないわ」

「許されるってのは？」

踏み込んで聞いてくる彼に、人差し指を立ててポーズを決めて推理を披露する。

「先方のお宅で、我が婚約者殿にどの程度の裁量が委《ゆだ》ねられてるかわからないけれど。まだ未成年ですし、お花を買うのが精々……なんてことはさすがにないとは思うけれど、世の男性が女性に贈るような宝石のついたアクセサリーを、独断で購入するほどの権限はないと思うの」

きっと私のことで、家での立場も悪くなっているでしょうしね。

「アクセサリーを贈らなくても、私は外を出歩かないのだから、醜聞《しゅうぶん》は広まりもしないし、我が両親はあの通り人がいいから、そもそも外で悪口など言わないでしょうし。だから、今日の私の言葉など、聞かなかったことにするに違いないわ」

「なるほどな、あり得そうな話だ」

バウディも納得の説得力。

「ふふっ。あちらはまだ、私が公爵令嬢のアーリエラ様と縁があるのを知らないようですから、彼女に婚約者のことで愚痴を漏らして、それとなく広めてもらうこともできると思うのよ。ただ、正直、手元に残るような贈り物なんてゾッとするから、持ってこないほうがありがたいけれどね」

「じゃぁ、なんであんなことを言ったんだ」

呆れをにじませる彼に、ニッコリと笑って小首を傾げてみせる。

「嫌がらせに決まっているでしょう？」

本当はもっとネチネチと言いたかったけど、そこはほら一応爵位とかあちらが上ですしー？私にも、大人の分別ってものがありますから、自重しましたけどー。

「可愛いお嬢が、随分逞《たくま》しくなっちまってまぁ。おい、旦那様たちの前では――」

「こんな黒いところ、見せたりしないわよ。なるべく、ね」

ウィンクしてみせると、彼はしょうがないとでもいうように肩をすくめた。

「さて、じゃ、遅くなったけど、松葉杖の練習をするわ」

「練習熱心で、いいことだ」

両手を出せば、すぐに松葉杖を渡される。

椅子から立ち上がるのもスマートにできるようになってきた。筋力がついてきたのもあるし、松葉杖の扱いに慣れてきたってのもあるわよね。

椅子を片付けてもらい、広くしたリビングを往復する。席を外していた母も戻ってきて、ソファでニコニコしながら機械のような早さで編み物をしている。

あの男が来た日はいつも、お通夜のようになっていたのが嘘《うそ》のようね。

ふっふっふ、次もビシバシやり返してやるわよ。

＊・＊・＊・・＊・・＊

我が国に二つしかない公爵家の令嬢であり、ゲームの中の悪役の『ラスボス』であるところのアーリエラ様から、二度目のお茶のお誘いをいただいた。

しがない伯爵家の令嬢であり、『中ボス』であるところの私に拒否する権利などない。

それにしても、親交を深めてもいいものか。

いや、向こうは『公爵令嬢』だから親しくしておいて損はないのよね、レイミ情報ではこの世界で貴族の上下関係はかなり重要らしいし。

先日、格上である侯爵家のご子息に嫌がらせをしたけれど、あれはジャブのようなものだし、ヤツには弱みがあるので大事にはならないだろうと踏んでの狼藉《ろうぜき》だ。

あの狼狽《うろた》えように溜飲が下がったけれど、婚約を取り消させるためにも、これからも積極的にヤツに嫌がらせを――コホン、自分の意見をはっきりと伝えていく所存である。

「お嬢、本当にソレで行くのか」

品のいいお淑《しと》やかなドレスをまとい、ボラにうっすらと化粧もしてもらって気分が上がっている私に、バウディが確認してくる。

「ええ、コレで行くわ。あなただって、もう大丈夫だと太鼓判を押してくれたじゃない」

一昨日、免許皆伝《かいでん》（？）で松葉杖をひとりで使うことを許されたのだ！　体力もついてきたし、松葉杖使いもかなり上達したので当然だけどね！　すっごく頑張ったからねっ！

因《ちな》みに、強化魔法のほうは、まだまだ魔力の体内循環でＯＫが出ておらず、地道な基礎訓練が続いている。あのおっとりしている母の基準にすら達することができない自分がふがいない……今日も帰宅したら自主練習しなくては。

松葉杖をついて歩く私に、バウディが渋い顔をする。

「そりゃ、確かにもう、補助なしで松葉杖を使ってもいいとは言ったが。それは家の中でのことでな」

「だから、付き添いはしてって言ってるでしょう。さすがに、外で一人歩きはしないわ。でも車椅子は嫌なの」

ビシッと言い切ると、彼は弱り切った顔で頭を掻き、諦めたように了解した。

バウディはなんだかんだ言って、レイミのお願いに弱いのよね。だからレイミに対してだけ口調を崩しているし、怖い顔や悪い顔は見せないようにしていた。

愛されてるんじゃないかと思うのよね、レイミって。そんなことを考えると、ソワソワしてしまう胸の奥を持て余しながら、帽子の角度を直した。

「まぁ、松葉杖になさったのね……」

私を見た途端、アーリエラ様のテンションがあからさまに下がった。

「はい、車椅子では動きにくいですから」

「そうね、車椅子だと、落ちるときに身動きが取れませんものね」

整えられた指先を合わせ、納得するようにうんうんと頷く。それ、あざと可愛いですね、アーリエラ様。ん？　あれ？　ちょっと待って、落ちるときってあれですか、ヒロインちゃんとホールの大階段でもみ合って落ちるときの話ですよね？　もしかして、私が落ちる前提で話をしてますね？

ここは公爵邸の入り口で、周囲にメイドもいるしバウディもいるので迂闊《うかつ》な突っ込みはできないっていうのに、なんて不穏なことを！

彼女の先導で、先日と同じように庭にある白亜の東屋《あずまや》に誘《いざな》われた。

ゆっくり歩いてくれる彼女に、自分の足でついていく。こちらに合わせてくれる気遣いは、さすが公爵家のご令嬢って感じがする。どっかのボンボンとは違うわね。

小さなテーブルと美味しそうなケーキの乗ったケーキスタンド、そして品のいいメイドさんが淹《い》れてくれた香り高い紅茶。これだけでもここに来た価値はあるわ、いっそ面倒なお話なんかなしにして、ティータイムだけでいいんだけどなぁ。

バウディもメイドさんたちも離れて二人だけになり、まずはよもやま話でもしつつ、美味しいお茶とお菓子をいただこうと思っていたのに。

「――ところで、読んでいただけました？」

早いわね、もうちょっと甘いケーキを味わってから、苦い話題に入りたかったんだけれど。

口の中のケーキをお茶で流し込んでから、すこし困り顔の彼女を見る。

「はい、拝見いたしましたわ」

「それはよかったわ。ところで、魔法学校もそれで通われるの？」

彼女の視線が、私の横に立てかけてある松葉杖を示している。

「ええ、車椅子では、なにかと不自由ですから」

万が一、大階段から落ちることになった場合とかね？　うふふふー、と微笑みを返す。

危険の可能性があるなら、潰すに決まってるでしょうよ。

「そうですか……そうしますと、ヒロインちゃんの能力が、覚醒しないかもしれませんわね」

物憂げに吐息をこぼしているけど、ちょっとお待ちなさいな、あなたまだヒロインちゃんの能力とやらを覚醒させたがってますね？　敢《あ》えて、確認したりしませんけどね、嫌な予感しかしないんで。

「彼女が覚醒しなければ、アーリエラ様の危険が減りますわ」

すこしゆっくり目の口調で、はっきりと言葉にする。あくまでアーリエラ様のため、というところを強調するのがポイントだ。

そうすると、彼女も気持ちを浮上させたのか、儚《はかな》げな微笑みを浮かべた。これで彼女のことは、諦めてくれたかな。

「そうね、彼女が覚醒しなければ、危険が減りますものね、仕方ありませんわね」

すっごく名残惜《なごりお》しそうなのが怖い。やめてよね、公爵家パワーを使うのはナシよ？

「それに……わたくしと第二王子殿下との結婚に、障《さわ》りがあってはいけませんものね」

頬をわずかに赤くして、恥ずかしそうに言った彼女の可憐《かれん》さといったら！

彼女に会うのも二度目なので、落ち着いて観察することができた今回でわかったことがある、それは彼女の美しさだ。

豊かな金色の巻き毛、バッサバサと長い睫毛《まつげ》の奥の黒目勝ちな瞳は潤《うる》んでいてセクシーなのに、すこし垂れてる目尻が愛らしさを演出し、抜けるような白い肌に映える血色のいい唇は思わずキスしたくなるようなキュートさの、正統派美少女。

対する私は、私の心のようにまっすぐでサラサラの黒髪、目は大きめだけど濃い緑色の瞳なのでクール系かしら、全体的に大人っぽいのですこし背伸びした服装が似合う感じ。

目が覚めた当初はガリガリだったけれど、しっかり食事して松葉杖を使う練習をしていたらすっかり頬の肉も普通程度に戻り、血色もよくなって美少女度が上がってきたのよ！　これからもこの外見を磨くと誓うわ。

まぁ、なんていうか、系統の違う美少女二人って感じよね。自画自賛。

「そういえば、アーリエラ様のご婚約者様は第二王子殿下ですよね。婚約自体はもうされているのですか？」

彼女からもらった薄いノートには、婚約しているとは書かれていたけれど、いつごろ婚約したのかは書かれていなかったのよね。

「ええ。幼い頃から親しくさせていただいていて、先日内々に打診がありましたの、きっと在学中に公表することになりますわ」

頬を染めてもじもじするのがとても可愛らしい。

「それはおめでとうございます」

本当ならば、物語に添うようなことは喜べないけれど、これだけ嬉しそうにしている彼女に水を差すことはできないわよね。

祝福をした私に、彼女はとても愛らしく微笑んだ。

そしてアーリエラ様の王子殿下への惚気《のろけ》を聞きながら、お茶とケーキをいただく。これぞ、貴族令嬢のティータイム。

「そうですわ、レイミ様はいかがですの？　シーランド・サーシェル様とは……」

婚約関係の話題だったので、当然その話題も出ますよね。アーリエラ様からもらった薄いノートにも、婚約関係であることは書かれていたし。

「向こうからの希望で、強制的に婚約することになりましたわ」

苦々しく言った私に、彼女は「まぁっ」と目を輝かせた。

「そうですの、ご婚約されたのね。シーランド様は肉体派で、危機に瀕《ひん》したヒロインちゃんを、身を挺《てい》して守るような気概のある殿方ですもの。剣の技術も一番優れていらしたから、きっとレイミ様の騎士になってくださいますわ」

それは誰のことを言ってるのかな？　少なくとも、私の知っているヤツではない。

「男気？　騎士？　あの男がですか？」

思わず聞き返してしまった私に、彼女は笑顔で頷く。

「ええ、騎士の中の騎士ですわ。寡黙《かもく》なところもまた素敵で――」

「あの男が素敵だなんて、おっしゃらないでください」

賛美する言葉を聞きたくなくて言葉を遮《さえぎ》った私に、彼女は不思議そうな視線を向けてくる。

「あの男は、私の足を奪った張本人です。月に一度の見舞いは義務的で、婚約も彼の家の体面を保つためのもので、こちらの意向なんて、一切聞いていただけないのですよ」

ビシッと言い切った私に、彼女は頬に指先を添えて困ったように首を傾げる。

「あら……でも、だってそれは仕方のないことですわ。貴族にとって『家』とはとても大事なものですし、体面を保つのは貴族に生まれた者にとって、当たり前のことですもの。家格もあちらが上ですし、あなたくらいのお家でしたら、捨て置かれてもおかしくはありませんでしょう？　それを、毎月お見舞いに足を運び、婚約までするのは、さすが代々続く騎士の家系、義を通されてらっしゃると思うわ」

ふーん、上の貴族的にはそういう見方なんだ？　ゾッとする。

それにしてもアーリエラ様って転生者ってやつなのに、身分感覚はこの世界にどっぷりなのね。私みたいに、前の世界を引きずっているほうがおかしいの？

でも参ったわね、これじゃ同情を引いて、あいつの家に不利な話を流す計画は無理ってことじゃない、簡単に乗ってくれると思ったのに。

「ですが、婚約してるということは、アーリエラ様からいただいた物語の通りということになってしまいますわ。すこしでも物語との誤差を多くして、アーリエラ様の危機を減らさなくてはいけないのに……」

表情を曇らせてうつむいてみせると、彼女はハッとしたようだった。

「レイミ様、そこまで考えてくださっていたなんて！　でも、あなたも婚約者がいなければ、もしちゃんと魔法学校を卒業できたとしても、大変だわ」

ちょっと待て、なぜ魔法学校を卒業するのが仮定なのよ。私は今のところ、真っ当に卒業する気満々よ？　退学を目指すのは、最終手段だと思ってるからね。

突っ込みたいのを堪えて、弱々しい微笑みを彼女に向ける。

「いいのです、アーリエラ様をお助けできるのなら」

どうよ、この演技力っ！

「でも、ラスボスたるわたくしは王子様と結婚するのに、中ボスのあなたが……」

中ボスいうなや。

「私のことは、どうぞおかまいなく。ですから、アーリエラ様も私とサーシェル様が破談になるように、手を貸していただけませんか」

「それは……難しいわ。あっ、でも、魔法学校でヒロインちゃんが覚醒するイベントで、レイミ様は婚約を解消されてしまいますから――」

「それでは、本末転倒ですよね？」

性懲《しょうこ》りもなく、まだ諦めてないわね。私の突っ込みにしゅんとする彼女に呆れつつ、お茶を一口飲んで喉を潤し、荒ぶる気を静める。

でもそうね、この様子だと『アーリエラ様のため』という方向性で、シーランド・サーシェルとの破談を進めるのはいけそうな気がする。

「そうですわね……レイミ様が、わたくしのために婚約を犠牲にと考えてくださるのですから、わたくしも陰ながら応援させていただきますわ」

そこは、陰じゃなくて表立って応援してほしいのですが。

「できればアーリエラ様からも、私の婚約が解消されるように、ご助力を賜《たまわ》りたいのです」

遠回しに言っても無駄そうなので、思い切って直球をぶつけてみた。

「わたくしは、だって公爵令嬢ですから……下々の方の内情に踏み込むわけには……」

おおん？　私には頑張れ、でも自分は手を貸さないわよってことか？　思わず目が据わる。

「あの、あまり、睨まないでちょうだい。わたくしも心苦しいのよ？　でも、ほら、立場というものがあるでしょう？」

下を向き指先を擦り合わせて、もごもごといいわけをする彼女をじっとりと見る。

「いいですか、アーリエラ様、これはあなたのためなのです。こうしていくつもの差異を作ることで、あなたの危惧している未来を遠ざけなければ、あの恐ろしい未来が待っているのですよ？　勿論アーリエラ様のお立場は理解できます。でもいまは、些細なことにこだわっている場合ではありません。私の婚約を解消することが、ひいてはアーリエラ様と王子殿下の幸せな結婚に結びつくのですから」

口八丁。私の言葉に、彼女の表情がすこし輝いた。

「わたくしと、王子様の幸せな結婚」

「そうです」

力強く頷いておく。

ぶっちゃけ私の婚約解消と彼女の幸せな結婚に直接関係はありませんが、あの物語を壊して彼女が悪に染まらなければ、結果的に幸せな結婚もできるだろうという、三段論法ですよ。

「わかりましたわ。わたくしのできる範囲で、あなたの婚約がなくなるように、心がけますわね」

微笑みを浮かべてそう言った彼女にホッとする。

曖昧《あいまい》な言葉ではあるけれど、とりあえず言質《げんち》は取れたわよね。これで、彼女も多少なりとも積極的に物語を変えようとしてくれるはず。

もう、本当に、ふわふわのほほーんとして……貴族のご令嬢ってこんなものなのかもしれないけれど。彼女が言い出したことなんだから、もうすこし危機感があってもいいと思うの。

げっそり気力を削られたまま、帰路につく。

思ったよりも疲れて、魂が抜かれたようにぐったりと貴族御用達《ごようたし》のレンタル馬車に揺られながらの、公爵邸からの帰り道。

御者つきなので、バウディも車内に一緒に乗っているから、だらしない姿勢にはなれないのよね。

「お嬢、調子が悪いなら、上位貴族の誘いでも断っていいんだぜ」

そんなことを言い出した彼に、緩く微笑む。

「調子は悪くないわ。ちょっと、気疲れしただけ」

「まぁ、貴族同士のやりとりは、気を使うよな」

実感のこもった言葉に、そういえばこの人って実は隣国の王位継承権を持ってる人だったのだと思い出した。

なんでもそつなくこなすし、気が利《き》くし、イケメンだし、筋肉もあるし、これに地位がついたらパーフェクトよね。

「でも、これから魔法学校に通うんだから、嫌でも貴族としての付き合いは出てくるでしょう？　だから、これも回復訓練《リハビリ》だと思えば、我慢もできるわ。それに、さすが公爵家だけあって、お茶もお菓子も美味しいし」

お土産に、残ったケーキを持ち帰らせてくれないかななんて、いつも思う。

「――無理、してねぇか」

「ふふっ、無理はしてないわよ。やりたいことをやっているだけだもの」

これは本当に本当。親の庇護《ひご》下で衣食住の心配なくやりたいことをできるのは、子供の特権よね。ありがとう、レイミの父と母。

「あんたは、お嬢のために、どうしてそんなに頑張れるんだ」

んん？　レイミのために頑張ってる？

「レイミのため、というか。私がやりたいからやってるだけよ、やれることをやってるだけ、ともいえるけれど。伝わるかしら？　他人のためって感覚じゃないのよ、だって、いま私が私なんだもの。だったら、私は私のできることをやるだけでしょう？　きっと、あなたも同じ境遇になったら、同じように頑張ると思うわよ」

「――そうだろうか、俺は、あんたのように割り切って行動できないと思う。自分の人生ですら、ままならないんだから」

暗い表情で外の景色を見る横顔、超かっこいい。レイミ補正が掛かって、アンニュイな表情がキラキラして見えるわ。

それにしても珍しいわね、弱音なんて。隣国の王位継承権を持っているのに、我が家で従者なんてしてるんだもん、色々あるに違いないんだろうけどさ。

「バウディだって、目の前のやるべきことをやってきたから、ここでこうしているんでしょ？　それとも、やるべきことをやらないで、後悔でもしてるの？　今更《いまさら》後悔しても、どうしようもないからやめたほうがいいわよ。それよりも、これからやりたいことを考えたほうがずっと有意義だわ」

「随分と簡単に言ってくれる」

苦々しい声に苦悩が知れるけれどね。後悔してる憂い顔も素敵だけど、いつまでも見ていたい表情じゃないわね。

「後悔してなにか変わるなら、いくらでもすればいいと思うけれど、そうじゃないでしょう？　すべきなのは反省と、次にそういうことがあったときの対処方法を考えて、同じことが起きないようにすることじゃないのかしら。一定以上の後悔は、自己満足とか自己憐憫《れんびん》だと思うのよね、私は」

私は、のところを強調しておく。自分の考え方が極端だっていう自覚はあるからね。

「あなたは……強いな」

「そうね——気の強さなら、多少自信はあるわ」

敢えて偽悪的に、にんまりと笑ってみせる。

その私をじっと見た彼は、ふっと表情を緩めた。

「お嬢の中に宿ったのが、あなたでよかった」

レイミの前では滅多《めった》にしない丁寧な言葉遣いに、胸が高鳴る。彼が対等に見てくれたのがわかって、面映《おもは》ゆくも嬉しい。

「あら、随分と買ってくれるのね。でも、そういう判断をするのは、早くはないかしら？」

「ふっ、ではどれだけ待てばいいんだ？」

男らしい笑みと挑戦的な目に射貫《いぬ》かれる。

「そうね、いつか——」

――私がレイミの中から、いなくなったときかしらね。

冗談交じりに言おうとした言葉は、喉の奥につかえて出てこなかった。

＊・＊・＊・・＊・・＊

公爵令嬢とのお茶会で思った以上に疲れていた私は、夕食を食べたあと早々に部屋に引っ込んだ。

ボラに手伝ってもらい寝る準備をして、ベッドに入る。

ああ、今夜は痛むんだろうな……心と体がくたくたに疲れた日は決まって、クルから――

「いっっ痛ぅぅぅ！」

痛みに飛び起き右足を抱えるが、摩《さす》って痛みを和《やわ》らげたいのに肝心の足はなく、ベッドの上で七転八倒する。

こんなに右足が痛むのに！　ないはずの足首や脛に、骨がバラバラになりそうな痛みがあるのに、どうして触れないの!?

「お嬢っ」

飛び込んできたバウディがのたうち回る私を抱きしめ、押さえ込む。

目の前が痛みでチカチカする、痛くて、痛くて、勝手に涙が出てくる、浅い呼吸でうわごとを繰り返す。

「痛い、痛い、痛い、痛いぃぃっ——お願い、足を、足を切り落として……っ」

「お嬢っ！　すまないっ、すまない……っ」

ない足を切ってほしいと無茶を言う私に、彼は血がにじむような声で謝る。

謝る必要なんてないのに、私をがっちりと抱え込み、何度も何度もすまないと謝る。ごめんねバウディこんな辛《つら》いことをさせて、でも両親では暴れる私を押さえきれないから。

やがて、時間の経過と共に痛みが和らいでくる。

「——もう、大丈夫よ。……ありがとう」

痛みは残るものの、身も世もなく暴れるほどではなくなった私は、涙でぐしゃぐしゃの顔で呼吸を整え、強く抱きしめてくれる彼の胸を押して離れた。

汗だくで、すっかり疲れちゃった。

「いま、拭くものを持ってくる」

そう言って部屋を出た彼は、すぐに飲み水と濡《ぬ》らした布を持ってきてくれた。

「ありがとう」

ありがたく水を飲み、渡された布で顔や首筋を拭く。

さっぱりすると、やっと人心地ついた。

「明日、医者を呼ぶか？」

心配そうにそう提案してくれる彼に、首を横に振って拒否する。

なぜか私のこの痛みに痛み止めは効かないし、よく寝付けるための薬を飲むくらいだけれど、それだって痛みが勝《まさ》ってしまって気休めにしかならない。

いまではかなり減ったけれど、ちょいちょいこんなのがくるなら、レイミが絶望するのも無理はないわね。

「バウディ、聞きたいことがあるのだけれど、すこし話をしても大丈夫？」

「ああ、かまわない。必要なことなんだろう？」

ベッドの端に座った彼が静かな声で促してくれる。

「ええ、そうよ必要なこと。あのね、レイミって、自分の足を見たことがなかったのよ……」

言って、ポンポンと右膝を叩いてみせる。

私がはじめて右足を見たとき、もの凄い違和感があった。絶望感もない交ぜになっていたのかもしれないけれど、勝手に涙が出てきちゃったし。

「そうだな、お嬢は頑《かたく》なに目を背《そむ》けていた。いやそれも仕方がないことだろう、若い娘が背負うには辛過ぎる現実だからな……」

彼は視線を落とし、背を丸める。

「それはそうね。でも、思い出そうとしても思い出せないのが、足を失うことになった事故のときの記憶なのよね、ぽっかりと事故の前後のことが抜け落ちてるの。ねぇ、レイミはどんな風にこの足を失うことになったの？　詳しく教えてもらえるかしら」

「それは……聞いて、後悔しないか」

「しないわ。足を失ったということを、しっかりと私が認識しないとこの痛みはきっとなくならないと思うの、だから事実を教えてちょうだい」

渋る彼から聞き出したのは、馬に踏まれて複雑骨折、ということだった。それも前足と後ろ足で、二度踏まれたと。

なるほど、その馬に乗っていたのがシーランド・サーシェルだったのね。

「そうだったのね、それにしても、切断したところがとてもきれいで……縫合のあともなかったけれど、本当に切ったのよね？」

「ああ……骨はバラバラになり過ぎてて、治療することができなかったから、ギリギリのところから切断して、魔法で塞《ふさ》いだんだ」

低い声は暗く、苦々しかった。

もしかしたら彼もその手術のとき、一緒にいたのかもしれない。

「切り落とした傷口を塞ぐなんて、そんな魔法もあるのね。それなら、複雑骨折を治す魔法があってもおかしくないわよね？　治癒の魔法だっけ？」

こんな大きな切断面を治療する魔法があるなら、骨折も治せるんじゃないかと思うのよね。

「単純な骨折ならば、治せたんだが……」

「なるほど、複雑骨折だもんね、馬に踏まれたってことは、もしかして骨が飛び出したりなんかしてたのかしら？」

「……そう、だな」

そりゃ痛いわー、考えただけで痛くなるもんなー。

傷口を塞いだ魔法について詳しく聞くと、止血や傷を塞ぐことは身体強化の魔法の応用で可能だということだった。

苦しげな表情で、それでも聞いたことに答えてくれた彼に感謝する。

「ありがとう、言いにくいことを教えてくれて。お陰で、痛みの根源がわかったわ。ちゃんと頭で足を失ったことを納得したら、きっとこの痛みも改善に向かうと思うわ」

「そう、なのか？」

彼の顔がやっとこっちを見た。

「どれだけ効果があるかはわからないけどね。効果がありそうなことは、片っ端からやってみようと思うの。もしうまくいかなくても、別の方法を試すだけだわ」

他にもやってみたいことがあるけど、とりあえず今日は原因の究明ができたからよしとしようじゃない。これですこしはよくなるといいんだけど。

「そうだな、なんでも試してみよう、手伝うからなんでも言ってくれ」

私の言葉を受けて、彼の声もいくらか明るくなる。

「ええ、頼りにしているわ」

レイミの中にいる私のことを知っているのはバウディしかいないんだから、これからも思い切りこき使って、じゃないや、手助けしてもらわなきゃ。

私を心配しながらも部屋をあとにするバウディを見送って、ベッドに横になる。

そういえば、彼って隣国の王子様なんだったっけ？　まぁいっか、隣国に戻って王位を継ぐのは、ヒロインちゃんと彼がくっつくルートだけだったもんね。

物語がはじまらなければ、問題のある出来事は発生しないと思うのよ。アーリエラ様も、バウディルート以外では王位継承問題は起きないんだって言ってたから。——ということは、きっかけさえなければなにも問題は起こらないのよ、きっと。

とにかく、明日も魔力の循環訓練があるから早く寝なきゃ。

睡眠不足だと集中力が落ちちゃうもんね。やっと、体内循環を速くしても魔力が漏れなくなってきたから、もうすぐ身体強化を教えてもらえると思うのよね！　超楽しみ！　身体強化をマスターしたら次は物への強化よ！

そしてボンドに、夢とロマンの武器内蔵義足を作ってもらうの。

ワクワクしながら目を閉じると、スコンと眠りに落ちた。

＊・＊・＊・・＊・・＊

私を訪問する人間は、いつも突然やってくる。

まぁ、私は滅多なことでは外出しないから、いつでも家にいると思われてるんだろうけど、一応は貴族なんだからお伺いを立ててほしい。

「よぉ、嬢ちゃん久し振り！」

「お久し振りね、ボンド！　義足ができたの⁉」

バウディに呼ばれて大急ぎで玄関に向かった私は、母と挨拶をしていた彼に、失礼を承知で勢い込んで聞いた。

彼は手に持っていた黒い革張りのケースを掲げ、いい笑顔で親指をグッと立てる。

やった！　とうとう完成したのね！　事前に求められていた寸法も渡して、彼の工房に何度かお邪魔して打ち合わせもしていたから、もしかしてと思ったけどっ。

「あらあら、レイミ。玄関ではなく、中に入っていただきましょうね」

母に苦笑されてしまう。

「そうですね。申し訳ありません、こちらへどうぞ」

貴族のご令嬢っぽく取り繕って、でも急いで松葉杖を動かしてさっさか歩き、リビングへ移動してボンドにソファを勧める。

どっかりと座った彼は手にしていた立派なケースをテーブルに布を敷いて乗せ、パチンパチンと音を立てて留め具を外してゆっくりと蓋を開くとそこに、シャープな足のラインの義足があった。

宝物のようなそれを、そっとケースから取り出してくれる。

「素敵――――これが、私の義足ね！　鉄芯が入ってるから、やっぱり重いわね。でも安心して！　私、約束通り身体強化を覚えたのよ！」

どや顔で言った私に、ボンドの表情も輝いた。

なんと！　母との魔力循環の特訓に合格して、ついに昨日身体強化の魔法を習得したのよ！

ってていうかね、身体強化ってようは魔力循環だったのよ、魔力をたくさん循環させればより強くなるし、ピンポイントにすればそこだけ強化できる。そして強化の方向性は意思で決まるの。強さなのか、速さなのか、固さなのか、意識するだけでいいのよ。重要なのは集中力。

母の望むレベルに到達するのは本当に大変だった。朝晩の自主練以外にも日中もリビングで編み物をしている母に身体強化のできばえを見てもらって、本当にぴっちりトレーニングしたのよ。その息抜きも兼ねて体力が落ちないように松葉杖の練習もして。

「おお！　本当か！　そりゃあよかった。これ以上強度を削るわけにもいかねぇで、どうしたもんかと思っとったんだ。まずはつけてみてくれ」

一度自室に移動し、ボラに手伝ってもらいながら装着する。

以前型取りをした足に当たる部分は、しっとりと硬化したゲルで、吸い付くようなフィット感、そして太ももに革の太いベルトを巻いて固定する。

「お嬢様、きつくはございませんか？」

「ええ、大丈夫よ、ありがとう」

軽く右足に身体強化の魔法を使い、義足を持ち上げてみる。

んふふふ、いい感じだわ！

部屋の外で待たせていたバウディを呼び、ボンドに言われたことを遵守《じゅんしゅ》して車椅子に乗ってリビングに戻る。

　うんうん、座っていても右足のふらつく感じがなくて、足を踏ん張れるのがいいわね。

「おお、ちゃんとできたか。どれ、それじゃぁまずは椅子に移動だ。おっと、まだ自分では駄目だぞ。バウディ、こっちの椅子に運んでやってくれ」

「承知しました。失礼いたします」

　久し振りに彼にお姫様抱っこされ、隣に置かれた椅子にそっと下ろされた。

「よし、それじゃゆっくりと立ち上がってみてくれ。バウディに掴まって、ゆっくりだぞ」

　ボンドに促され、正面に立ったバウディの手を掴んでゆっくりと重心を前に移動させる。

　正直に言えば怖さがある、本当にちゃんと立てるのだろうか、無様に転んだりしないだろうかなんて不安だけど、ここでそんな弱気を見せたらかっこ悪い！

　母とボラが祈るように見守り、正面にはバウディがいる。大丈夫、転んでもバウディが受け止めてくれるから。

　彼の大きな手がしっかりと私の手を掴んで引き上げてくれた途端、スッと体が椅子から浮いて立ち上がっていた。あまりにもあっさり立ててしまって、一瞬ポカンとしてしまい、それから正面に立って私を支えてくれているバウディを見上げた。

　彼の笑顔が……眩《まぶ》しい。ヤバい、浄化される！

　いやいや、そんな場合じゃなかった。立ち上がるのはできて当然よ、目標は歩くことなんだから！　まだ怖くて左足に体重が掛かっているこの状態じゃ、歩行はできないもの。

　ゆっくりと体重移動して、すこしずつ右足に重心を移動させてみる。不安はあるけど、目の前にバウディがいるんだから大丈夫、だって掴んだ手がすこしもブレないもの。

両足に均等に体重を掛けたけれど、義足と接するところに痛みはない。

「ふむ、丁度よさそうじゃの。しかしこの分だと、松葉杖はすぐ要《い》らなくなりそうじゃのぉ。折角作ったのにのぉ、この曲線なんか最高のできなんじゃけどのぉ」

松葉杖を撫でながら、しょんぼりするボンドに慌《あわ》てる。

「こ、この松葉杖はまだまだ使いますから安心して！　あ、そうだわ、私これから物への強化魔法を覚えるつもりなの、だから、前に伝えてあった、もうひとつの義足もお願いね」

以前打ち合わせをした折りに、空洞義足の中にあちらの世界で一時期愛用していた三段ロッド、別名特殊警棒を仕込んでほしいと、覚えている限りの構造を絵と文字で書いて渡してあった。警察や警備の装備品にもなってるアレですよ。シャキンって伸びるあの棒。

バウディに知られたら絶対に怒られるから、乗り気なボンドと一緒に、バウディの目を盗んでこっそり打ち合わせをしていたのよ。

「わかっとるよ、わしがアレを作るのが早いか、嬢ちゃんが物への強化を覚えるのが早いか競争じゃな」

「うふふ、負けませんわ」

ボンドのウィンクに笑顔を返す。

そして、まずは歩行訓練ということで、松葉杖をついて室内を歩き回ったのだけど……。まだまだ体力不足であることを痛感した。

＊・＊・＊・・＊・・＊

レイミの睡眠って深い気がするのよね、スコンッて一気に落ちる感じ……まてよ、睡眠じゃなくて気絶なのかも？　あり得るわ、なにせレイミの体力のなさはヤバいもの、もっと体力をつけなきゃ話にならないわね。

夕日が差し込む室内で起き上がり、いそいそと義足を装着する。

キュッと足にフィットする感じがいいわね。筋肉のつきが大きく変わったりしたら作り直さなきゃならないらしいけど、細る以外なら多少は大丈夫とのことだから、筋肉をつけてサイズアップするのが目標よ。

身体強化して立ち上がり、机を支えにしながらネグリジェからワンピースに着替え、椅子に座って膝上まである長いソックスを両足に履く。

こうすれば、パッと見では義足ってわからないし、更に靴も履いてしまえば完璧《かんぺき》だわ。

踵《かかと》の高い靴は無理なので、踵がぺったんこの靴を履いているけれど、いつかヒールのある靴も挑戦したいわね。となると、足の裏の作りをもっと柔らかくしないと難しいかしら、ボンドに相談だわ。

「お嬢、起きてるか」

ドアがノックされて外からバウディの声が掛かった。もう夕飯の時間なのかな？

「起きてるわ、ちょっと待って」

そう断ってから、深呼吸して身体強化を使う。両足を強化して椅子から立ち上がり、松葉杖をつきながら、ゆっくりと歩く。

レイミは長いこと歩いてなかったけれど、私は最近まで歩いてたから、感覚を覚えてるのが幸いだった。

膝下からの義足だから、足首の挙動に気をつける。うん、接地している足の踵、足の外側からつま先のほうへ体重が移動していくのを感じるわね、軸がブレないようにゆっくりと地面を蹴り、左足に体重を移してゆく。こうして体の動きに注意しながら歩くと、なんだか右足も左足と同じように足があるような気がしてくる。

ドアを開けた私にバウディは一瞬驚いた顔をして、それから、松葉杖をつきながらも二本の足でまっすぐ立っている私を見て表情を緩めた。

「もう自分で行動できるようになったのか」

「ふふっ、すぐに松葉杖なしで歩けるようになるわよ。夕飯よね？　お父様はもう帰っていらっしゃるのかしら？」

「ああ、奥様から聞いて、お嬢に会うのを楽しみにしてるぞ」

それは是非《ぜひ》とも、この勇姿をお目に掛けなくてはね！

「あ……ああ、本当に、レイミが……レイミが立った！」

松葉杖をついて、自力で歩いている私を見た途端、父がガチ泣きした。満面の笑顔でハンカチを涙でびしょびしょにする父にもらい泣きしそうになりながら、バウディの引いてくれた席に座り、彼に松葉杖を預ける。

「凄いじゃないか、本当に凄い。レイミは我が家の誇りだな」

「ええそうね。あなた、まずはお水をお飲みになって、干からびてしまいますわよ」

母に渡されたグラスの水を一気に飲み干した父は、やっと落ち着いたようだった。

「それで、レイミ、義足をつけても、痛みはないのかい？」

「ええ、ちっとも痛くないわ。それにお母様に習った身体強化のお陰で、こうして松葉杖をついて、歩けるようになりました」

父を安心させるように言うと、その目がまん丸に開かれる。

「え、あ、シーラに習っていたのか？　それは、その、が、頑張ったな、うん、頑張った」

父の挙動がおかしいが、母に教わることになにか問題でもあったんだろうか？　感覚と根性論寄りの練習だったけれど、習得できたのだから問題ない。

「あなた、褒めるのは早いですわ。身体強化は上手にできておりますけれど、物への強化はまだまだですもの。ほら、義足の部分への魔力が漏れてしまっているでしょう？　強化のさわりはできていますけれど、強化というにはまだまだほど遠いですわ。義足を体の延長として認識することができているのは、初日としては御《お》の字《じ》ですけれど」

義足を体の延長として認識できてるんだ！　やっぱり足の感覚があるのは、気のせいじゃなかったんだわ。

そして、これが、物への強化の第一歩だったのね。

「いや、でもね、そこまでできるようになるのって、熟練した兵士でも一握り――」

「兵士の話をしているのではありません」

父の言葉をぴしゃりと封じる母、こと強化魔法の件に関しては父よりも詳しそうだ。

それよりも……父の言葉に聞き捨てならないものがあったわね。私の物体への強化魔法は、いま私ができるものでも熟練した兵士並み？　それも、一握りの？

魔力を外に漏らさない魔力循環ができるのは宮廷勤めの魔術師クラスで、物への強化魔法は熟練兵士クラスってことは、私、なにげに凄くない？　でも、まだ母の目指しているところには全然到達していないらしいわね。

……私、侮られるのが大嫌いなの。絶対に、物への強化魔法をマスターしてみせる！

「お母様、強化魔法の特訓、これからもお願いいたしますね」

「ええ勿論よ。いい心がけだわ、レイミ」

微笑む母に笑顔を返した。

そうしてひとしきり喜び合い、食事を終えると、父は今日も性懲りもなくお持ち帰りしてきた書類をダイニングテーブルに広げる。

「お父様、今日はいつもよりも多いですね」

「そうなんだよ、ほら、月末だろう？　書類を溜めていた人が多くてね」

ため息をつく父に、同情を禁じ得ない。

今日はもう歩行訓練をする体力がないのでお手伝いを申し出ると、父の顔がパァッと明るくなった。

「そうかい？　ありがとう、レイミ。いま、計算機を持ってくるよ！」

軽い足取りで書斎に向かう父を見送り、とりあえず書類を分けることをはじめた。

こうやって書類を見ているとわかるけれど、ルーズな人間ってどの組織《せかい》にもいるのね。同じ筆跡の書類が高確率で間違っていたり、古い日付の料金の精算をしていたりね。

文字自体は綺麗でもねぇ、内容が駄目だとむかついてくるわね。そもそも、上司の決裁があるのに、なんでこんなにミスが多いのかしら、この部署は上司もダメダメだわ。

空いている紙に、駄目な人物のお名前と駄目上司のお名前と部署をメモる。これはあとで、私の手を煩《わずら》わせた人物リストとして理由と一緒にまとめておこう。

「お待たせ、レイミ。おや、もう分け終わったのかい！　早いねぇ」

「お父様、こんな大雑把《おおざっぱ》な精算書で、よくお金が下りますね。そういえばお父様、この間違った書類って、差し戻したら、また決裁を取り直してお父様のところまで戻ってくるの？」

だとしたら、またこの書類をチェックすることになるのか。

正直に言って、面倒なお話だわね。

「戻しはするけれど、私のところに戻ってこないことのほうが多いかな。他にも同じ内容の仕事をしている人はいるからね」

曖昧に笑って、だけど決して目を合わせようとしない父にピンとくる、結局有耶無耶《うやむや》に処理してるのね？　父よ、後ろめたさが全開ですね。

でも、まぁ閻魔帳《えんまちょう》の作成はやめないわよ。私の手を煩わせる駄目人間め！　いつか報いを受けるがいい！

＊・＊・＊・・＊・・＊

昨日は疲れもあって早くに寝てしまったせいか、今朝は空が白む前に目が覚めてしまった。

折角だからもう起きて、日課である瞑想と魔力の循環をしようかしら？　瞑想をしてから魔力の循環をすると、なんだか調子がいいのよね。

ベッドから下りながら、ふと義足を装着してからやってみたらどうなるのか、興味が湧《わ》いた。

ずっとね、右足があるような感覚はあったのよ。それは、私が向こうの世界で足があったから、その意識が残ってるのかとも思ったんだけど、どうも違うみたいなのよね。

いままでは幻肢痛《げんしつう》のこともあって、右足があるという感覚を否定していたんだけど、今日はそれを受け入れようと思う。

足を組む瞑想の姿勢はちょっと無理だったので、着替えを済ませてから椅子に座り、静かに呼吸を整える。

そこから額に集まった魔力を、上から順番にゆっくりと下ろしていく。

左足、そして——右足。

思ったよりもすんなりと、魔力が流れていく。

ああでも、母の言ったように、ちょっと体に流すのとは勝手が違うかも。魔力が分散しちゃって、まとまりにくい気がする。

それなら、液体をイメージしている魔力の粘度を上げればいいかな。

最初はゆっくりで大丈夫、魔力循環をはじめた頃はもっとひどかったんだから、焦《あせ》らなくてもいい。自分に言い聞かせながら、何度も魔力を巡らせてゆく。

ひとまず、ある程度、体と同じ感覚で魔力を通せるようになったと思う。

集中を解いて目を開けると、外はすっかり日が昇っていた。そして、お腹《なか》も空《す》いている。

タイミングよくドアがノックされ、バウディの持ってきてくれたお水で朝の支度を完了する。

やっぱり顔を洗うと目が覚めるわー。

どうせだから、一緒にダイニングに行こうと松葉杖を用意した。

ゆっくりとなら義足だけで歩けそうだけれど。ボンドのしょんぼりした顔が目に浮かぶから、当分は補助的に松葉杖を使っておこうと思うのよ。

「お嬢、朝から魔力循環をしてたのか」

彼に聞かれて、思わず怪訝《けげん》な顔をしてしまった。

「いつもしているわよ？」

なぜ、今日に限って聞いてきたのかわからずに首を傾げると、彼は視線を私の足下《あしもと》に下げてじっと目をこらした。

女性の足を凝視《ぎょうし》するのは、マナー違反ではないのかね。

「昨日は義足から漏れていた魔力が、いまは綺麗に循環している――もう習得したんだな」

「今日は早く目が覚めたから、明け方から練習していたの。先に身体強化を覚えていたから、義足に循環させるのは、割とすぐにできるようになったわ。元々、まだ足があるような感覚が残ってたし、そのせいかもしれないけれど」

自分の考察を伝えると、彼の足が止まる。

「足がある感覚が、あったのか……」

「言ってなかったかしら？　だから、幻肢痛もあるのだと思うのよね。でも、この義足に強化魔法で魔力を通わせていれば、それも治まるような気がするの」

希望的観測だけどね！　でも、きっとそうなれると思うのよ、いや、なってみせる！

意気揚々と言い切った私を、彼はすこし陰のある目で見下ろしてきた。

「なに？　どうかした？」

「いや。知らないことがあったんだと思って」

なるほど、レイミも言ってなかったもんね。

レイミ的には、ないものがあるように感じるなんて言って、奇異の目を向けられるのが怖くて……言えなくても仕方のないことよね。

「ふふん、秘密のひとつや二つ持ってるのは当たり前でしょう？　乙女のすべてを知ろうなんて、百年早いのよ」

ニヤリと笑い、ツンと顎を上げてみせる。

そんな私を驚いたように見下ろした彼が、思わずといった風に吹き出した。

「ぷっ、ははっ、そりゃぁそうだ、乙女だもんな」

なぜ笑われるのかしらね、彼の笑いのツボがわからないけど、楽しそうでなによりだわ。

「おはよう、レイミ。あら、もうできたのね」

朝の挨拶もそこそこに、母に指摘される。

バウディは凝視しないとわからないことを、母はひと目で見抜いてるんだけど。どういうこと？　というか、魔力って見えるものなの？

「おはようございます、お母様。今朝は早くに目が覚めたので、朝から練習していたのですけれど。もしかして、もうお母様の基準を満たせました？」

「ふふっ、これで次の段階に進めるわね」

はい、きました！　次の段階！

そっかー、そうだよねー、魔力を漏らさず循環できるようになっただけだもんねぇ。きっとここがスタートなのよね。

「そうなんですね、次はどんなことをするのですか？」

バウディに松葉杖を預けて席についてから確認すると、母は今後は強化と速度について教えてくれるということだった。

速度……もしかして、この義足で走れるのかしら？　あちらの世界の陸上選手は、もっとシンプルで高性能な特化型の義足で走ってたけれど。この汎用型《はんよう》でも大丈夫なのかな？　母ができるというならできるんだろう、なんせこの世界では魔法なんていう不思議パワーを使うんだから、向こうではできないことができても、おかしくはないもの。

「おはよう、二人共」

すこし眠そうな顔でやってきた父に、笑顔を向ける。

「おはようございます、お父様」

「おはようございます、旦那様」

父が席につくと朝食がはじまり、今日もシンプルだけど美味しいご飯をしっかりといただいて、仕事に行く父を見送り。リビングに戻ってレース編みをする母の指導のもと、身体強化の次の段階に移る。

体の軸を揺らさずゆっくりと歩く。足の裏が地面から離れる感覚、宙を浮き地面に踵から着地する、そんな歩く動作だけに意識を注ぎながら一歩を十秒以上掛けて進む。

「足の裏のどこに体重が掛かっているか意識して、ゆっくり、左足が終わる前に右足を出さないの、ほら、早くなってるわ、右足も左足と一緒よ、同じように床を意識して足を出すの」

集中を切らせると、柔らかな叱責《しっせき》が飛んでくる。

口調は優しいんだけれど、悪いところが直るまで同じ指導が続くのだ。

「歩くことだけ考えるのよ、余計なことは考えない」

気が逸れると一発で見破られる。どうしてバレるんだろう……母凄い。

休憩《きゅうけい》のときにソファに並んで座り、お茶をいただく。

「お母様、お母様はどうして、レース編みをしながら私のことまでわかるのですか?」

私の練習を見ながら編み上げたレース編みの作品たちは、いつも通りの量ができあがっている。ということは、私を見ながらも手はいつものペースを崩していなかったってことだ。

「あら、だって、レースは意識しなくてもある程度できるもの。あなただって、意識しながら呼吸をしないでしょう?」

呼吸と同じ感覚で、編み物を!

「身体強化をしながら、ですよね?」

「ええそうよ。ああ、そうだわ、まだ教えていなかったけれど、目に身体強化を掛けてごらんなさい」

目に身体強化? 目を強くして……じゃなくて、もしかして視力がよくなるのだろうか。

とにかくやってみよう、いつもスルーする場所だからちょっとだけ時間が掛かったけれど、問題なく両目に魔力を集中できた。ただ眉間に力が入るから、目が細くなってしまうけど。

「では、この手をご覧なさい」

言われて、母の手を見る。

「うっすらと、ぼやけて見えます。陽炎《かげろう》のような感じで、色はないのですけど」

「それが、魔力よ。魔力が漏れていると、そうやって見えてしまうの。いまのレイミの目も同じように、揺らいで見えているわよ」

　魔力が漏れているんですね、了解です。

　慣れない場所の身体強化だからって、気を抜いていたわ。すぐに、魔力の漏れを止める。

「今度は、上手にできているわ。ではそのまま、見ていてご覧なさい」

　母はかぎ針とレース用の繊細な糸を用意すると、するすると取っ掛かりとなる目を作り、そこから本領を発揮した。

　いままではその動きがわからなかったけれど、魔力で強化された目には、スローモーションとは言わないまでも、残像ではなく実体として手の動きが見えた。

　指そしてかぎ針に、魔力の揺らぎとその流れが見えるけれど、敢えて魔力を見せてくれているのだろう。

「身体強化ができるのは、貴族の女性としての嗜《たしな》みなんですね。私も頑張りますわ」

　私の決意宣言に、母は満足そうに微笑む。

　そして、身体強化の練習の次はリハビリという名の筋トレ。今日は外を歩いてみようということで、バウディと一緒に家の裏庭に出てきております。

　公爵邸のように広さも東屋もないけれど、五メートルくらいは幅があるし、隣とは目隠しの柵があるので心置きなく練習ができる。

　ある程度平らだけど芝生も生えていて、家の中を歩くのとは勝手が違うから、ゆっくり慎重にしなくてはすぐに転んでしまう。身体強化は使わずに自前の体力だけで歩くんだけど、まるっきり身体強化なしだと義足が重いのよね。

ゆっくり歩いていると、リハビリに付き合ってくれているバウディが、言いにくそうに口を開いた。

「あのな、お嬢。奥様が言っていた、身体強化についてなんだが……」

告げ口するみたいで嫌なんだろうから、先手を打つ。

「わかってるわよ。前にあなたが教えてくれたでしょ？　魔力を漏らさないで身体強化ができるのは宮廷勤めの魔術師クラスだって」

私の言葉に、彼はホッとした様子をみせる。

「でも、それがどうしたの？　だからって、やらない理由にはならないでしょう？　現にお母様ができていることなんだから、私ができてもおかしくないもの」

「そうじゃなくて。もう十分な修練度に達しているだろうって話だ。これ以上、魔力操作を学ぶ必要はないんじゃないか」

そう苦言を呈してきた彼を、思わず呆れた目で見てしまった。

「なにを言っているの、バウディ。上があるなら目指すものでしょう？」

胸を張って言い切った私に、彼はがっくりと肩を落とす。

「……うちのお嬢が、えらく上昇志向になっちまった」

うちの、お嬢ねぇ。彼の言葉に、胸がほっこりと温かくなる。

私がレイミではないと知っているのに、そうやって受け入れてくれるのが、本当に嬉しいと思うのよ。

――ただ、リハビリはスパルタだけどね……っ！

母も根性論の人だけど、バウディも私の体力を見極めてギリギリを攻めてくるのよね。最近はしっかり三食ご飯を食べて、運動もしているから、ガリガリが解消されてきたけれど、まだ筋肉がまともにあるとはいえない体なのよ？

手加減してほしいって弱音を上げたいけど！「この程度のこともできないんですか」的な視線を見ちゃうとね、悔しくなるじゃない！今日はいつも以上に頑張ってしまった。

その結果、こうしてベッドにバタンキューですっ！

夕飯をなんとか食べて、部屋に戻り、這々《ほうほう》の体《てい》で寝る準備をして、落ちた。

そして、明け方、痛みに叩き起こされる。

きやがったわね、幻肢痛！　絶対にくると思ってた！　今日こそ痛みを克服してくれるわ！

威勢がいいのは心の中だけで、痛みにのたうち回りたいのを堪え、寝るときにすぐ側《そば》に置いておいた義足をなんとか引き寄せて装着する。

魔力を循環させるだけだから、ベルトは使わずに装着部にカポッと足を入れ、立てかけたクッションに背中を預けて楽な姿勢をとる。

痛みに散りそうになる意識を集中させて、魔力の循環をはじめた。

冷や汗がだらだら流れるなか、すぐに散る意識を必死でかき集めて魔力を巡らせる。これだけでも、かなり楽になってきたけど、まだまだこれからよ。

多分魔力は漏れまくってると思うんだけど、そこをなんとかする余裕はないから諦める、足を引き寄せて体育座りになり、右足だけを見ながら両手で左右の足を同じように撫でさする。

暗闇のなか、細部は見えない。だからこそいい、左足に感じる感触を右足のものとして、脳を勘違いさせるんだから。

私はいま、痛い右足を摩っているんだという意識をしっかりと持つ。代替えの感触を左足に与え、右足を慰撫《いぶ》するのよ。

しばらくそうしていたら、痛みがふっとなくなっていった。

「よしっ、計算通り！」

思わずガッツポーズをして、バタンとベッドに突っ伏す。それにしても疲れたわ、痛みって筋肉が緊張しっぱなしになるから、無茶苦茶疲れるのよねぇ。

なんとか義足を外してベッドに潜り込み、勝ち取った穏やかな眠りを堪能《たんのう》した。

幕間　バウディの罪

「今夜は、私が痛がっていても、部屋に来ないでね。試してみたいことがあるから」

まっすぐ目を見てそう言った彼女の願いを拒否することなどできなかった。

彼女の部屋から聞こえる押し殺した苦痛の声を聞き、部屋に駆け込みたくなるのを堪《こら》え、部屋の前で助けを求められるのを待った――が、彼女は本当に、自分の力だけで痛みを克服してしまったのだ。

足音を立てぬように暗い台所へ行きカラカラに渇いた喉に水を流し込んでから、隅《すみ》に置いてある椅子に吸い込まれるように座った。

俺……いや私が彼女に出会ったのは、十年前になる。

彼女はまだ五歳の少女で、私は十五歳だった。この国の隣にある国の王の庶子《しょし》として生まれ、疎《うと》まれ、命を狙われたので、決死の覚悟で国を捨て、放浪し、人の醜さ、脆《もろ》さ、儚《はかな》さに打ちのめされていたときに出会ったのが彼女だった。

彼女は私を拾ったのは父である伯爵だと思っているようだが、そうじゃない。

私は彼女に拾われ、彼女に救われ、彼女に忠誠を誓っているのだ。

貴族としては裕福ではないものの、穏やかなその一家の一員となれたことは、私の最大の幸運だと胸を張って言える。

私を拾った少女はすくすくと成長し、私たちはそんな彼女を目を細めて見守っていた。

それが崩れたのは一年前、彼女がシーランド・サーシェルの乗る馬によって、右足を踏み潰された日だった。あの日のことは、忘れたくても忘れられない。

泣き叫ぶ彼女を抱え、動揺する奥様を急《せ》かして医者に走った。

一縷《いちる》の望みをかけたものの、馬に二度も踏まれた彼女の華奢《きゃしゃ》な足はへしゃげ、医師は復元の可能性を否定した。

「むしろ、一刻も早く切断せねばなりません。いま、強化魔法が得意な兵士を探しにいかせております。戻《もど》り次第《しだい》切断して、断面の修復をおこないますが――」

医師の無情な言葉は続く。

「早くせねば、切断しなくてはいけない箇所がどんどん大きくなってしまう。それに出血を止めねば、死に至ることも」

それを聞いた奥様は涙に濡《ぬ》れる真《ま》っ青《さお》な顔で、私を見た。

いつもはおっとりした奥様の、毅然《きぜん》とした表情は覚悟を決めたものだった。

「バウディ、できるわね」

奥様の言いたいことはわかった。私に潰れた足を切れと、そう言っているのだと。

キーンと耳鳴りがし、急激に喉が渇いた。鼓動が早鐘のように鳴り、呼吸も浅くなる。

冷たくなった私の手を奥様の手が掴《つか》み、私を睨《にら》むように見つめた。

「あなたなら、できるわ。大丈夫、私がレイミを死なせない」

常にはない迫力で医師に切断用の剣を用意させ、それを私に手渡した。

剣の腕前を披露したことはないが、日々庭で鍛錬《たんれん》しているのを知っていて、信頼してくれているのだ。そして、レース編みで鍛えている奥様の身体強化は尋常ではなく、幼い頃から転んで怪我《けが》をしたレイミを何度も治していた。だから、誰よりも早く傷口を治すことができる。

私は覚悟を決めた。

研《と》ぎ澄まされた剣を手に、集中し、切れ味を強化するように魔力を剣へと流した――

「は……っ」

暗い台所の片隅で息を吐き出し、両手を擦《こす》り合わせて、手に蘇《よみがえ》ったあの日の感覚を散らす。

あれが最善だったと理解しているし、後悔もしていない。だが、彼女の足をこの手で奪ってしまった事実を、生涯忘れることはできない。

彼女が痛みに苛《さいな》まれるたびに、私の罪が降り積もる。

ある日を境に、レイミの意識と入れ替わった彼女……レミカは積極的に行動し、短い時間ならば松葉杖《づえ》を使いひとりで行動できるまでになった。

私が生涯、レイミの足であろうと決意していたものを、彼女は覆《くつがえ》す。

レイミから失われていた笑顔、生き生きとした表情が戻り……私の罪を軽くしてしまう。

きつく握りしめた拳《こぶし》を額《ひたい》に当てて目を閉じ、罪をたぐり寄せようとするのに、私を頼りにしていると言った彼女の笑顔が浮かんで、罪を霧散《むさん》させてしまう。

笑顔なんだ、彼女は。突然、肉体が変わったというのに平然と現実を受け止める心の強さ。そして、自分のできることはなんでもしようとする行動力が、久しくコングレード家から失われていた笑顔を取り戻してゆく。

――いつか、レイミが戻ったときに困らないように。

そのときがいつ来るのか、もしかしたら永遠に来ないかもしれないそのときのために、彼女は日々を前向きに生きている。きっと元の世界でも、そうやって生きていたのだろう。

前向きに生きる彼女に、眩《まぶ》しいほどの生命力を感じる。

彼女が来るまで、胸を冷たい氷の粒で擦るような日々だったのが嘘《うそ》のように……。

だけど、彼女との生活に安らぎを覚えることに、罪悪感がある。それは、本物のレイミに対してなのか、捨てた故国に対してか、どちらにせよそんな感情を後生大事にしているのは愚かだという自覚はある。

彼女ならば過去に囚《とら》われるなと言うだろうなと予想して、苦笑いが出てしまった。

「いや、もう言われたか。一定以上の後悔は、自己満足や自己憐憫《れんびん》だと」

力強い言葉だった。同時にとても痛い言葉だ――だが、不思議と受け入れてしまう。

「強い人だ」

憧憬《しょうけい》にも似た思いを、ため息に逃がす――このときはまだ、この思いの名を知らなかった。

第三章　魔法学校

祝・ご入学――の看板はないけれど、まだ早い時間にも関わらず、真新しい制服に身を包む初々《ういうい》しい生徒たちがチラホラと魔法学校の校門をくぐっている。

私も学年を表す臙脂色《えんじいろ》の短いマントと真新しい制服に身を包んで、門の脇まで来ていた。

「いいですか、お嬢。くれぐれも、調子に乗らないでくださいよ」

「わかっているわ。大丈夫よ」

魔法学校の入学を前に、バウディから、『我が家の常識』を基準に強化魔法を使って生活してしまうと起こりうる、『まずい』事態を列挙されて、震え上がったのは記憶に新しい。

え、待って、あんまり有能だと職業を選択できなくなるって、どういうこと？　その上、労役までなんてっ。

だから、折角《せっかく》義足だけで歩けるようになったのに、義足アピールのために杖《つえ》を使い続ける、ということになった。とはいえ、当初のような左右に持つごついサイズの松葉杖では大袈裟《おおげさ》過ぎるので、ボンドの工房にお邪魔して、左だけで使う腰くらいの長さの取り回しやすい形に直してもらった。

「こんなに早く用済みになるとは、思わんかったなぁ……」

ボンドのしょんぼりとした呟《つぶや》きが胸に迫る。ごめんね、私の才能が素晴らしくて！

「その代わりに、義足が活躍してるわよ。ほらほら、義足に強化魔法を掛けて、板を蹴破《けやぶ》れるようになったの」

板割りの実演をしてみせたら、目を丸くしてくれた。どやぁ！

「本当に、強化魔法を覚えちまったのか！」

テンション上がりまくりのボンドが持ってきたのは、『例のブツ』だ。

三段ロッド内蔵甲殻《こうかく》型義足、要強化魔法。

「一応作りはしたが、出番はないもんだと覚悟しとったんじゃがの」

ロッドが芯になっているが、構造上どうしても強化魔法なしにはできなかったので、学校にはつけていけない。義足に隠し武器というロマンの産物だが、涙を飲んでボンドに預かってもらい、学校には一代目であるノーマルな義足と杖で通うことにした。

「お嬢、くれぐれも、お気をつけて。いや、やっぱり最初のあいだだけでも——」

バウディは言いながら、私の肩から背中に広がる短いマントを直す。

「私はひとりで大丈夫よ、ここまでだって、ちゃんと歩いてこられたでしょう？　また、帰りに迎えにきてね」

校門の手前で渋る彼を送り返し、ワクワクしながら校門をくぐる。いけない、いけない、つい強化魔法を使って歩いてしまいそうになる。

並木道……ああ、桜がないのが物足りな——。

「レイミ様ぁ」

道の先で、華やかな金色の髪を揺らすアーリエラ様が、品よく手を振っていらっしゃる。

うわぁ……回れ右して帰ってもいいですか。

なんてことできるはずもなく、苦肉の策で広い通路の脇に等間隔に植えられている木の陰に彼女を誘った。腰高の茂みがあるから、隠れるのに最適よね。

まだ人が少ない時間帯でよかったわ。

「お久しゅうございます、アーリエラ様」

微笑《ほほえ》みながら、すこしだけ膝《ひざ》を曲げた淑女《しゅくじょ》の礼をする。

「レイミ様もオープニングイベントを見にいらしたのねっ」

彼女は挨拶《あいさつ》もそこそこに、両手を胸の前に組んで目を輝かせた。

はて、オープニングイベントとは？　それを聞く前に、彼女ははたと停止し、それから驚愕《きょうがく》の表情になった。

「レ、レ、レイミ様……その右足は……っ」

「ああ、こちらですか？　義足ですけれど、靴下を履くと、わかりませんでしょう？」

うふふふ、と笑う。

「そ、そ、それに、従者のバウディ様は……」

「義足と杖があれば、ひとりで歩けますので、彼には校門で帰ってもらいました」

私がニッコリそう言うと、彼女はふらぁと貧血を起こしたように崩れ落ちた。とても品よくスローモーションで崩れ落ちたので、特に問題はないだろうが、一応心配してみせる。

「大丈夫ですかっ、アーリエラ様」

彼女が座り込んでいる側《そば》に、私も座り込んで彼女を支える。

「ええ、ええ、大丈夫よ……」

額《ひたい》に手の甲を当ててくったりとしているのがとても様になっている、さすが生粋《きっすい》のお嬢様だ。

「まさか、あなたが、そこまでなさるなんて思わなかったので、驚いてしまいましたわ」

涙目で、なじるように言われた。

ゲームの物語から逸脱するんだから、そんな恨みがましい目で見るのおかしくない？

……さては、まだ諦《あきら》めてないわね？　本当に懲《こ》りない子だなぁ。

などと考えてるうちに、オープニングイベントというのを思い出した。あれだ、ヒロインちゃんが物語の主要キャラである男子生徒たちとはじめて出会う場面だ。

私はバウディを学校の中に入れないようにしたから気が楽だけど、彼女の意中の人である第二王子は生徒だからどうしたって物語から逃げられないし、ヒロインちゃんと婚約者が会うなんて気が気ではないんだろうな。

そんな風にしんみりして。

彼女を勇気づけるために、茂みに隠れてヒロインちゃんの登校を二人で待つことにした。

アーリエラ様と並んで、茂みの陰に座り込む。

私は杖を横に置いて、登校する生徒たちが増えてきた門から校舎へ続く並木道を監視している。茂みの陰に隠れるのはいいのだけれど、虫が出てくるのよね。

プイーンと飛んできた羽虫を追い払っていると、アーリエラ様が気付いてポンと手を打った。

「わたくし、殺虫剤の魔法は得意ですの。お待ちになってね」

小声でそう言った彼女は、持っていた洒落《しゃれ》た鞄《かばん》の中から小さな魔法の杖を取り出した。

……ん？　魔法の杖って、魔法学校の課程を一定以上クリアしてからじゃないと、持っちゃいけないのよね？

確認しようと声を掛ける前に、彼女は魔法の杖をかまえていた。

「闇の息吹《いぶき》に触れし、些末《さまつ》な虫ケラたちよ、その命を失え」

彼女が物騒な呪文を呟いて魔法の杖を振ると、飛んでいた虫たちが一斉に落ちた。

ひぃ、些末な虫ケラたちがっ！

彼女はそれを見て満足そうに頷《うなず》いているけれど……。

「アーリエラ様……魔法って、強化魔法以外は、使用してはいけないのではありませんでしたか？」

「あら、レイミ様、我が家ではこのくらいは普通に使いますわよ。だって、できるものを使わないなんて、勿体《もったい》ないじゃありませんか」

いや、勿体ないとかそういうんじゃなくて、それがルールだから。

それとも虫を殺す程度の魔法はたいしたことがないから使ってもいいとか、暗黙の了解があるのだろうか？　我が家では、強化魔法以外の一切が禁止だったからわからないわね。

「あっ、来ましたわよっ！　隠れてっ」

強引に頭を下げさせられて痛い。

私の頭を押さえたまま、鼻息荒く校門を見ている彼女に文句を言いたかったが、私の中のレイミの常識がブレーキを掛ける。

そうね、公爵令嬢だものね、我慢、我慢、地味に痛いけど、我慢。

こっちは右足が義足なんだからもうすこし配慮してくれてもいいんじゃない？　ヒロインちゃんを見るのに夢中で、私の頭を肘掛《ひじか》けにしてるの忘れてるでしょ？　も一っ！

結局、私はヒロインちゃんを見ることは叶《かな》わず、最後まで頭を押さえられてげんなり。

別に見たいわけじゃないけど、ここまで待ってひと目も見られなかったのはちょっとね。

「ああ、素晴らしゅうございましたわ。見事な再現度、オープニングイベントをこの目で見られるなんて、感無量です。欲をいえば、いまのシーンを映像として残しておきたかった」

夢見心地の様子で呟く彼女に、あふれそうになる怒りを押し殺して声を掛ける。

「あの、アーリエラ様、頭から肘を除《よ》けていただけませんか」

「あらっ！　まぁ、まぁっ」

私の言葉で慌《あわ》てて飛び退《の》き、肘をぱぱっと手で払う。

……私の頭は、そんなに汚くないわよ？

いつもより気合いを入れてまとめてきた髪が乱れてないか、手で触れて確認する。よかったわ、大丈夫そう。

「ごめんなさいね。わたくしったら、すっかり夢中になってしまって。レイミ様も、ヒロインちゃんをご覧になることはできましたか？」

「いいえ、頭を下げておりましたので、見ることは叶いませんでした」

おまえのせいでな。

「そ、そう、それは残念ね。でも、ほら、同じ学年ですし、これからいくらでもお会いできますわよ、ねっ」

手にしていた魔法の杖をもじもじといじる。一応、悪いことをしたとは思っているのね？

そのとき、気を抜いていた私の背後から、低ぅい声が掛かった。

「さぁて、どっちが犯人かな？　校内での魔法の無断使用は禁止されているのだが、新入生とはいえ、知らなかったわけではあるまい？」

背後から掛けられた声に驚いて振り向こうとしたそのとき、手に魔法の杖を握らされた。

え？

驚いて私の正面にいた彼女を見ると、胸の前で両手を組んで、必死にアイコンタクトしてくる。彼女を見てから、教師の目に触れないように、こっそりと手の中に押し込まれたお高そうな杖を見る。

これは……罪を被《かぶ》れってことかしら？

「黒髪の君かな、魔法を使ったのは。その手の中の杖が証拠だろう、ちょっと話を聞かせてもらおうか」

穏やかな声で言われて顔を上げると、ぴょんぴょん跳ねている深緑の短髪に、赤みがかった茶色の目の、体育教師のような雰囲気の男の先生が腕を組んで仁王立ちしていた。

ひぃっ、怒り心頭！　やっぱり、無断使用はまずいんじゃん！　なにが、このくらい日常茶飯事だ！

アーリエラ様に視線を移すとビクッと肩をすくめた。彼女と、自分の手にあるお高そうな魔法の杖を見比べる。

あ、そうだ、悪いこと思いついた。

「アーリエラ様、コレは私の魔法の杖、――ですよね？」

この魔法の杖と引き換えに、罪を被ってあげましょう、この私が！　この、私がっ！

「えっ！　ええ、ええ、そうね、それは、レイミ様の魔法の杖で間違いありませんわ」

私の言わんとすることを察したアーリエラ様が、両手を握りしめて断言する。

しっかりと言質《げんち》が取れたわね！　よし、これで教師も立ち会いの下でこの魔法の杖は私のものになりました！　あとで、名前を書いておこう。

いそいそと自分の鞄にしまってから、わざとすこしだけ魔力を漏《も》らして強化魔法を使いつつ、愛用の杖をついて立ち上がり、先生と向き合う。

「私が、やりました」

彼の口から、どでかいため息が吐き出された。

私と彼女を見比べて、もう一度ため息を吐き出す。

「じゃぁ黒髪の君は、私についてきなさい。金髪の君は、早く自分の教室に行きなさい」

「はっ、はいっ！　失礼いたします、ローディ先生っ」

早足で校舎に向かう彼女を、彼と二人で見送る。振り返る素振りもないのが、いっそ清々《すがすが》しいわ。

ん？　ローディ先生？　聞き覚えがあるぞ。アーリエラ様の薄いノートでの説明は、

『ちょっとがさつだけど生徒に人気のあるフレンドリーな先生』で、辺境伯の次男だったはず。

なぜ辺境伯の次男が、王都で魔法学校の教師をしているのかは不明。次男あたりだと普通は実家で長男の補佐をするとか、なにかしら家業を手伝っているはずなのに。

横にいる彼が、もう一度盛大なため息を吐き出した。

「面倒だが一応……ごほん。報告義務があるから、魔法を使用した理由を聞き取らせてもらうぞ。ついてきなさい」

やっぱり彼も本当は誰が魔法を使ったかわかってるってことね、そして、アーリエラ様を逃がしたってことは、彼女が公爵令嬢だってことも理解してるということになる。

貴族社会の上下関係、面倒臭いから忖度《そんたく》しちゃうわよね。私もしちゃったし。

でもこの分だと、さっさと終わりそうね。

身体強化の魔法を使うのは控《ひか》えて、杖をついて歩く。登校する生徒たちの好奇の視線を受けつつ、私のペースで歩きながら、打ち合わせ——もとい、よもやま話をする。

彼の話では、学校に張ってある防御の魔法がアーリエラ様の魔法を感知したので、一番若い

彼が駆けつけたということだ。若い先生はフットワークが軽いね。

「防御の魔法なんていうのがあるんですか」

「そりゃぁな、魔法の実技をしていて、外に魔法が飛び出ました、なんてことになったらおおごとだからな」

なるほど、外からの守りじゃなくて、外を守るんだ。

「それでだ、魔法の無断使用は、処罰の対象となる。校外なら法の、校内ならば校則に則《のっと》ってな。ご両親から聞いてないか？」

「聞いておりました。強化魔法だけは、免除されるということも聞いていたんですが」

「ああそうだ、それはここでも同じ――なるほどな。君は確か、先日事前に父君と一緒に、校長先生に挨拶に来ていた、ええと」

言いながら思い出す素振りをする彼に、言葉を引き継ぐ。

「はい、レイミ・コングレードと申します。ご挨拶が遅くなり、申し訳ありません」

入学前に父と共に、学校長に挨拶してある。片足が義足であることと、初歩的な身体強化を使う許可をもらいにだ。

現時点で完璧《かんぺき》な身体強化をしていたら、バウディも言っていたように問題が色々あるので、まだ不慣れで魔力が漏れ漏れなんですーってことにしてある。

とりあえず申告しておけば、強化魔法を使ってるとバレたときに、言い訳できるだろうという考えからだったけれど、根回しは大事ね。早速役に立ちそうだし。

「ああそうだ、レイミ君だったな。入学前に身体強化を身につけてきたんだってな、凄《すご》いじゃないか」

「いいえ、まだまだうまくはできないので、魔力が漏れてしまうのですけれど」

私たちの視線が合わさり、小さく頷いた。ここが落とし所だわ。

生徒が行き来する廊下の端で向かい合う。

「うんうん、そのことも聞いていたな。だが、防御の魔法に感知されるとなると、多めの魔力が出ていないと、感知しないのだが」

「実は、慣れぬ学校で、緊張してしまい。いつもなら、もうすこし抑えられるのですが、魔力の揺らぎが大きくなってしまいました」

「ああ、なるほどな！」

彼が大袈裟なぐらいの反応で、手をポンと打つ。

「だから、感知してしまったんだな。なに、大丈夫だ、学校長も職員に周知しているから、君の魔力の漏れについては、問題ない。まぁ、早いところ完璧に強化魔法ができるようになってほしいところだがな」

若干《じゃっかん》芝居がかってはいるが、聞き耳を立てていた周囲の生徒も、なんだ問題なしかと、離れてゆく。

ほら、やっぱり根回しは大事だ。

「まぁ本当ですか？　安心いたしました。もし緊張するたびに罰せられてしまったら、どうしようかと、ドキドキしてしまいましたわ」

うふふふふ、と笑う。

「さぁ、報告はしておくから、教室に向かうといい。君はE組だ、四階まで上がるのは大変だろうが、階段に近い教室だからすぐわかるだろう」

「E組ですね、ありがとうございます」

会釈をして別れ、廊下を戻る。

戻った玄関ホールには、新入生を迎えて案内をしている上級生と、期待に顔を輝かせている新入生がひしめいていた。

本当ならもっと早い時間にここを通過して、教室の隅《すみ》っこでゆっくりしてるはずだったのになぁ。アーリエラ様に付き合わされたあげく、彼女の罪を被って時間を食ってしまった。

邪魔にならないように壁際をゆっくり移動していると、玄関ホールで新入生を案内している上級生の中に、シーランド・サーシェルを見つけた。

不自然なほどこちらを見ない様子に、向こうは既《すで》に私に気付いているのだとわかる。

近づいていって嫌がらせのひとつでもしようかと思ったけれど、その前に、彼にぶつかる小柄な女生徒がいた。

ぶつかるというか、他の生徒に押された彼女が玉突き事故よろしくシーランドにぶつかったのだが……なんか、覚えがあるな、このシチュエーション。

ピンクがかった金色の髪に、くりんと大きな目、口紅なしでも鮮やかな桃色の唇。色彩がとても派手な彼女は――。

「あれが、ヒロインちゃんですわ。お名前はミュール・ハーティ様よ」

いつの間にか私の背後に立っていたアーリエラ様が、コソコソと教えてくれる。

忍者のように背後を取られ、ちょっとビックリしてしまったけれど、他人のフリごっこをしているようなので、私も乗っておく。

「これも、オープニングでしたっけ」

敢《あ》えてアーリエラ様のほうを見ないで、正面を向いたまま小声で確認する。

「ええそうよ、教室に入るまでがオープニングですわ」

家につくまでが遠足です、のノリですね。

「レイミ様と同じE組よ。教室に入るときに、担任のローディ先生と一緒に入ってくるはずなので、確認していただけるかしら」

おや、さっき忖度してくれた先生が担任だったのね。

「アーリエラ様は、どちらの組ですか？」

「わたくしはB組ですわ」

なるほど別の組か、そりゃぁ残念だろうな。

「わかりました、確認しておきます」

「よろしくお願いいたしますね」

コソコソとした私たちのやりとりを、通りすがりの生徒たちはチラチラ見るけれど、相手は腐っても公爵令嬢なので、みんな見て見ぬフリをしてくれる。

アーリエラ様からすこし遅れて、私も自分の教室を目指した。

っていうか、アーリエラ様もしかしてずっとオープニングイベントというやつを観察していたんだろうか。結構時間が経《た》ってるのに……っていうか、ヒロインちゃんことミュール様もいままでなにしてたんだ……って、そうか、ここに来るまでに色々な主要キャラに会うのよね。

シーランドに会ったってことは、残りはローディ先生か。

誰にどこでどんな風に会うのか全部を覚えているわけじゃないけれど、浅からぬ因縁のシーランドのくだりは覚えていたから、本当にアーリエラ様の薄いノートの通りになってることは間違いない。

言い知れぬ気持ち悪さを感じて、腕を摩《さす》った。

書いてあることが本当になるということは、本当に私は中ボスとしてミュール様を追い詰めるんだろうか。

いやいや、ないわ、だって、私の自我があるもの、私がしないって決めてるんだから、そうなるわけがない。

生徒たちもまばらになってきたし、とにかく教室へ行こう。

受付があるわけではないけれど、上級生が順次教室へ案内してくれてるっぽいんだけどなぁ、誰からも声を掛けられないから他の人たちについていけばいいわよね。

身体強化を使わずにホールの大階段を上がり、更《さら》に奥へ進んでそこから更に階段を上る。

コの字型の校舎の四階。四階！　玄関入って右側の棟の一階には共通教科の実習室などがあり、三年生は二階、二年生は三階、一年生は四階となっているのだ。左の棟は二階建てで、職員室と選択教科の実習室、そして図書室や生徒会室があり、一階の先には講堂がある。外には魔法の訓練施設もあって、学校自体の敷地は結構広い。

一クラス十人前後で、五クラス。全校生徒でも二百人に満たないようだ。

貴族の子供だけって括《くく》りだから、これでも多いかもしれないけど。

ちょっと急がないと、教室に入るの遅れそうね。生徒たちはもう階段にはいなくなっていて、みんな教室に入ったんだろうな。

階段苦手だわ、自宅で強化魔法を使わない階段の上り下りの練習をしておけばよかった。

悔やんでも今更なので、とにかく転ばないように注意しながら一段一段上ってゆく。

人けがないし、ちょっと身体強化の魔法を使ってもいいかな？

「手をお貸ししましょうか、お嬢さん」

「えっ？　わわ……っ」

突然声を掛けられ、驚いてバランスを崩しそうになった腰を支えられた。

「大丈夫ですか？」

マントの色は三年生のもので、なにやら見覚えのある深緑の髪に、インテリっぽい眼鏡をしたイケメンだった。

よ、よかった、強化魔法使わなくて。

「はい、ありがとうございます」

「大変申し訳ないが、間に合いそうにないので、ちょっと失礼するよ。杖と鞄はしっかり握っていて」

そう言ってしゃがんだかと思うと、スッと私を持ち上げた。お姫様抱っこではなく、腕の上にお尻を乗せるような、子供抱っこ、とでもいうのかな。

私、子供抱っこするようなサイズ感じゃありませんよねっ！

驚いているあいだに軽やかに階段を上りきり、四階で私を下ろしてくれた彼にお礼を言う。

「ほ、本当に、ありがとうございました」

「どういたしまして。まだ、担任は来ていないようだが、早く入ったほうがいいだろう」

階段を下りていく彼にもう一度お礼を言ってから、一番手前のE組のプレートが掛かる教室に入った。教室に入ると、色とりどりの髪色が目に入る。

こっちの世界って、本当にいろんな髪色なんだよね。私も見慣れた黒じゃなくて、オレンジやシルバーでもよかったのにな。

そういえば、さっきのイケメン先輩の髪色……まさかね。

席は早い者勝ちらしく、まんまと二つ残っていた教卓の前の席のひとつに渋々座る。

周りの人たちに挨拶しながら席につき、杖を椅子の背に立てて固定した。事前に椅子の寸法を確認して、ボンドに固定するリボンを付けてもらってよかった。

だって、立てかけておいて転がったら迷惑だし、倒れた杖を拾うのも結構大変なんだよね。

使わないときは、杖にアクセサリーのようについているお洒落《しゃれ》なリボンなのよ。ボンドはセンスも技術も素晴らしいわよね。

それにしても貴族仕様の学校だけあって、机も広いし椅子の座り心地もいい。

一クラスの人数は多くなく広々していて隣との距離があるから、ちょっと気楽にお喋《しゃべ》りはできなくて、クラスの中は微妙に静かだ。ただ、さっき挨拶しながら教室に入ったけどちゃんと返事ももらえたし、雰囲気は悪くないわね。

一年間、穏便に生活できそうな気がする。

手持ち無沙汰《ぶさた》なので、机の上に既に置かれていた配付物に目を通しておく。

明日のオリエンテーションのことだったり、校則についてだったり、時間割や選択教科についてなどなど。この学校、思ったよりも面白そう。

などと考えていたら、教室の前で「きゃぁ」とか「すまん！」とかいう声が聞こえた。

何事かと、クラスメイトが顔を見合わせ、教室の入り口に注目する。

入り口のドアをスライドさせて、ローディ先生が入り、そのうしろからヒロインちゃん……もとい、ミュール様がおでこを摩りながら入ってきた。

彼女、私より先に階段を上がっていたはずなのに、どうして最後なんだろう？　アーリエラ様からもらった薄いノート、一度目を通しただけだからオープニングの詳《くわ》しいところ覚えてないのよね。

とりあえずあとでアーリエラ様に、ミュール様がローディ先生と一緒に教室に入ってきたことを報告しておこう。きっとソワソワしながら待ってるだろうし。

空いていた私の隣の席に座った彼女は、私と目が合うとビクッと体を強張《こわば》らせた。怖がらせるようなことをした覚えはないけど、微笑んで会釈をしてから正面を向いておく。

不可抗力で隣の席になってしまったけど極力接点は少なくしておきたい、当たらず触らずね。

前を見れば、深緑の寝癖へアーが教壇に立っている。

やっぱりそうだ、さっきのイケメン先輩の既視感はローディ先生だったんだ。ということはローディ先生の弟で、辺境伯の三男で、生徒会長で、ヒロインちゃんの邪魔をするカレンド・ロークス先輩だったのか。イケメン設定なのにヒロインちゃんの相手役じゃなかったから、よく覚えている。

担任の挨拶と、生徒の自己紹介。その後、配付物の説明があるとのこと。

廊下側の生徒から立ち上がって順番に自己紹介する。

「オリハラード男爵家三男イエル・オリハラードです、よろしくお願いします」

パチパチと拍手。

うん、こういうのって、あんまり変わらないものなのね気楽だわ。どんどん挨拶が進んでいき、時々機転の利《き》く子が、自分の趣味なども加えて挨拶をするのが微笑ましい。

ミュール様は呆《ほう》けたような様子ではあったが、無難に挨拶していた。どうしたのかしら？ぶつかり過ぎて、脳震盪《のうしんとう》を起こしてるわけじゃないわよね。

そして私の番がくる。

ちょっとドキドキしながら立ち上がろうとしたところを、ローディ先生に止められた。え、ちょっと待って、なぜ止める？

「レイミ君は、立たなくても大丈夫だ。あー、みんな、彼女は――」

言葉を遮《さえぎ》るように立ち上がり、ローディ先生にニッコリと笑みを向ける。

「ローディ先生、私なら大丈夫ですわ」

くるりと振り向いて、笑顔で同級生を見回す。

「コングレード伯爵家の長女で、レイミ・コングレードと申します。すこし右足が不自由しておりますので、お手数をお掛けすることもあるかと思いますが、皆様と一緒に、楽しく学生生活を過ごしていけたらと思っております。よろしくお願いいたします」

淑女の礼をとると、温かい拍手を多くもらえてホッとする。

マナー通りスカートをさばいて椅子に座り、それから、次の挨拶をする同級生のほうに体を向けて拝聴する。先生としては、フォローしておきたかったんだろうけど、なんでもかんでも手助けされるのは嫌なのよね、自分でできることは自分でやりたいじゃない。

無事挨拶も終わり、配付物の説明が終わったらあとは帰るだけだった。

ローディ先生も職員室に帰っていき、同級生たちもポロポロと帰っていくのを見守ってほぼ人がはけた頃合いで、椅子につけていた杖を取って立ち上がったんだけれど、ミュール様がぼんやり座ったままなのよねぇ。隣の席だし、無視するのもおかしいわよね。

「ミュール様？　ミュール様？」

「あ、は、はいっ！」

めっちゃ勢いよく立ち上がられて、こっちがビビる。

「まだお帰りになりませんの？　皆様、もう帰られましたけれど」

「え、あ、ほ、本当だっ！」

本当にぼんやりしてたのか、周囲を見て驚いている。まだ机の上を片付けてもいない。

「私も用がございますので、お先に失礼いたしますね。ごきげんよう」

「は、はいっ！　ご、ごきげんようっ！」

声が裏返ってる彼女に会釈をして教室を出てからドアを閉め、初日だからか早々に生徒がいなくなった廊下を、速やかにB組に向かう。

それにしても、彼女。なんだか、思っていたのと違うわね、教室ではずっと上の空でぼんやりしていたし。

こそっとB組を確認すると、アーリエラ様がうろうろしながらひとりで待っていた。

私を見つけて笑顔になった彼女に手招かれるまま、教室に入る。教室の作りは同じだけれど、人数が少ないのか机の数が少なくてE組よりも広く感じる。

AとB組は高位貴族で成績順、C、D、Eは中位以下で成績順となっている。だから、もっと教室が豪華かと思ったんだけど、そうでもなかったわね。

「それでレイミ様、どうでしたか？」

「例の方は、アーリエラ様がおっしゃるように、先生と一緒に教室に入っていらっしゃいました。教室に入る前に、ぶつかったようですね、彼女はおでこを摩っていましたから」

私の報告に、両手を胸の前に組んでぴょんと跳ねた。乙女か。

「ああ、本当にオープニングの通りですのね」

夢見るように、くるくると回る。

「ささっ、レイミ様、ちょっとお掛けになってくださいな」

彼女に椅子を勧められ、興奮冷めやらぬ彼女の会話に付き合うことになってしまった。

学校近くで待ってる予定のバウディに心の中で手を合わせつつ、女子トークというか、興奮しきりのアーリエラ様が一方的に話すのに相づちを打つ。

「それで、ベルイド様に助け起こされたヒロインちゃんは、ビルクス殿下に膝の傷を魔法で治してもらったのに、ストーリー通りぷんすか怒っていらしたわ」

ベルイド様というのは現宰相の将来有望なお孫さんで、ビルクス殿下は我が国の第二王子殿下でありアーリエラ様の婚約者だ。

「貴族でありながら、殿下のことをご存じないのですか？　さすがに、問題があると思うのですが」

傷を治してくれた第二王子殿下に怒るなんて、貴族としてどうかと思う以前に、人として感謝こそすれ怒る謂《いわ》れはないのではないかと思うんだけどね。

「そうねぇ、ヒロインちゃんは元々平民だったからかしら？　魔力があったから男爵家の養女になったそうだけれど、教育がまだ足りていないのかもしれないわね。周りの者が王子であることを指摘したら、震え上がって平謝りしていたもの」

彼女はおおらかにクスクスと笑っているが、ミュール様にしたら一大事だっただろうな、恐ろしい。それにしても、教室にいるときと随分印象が違うわね。

それよりもだ、ひとつ聞き捨てならないことがあるのよ。

「アーリエラ様、平民から貴族籍を得ることができるのですか？　いくら魔力があるからといっても、平民から貴族になるなんて、そんな話を聞いたことはないのですが」

「おおっぴらにする話ではないから、あまり聞かないかもしれませんけれど、ないわけではないのよ。貴族のご落胤《らくいん》が市井《しせい》にいても、おかしくはないでしょう？」

口元を隠してこっそりと教えてくれた話に、やっぱりあるんかーという思いが強い。

もしかしたら、とは思ってたんだよね。

没落した貴族の子供だって、魔力量は多いはずだし。

「教室ではちょっとぼんやりした、おとなしそうな子に見えましたが。そういうわけでもないのですね」

「おとなしそう？　彼女はいつも元気で、前向きで、おとなしいという感じではなかったのだけど。ゲームとこちらでは、違うのかしらね――レイミ様も、思ったより行動的ですし……」

私をチラチラ見ながら、独り言のように呟く。

そうよね、私はかなりアーリエラ様の薄いノートの内容から逸脱してるもんね。

日本での記憶があるので当たり前といえば当たりま……あれ？　もしかして、アーリエラ様って、私のこと生粋の現地人だと思ってるんじゃないの？

そういえば、私、自分が何者かなんて、バウディにしか打ち明けてないわね。誰にでも明かせることじゃないから、当然なんだけど。

だから、私に秘密を打ち明けてくれたアーリエラ様って、実は肝が据わってるのよね。だって、初対面の人間にあんなこと言えば普通は引く、いや、私も引いたけど、日本出身って打ち明けられたから信じることができただけで。

もし、私が信じないで、他の人にアーリエラ様のことを吹聴《ふいちょう》したらどうするつもりだったんだろう——ん？　吹聴したとしてもどうにもならないのかな、もしかして。引きこもりのしがない伯爵令嬢と、貴族のトップともいえる公爵家のご令嬢。

太刀《たち》打《う》ちできる気がしない。

そして、なにより、立場的に私が彼女を無下《むげ》にできるわけがない。染みついた階級制度があるもんねぇ。なるほどそうすると、私が転生者でも生粋のこっちの人でも、彼女にとっては問題はなかったのかも。

本当にそこまで考えての行動だったのかはわからないし、怖くて聞けないけど。

「でも、ちゃんとゲームのシナリオ通りに進んでおりますから、この世界がゲームの世界ということで間違いはありませんわ」

目をキラキラさせて断言する彼女に、思わず肩を落として苦笑いする。

そんなにこの世界がゲームであってほしいのか。

「そうなんですね。ですが、我々がそのゲームの通りに、悪役である必要はありませんもの。これから、内容は変わってゆきますね」

どこか遠くを見てうっとりしている彼女は、私の言葉を聞いてやっと戻ってきた。

そして、すこし寂しそうに頷く。

「そうですわね。心を病みきったレイミ様が自暴自棄《じぼうじき》になって、左足も失ってしまうなんてこともないでしょうし。レイミ様の父君が横領の罪で田舎《いなか》に左遷《させん》されることもないでしょうね。あ、でもバウディ様ルートはまだ可能性がありますわ」

私が両足を失うことも、父が横領の罪で左遷というのもはじめて聞いたが。それよりもなによりも、聞き捨てならない話があるな。

「バウディ、さま、ルートの可能性ですか？」

内心の焦《あせ》りを表情に出さないようにしながら私が水を向けると、彼女は嬉々《きき》として教えてくれた。

「ええ、隣国の王位継承権を持つ彼は、我が国に視察に来ていた反王太子派の人間に発見されてしまうの。現王太子は王妃の子ではあるものの、才能に乏しくて凡庸《ぼんよう》だから、カリスマ性もあって容姿端麗なバウディ様を擁立《ようりつ》しようとしているのね」

「擁立って……そんなに簡単な話ではないのではないですか？　隣国は長く平和に国を維持しておりますし、バウディ、様を立てていいことなどないように思えますが」

薄いノートを読んだあと、すこし気になって、隣国のことを学んでみたけれど。実際の隣国は、野心はあまりないようで戦争など久しくなく、国の憂いといえば一部貴族に革新派という動きが出てきたことくらいだろう。その組織が、バウディを祭り上げようとしてるんだろうと思う。

ってていうか、そんな新興勢力の神輿《みこし》に乗って、国のトップになりたがるような男ではないように見えるんだけどな、我が家のイケメンは。

そして、簡単に担がれるような、手軽な男でもない。

薄いノートでは、我が国の助力もあってバウディが隣国の王になるらしいんだけど、他国からの介入を受けての王位継承ってどうなの？　国家にとっての弱みになるんじゃないの？

それに現体制で国民が困っていないのであれば、王様が替わる意味なんてないわよね？　実際に、向こうに住んでいるわけじゃないから、実情がわからないところではあるけれど。

「確かに長く平和ではあるわ、表面上はね。でも、国家の中枢って、外から見て平和だから平和、ということでもないでしょう？　利権は偏り、不満はつのるものですもの」

当たり前のように言う彼女は、利権を享受《きょうじゅ》する側の人間だもんなぁ。

「では、新興勢力側が、バウディを担ぎ上げて、利権を得ようとしているのですか。それでは、バウディは傀儡《かいらい》として王位を得ることになるのでは？」

「そこは大丈夫よ、新興勢力をうまく使って王位を得るけれど、仲間でも駄目《だめ》な人は切り捨てますもの。厳酷《げんこく》の王っていう二つ名がついちゃうくらい、厳しい王様になるのよ」

厳酷……やり方が著しく厳しいこと、って意味だったわよね。あの、バウディが？

納得できずに首をひねる私に、彼女はすこし考える素振りをする。

「確か、レイミ様の死をきっかけに、性格が振り切れるはずですわ」

「私の死……あの、私、死ぬんですか？」

初耳だ！

「あら、言ってなかったかしら？」

きょとんという効果音と共に、小首を傾《かし》げた。

言ってなかったってばぁぁぁ!! 衝撃の事実、ゲームの通りならば、私、死ぬ。

「レイミ様が魔法学校を退学させられてからほどなくして、父君が横領の責任を取る形で田舎に引っ越しますでしょう？ これは、同僚さんや上司さんの罪を全部押しつけられてのことですけれど、そんなのは、よくある話ですものね。それで、田舎に引っ越すことになりましたら、ほら、わたくしが、あなたの痛みを精神魔法で緩和《かんわ》していたのが、なくなってしまいますでしょ？ 痛みと失意で気が触れたレイミ様は、健康な足もズタズタにしてしまいますの。その果てに、この世を儚《はかな》んでしまうのですわ」

な、な、なんか色々重要なことが、アーリエラ様の口からポンポン飛び出すんだけど。

父の左遷は他人の罪を押しつけられてのことで、私は彼女の精神魔法で緩和していた幻肢痛《げんしつう》が再発したことなどで心神喪失状態で世を儚む――って、そんなことにならないのは、現状で確定している。でも、幻肢痛は自力で回復に向かっているけれど、父が横領のえん罪を被るならどうにかしなきゃ。

この場で取り乱すわけにはいかない、とりあえず落ち着こう。

「私の結末って、なかなか険しいものだったのですね」

「そういえば、慌てて書いておりましたから、どうでもいいところは端折《はしょ》ってしまったようですわ、ごめんなさいね」

眉尻を下げて、本当に申し訳なさそうな顔で謝罪されたけど……。

あなたにとってはどうでもよくても、私にはよくないです！

他にも、もっとたくさんどうでもよくないことを端折られてる気がしてならない。本当に慌てていて端折ったのか、それとも敢えて端折ったのかがわからないけどね。

「いえ、教えていただけてよかったですわ。とりあえず、私が彼女をいじめたりしなければ、問題ないのですものね」

ニッコリと微笑んで念を押すと、彼女は頬に指先を当てて物憂げに頷く。

「そうですわね。でも、そうすると、バウディ様がヒロインちゃんのところへ引き取られるのがなくなってしまいますわね。隣国との絡《から》みには、大なり小なりバウディ様の力が必要なのですけども」

バウディが隣国の王になるのは、バウディとヒロインちゃんがくっつくルートだけで、他の人のルートでは隣国とバウディのいざこざは発生すれど、国王にはなっていなかった。

……ゲームの筋書きを妙に気にしてる彼女が心配だから、ひとつカマを掛けてみよう。

「それでしたら、隣国の革新派にバウディのことを秘密裏に教えてしまえば、アーリエラ様の気になさっている、隣国との絡みが起こるのではありませんか？」

「レイミ様もそう思います？　そうなの！　そうすれば、どんな状態でも間違いなくイベントが発生するはずなのよ。気になりますわよね、バウディ様の立ち回りの凛々《りり》しさったらありませんもの！」

何気なさを装って話を振ると、一本釣りのように食いついてきた。

やっぱりゲーム通りに話を進めたいんじゃない！　もう、もうっ！　悪魔に取り憑《つ》かれてもいいの!?　第二王子と結婚したいんじゃないのっ!?

彼女は内心荒ぶっている私の手を両手で握り、じっと見つめてきた。

「レイミ様、バウディ様に素敵な舞台を、用意しましょうね」

やる気だわこの子、絶対に隣国の革新派へバウディの情報をリークする気だわ、超まずい。

「いけませんわ、アーリエラ様。ゲームの内容と相違が多いほど、アーリエラ様の安寧《あんねい》が約束されるのですよ。万が一などあってはいけません、アーリエラ様は第二王子殿下とご結婚して幸せにならねばならないのですから。ですから、バウディのルートは諦めましょう」

彼女の手を握り返し、ゆっくりはっきり言い聞かせる。

途端《とたん》に、彼女はしょんぼりと萎《しお》れた。するりと手が離れてゆく。

「そう……そうね。レイミ様の言う通りだわ。わたくしの幸せが大切ですものね。ビルクス様と結婚しなければなりませんし。バウディ様の勇姿は、諦めなくてはね」

悲しげに微笑んでみせた彼女に私は真面目《まじめ》な表情で頷き、今日はもう解散ということで、しょんぼりしたままのアーリエラ様に先に教室を出てもらう。

一緒にいるところを他の人に見られないほうがいいだろうというのは、彼女と私の共通の認識だから、彼女はすんなり帰っていった。

「それにしても……やりかねないわね、あの様子だと」

椅子に座ったまま、明るい窓の外を睨《にら》む。

他の学年は今日から授業があり、コの字の校舎の中央にある広場では、魔法の実技でもやっているのか魔法を唱える声が風に乗って聞こえてきた。

先程のアーリエラ様の様子を見れば、彼女が諦め切れていないのがわかる。

完全に保身に走ってくれたら、バウディのことは諦めるだろうけど。正直、バウディを隣国の革新派に売ったとしても、彼女自体に被害はないみたいなのよね。

だから、やらかすんじゃないか、と思う。どうすればバウディを守れるだろう、それに横領の罪を被せられるという父のことも……。

頭の中がぐるぐると渦巻いて、うまく考えがまとまらないわね。とりあえず帰って、もう一回薄いノートを読もう、なにかヒントがあるかもしれないし。

この階に人けはないけど、一応警戒しながらB組を出る。

誰にも会わずに一階まで降りて、無事に校門近くで待つバウディを見つけた。校門を出た私を見つけて、彼が小走りで近づいてくる。

彼の顔を見たら、ホッとした。

「お嬢、随分遅かったが、なにかあったのか」

彼の険しい表情に、そういえばかなり待たせてしまっていたことに気付いた。

「アーリエラ様とお話をしていて遅くなってしまったの、ごめんなさい」

彼に嘘《うそ》をつく必要はないので、正直に言って謝る。

「公爵令嬢と？　そうか、なにもないなら、いいんだ」

彼の表情が緩み、私が持っていた鞄をするりと取り上げ、肘を貸そうかと視線で聞いてきたんだけど――ああそうか、彼に嘘をつく必要はないんだと、閃《ひらめ》いた。

彼は私の正体を知ってるし、信じてくれている。なら、彼にアーリエラ様から聞いた話を教えて、一緒に考えてもらえばいいのよ！

「バウディ、帰ったら相談があるんだけど、乗ってもらえるかしら？」

差し出す肘に掴《つか》まって、彼を見上げる。

「相談？　俺でよければ、いくらでも」

快く了承してくれた彼に弾むようにお礼を言って、強化魔法を使って足取りも軽く帰宅してから、部屋について早々にアーリエラ様からもらった薄いノートを差し出した。

「アーリエラ様からいただいたノートよ。とりあえず、一通り読んでもらえる？」

「公爵令嬢から？　わかった」

凄い高級感で、ノートという雰囲気ではないけどね。

私の机でノートを読む彼の横顔が、途中から険しくなってゆく。どのあたりかな？　私が退場するところだろうか、それともバウディが隣国の王族だってところだろうか。

ベッドに座って読み終わるのを待ちながら、手持ち無沙汰なので今日もらってきた配付物と、共通教科の教科書類をベッドの上に広げる。名前を書いておかなきゃね、なんかこういうの懐《なつ》かしいなぁ。

私が感慨に浸《ひた》っていると、バウディがノートを閉じて深いため息を吐いた。

「これを、公爵令嬢が？　彼女は、予言者かなにかなのか……？」

ああそうか、大前提を伝えていなかったわ、うっかり。

公爵令嬢も私が住んでいた世界の記憶があること、そして、このノートの中身はその世界に存在していたゲームのストーリーだということを伝えると余計に悩ましい顔になった。

「この世界が、『れみか』の世界のゲーム……俄《にわか》には信じられん話だ」

久し振りに呼ばれた名前に心臓が跳ねる。

麗美華《れみか》……そうだ、私は麗美華だった。ずっとレイミで呼ばれてるから、自分の名前を認識するのに時間が掛かったわ、ビックリした。

「私にも、どういうことなのかわからないわ。私はゲームをしない人間だったし、本当にこういうゲームがあったのかどうかもわからないけれど……重なる部分が、あるでしょ？」

「ああ、預言書だと言われても、納得するくらいには」

片手で顔を覆《おお》って深く息を吐いた彼の複雑な感情は計りしれない。

私だって信じられないもの。だけど、レイミの中に私の意識があるなんていう信じられないことが起こるんだから、この世界がゲームの世界であるというのも、あり得るのかもしれないと考えることはできる。

多分、彼もそこら辺で無理矢理納得したんだろう、しばらくしてやっと顔を上げた。

「ひどい顔してるわね」

指摘した私に、彼は苦笑いを浮かべる。

「そうだろうな。それで、どうするんだ？　まさか、この通りに行動するつもりじゃないんだろう？」

「当然よ。だから、ほら、義足も作ったし、ひとりで歩けるようにもなったわ」

にんまりと笑うと、彼はすこしだけ口元を緩ませた。

「なるほど、この本の内容と変えていくのか。……変えて、いけるんだな」

彼の言葉に強く頷く。

「ええ、変えられるのは、間違いないわ」

自信を持って答えた私に、彼の表情が目に見えて緩んだ。

イケメンの憂い顔もいいけど、やっぱり笑っていてほしいのよね。

「そうか、公爵令嬢が度々《たびたび》お嬢をお茶に誘っていたのは、このことを話し合うためだったのか、同郷の者として」

「それなんだけど。彼女は私が同郷ってことに、多分気付いていないわね。悪役仲間だから、声を掛けたのだと思うわ」

そう前置きして、一応彼女も悪役になることは望んでいないこと、だけどまだゲームに未練があるようだということを伝えた。

「彼女、隙《すき》あらばゲームの通りにしたがるのよ。だから、最初は私が悪役を外れることが嫌そうだったわ、ヒロインちゃんが能力を覚醒するきっかけが、私だから」

苦い顔をした彼に、ニヤリと笑う。

「勿論《もちろん》、丸め込んで納得させたわよ。だけど、まだ問題があってね」

「問題？」

聞き返す彼に、頷く。

「どうやら、彼女。あなたを隣国の王様にしたいらしいのよ。それは悪手《あくしゅ》だって、説得はしてきたんだけど、彼女が隣国の革新派に、あなたの情報を売る可能性があるのよね」

彼が両手で顔を覆ってしまった。

そうよね、王位継承のゴタゴタが嫌で逃げてきた故国なんだから、帰りたくはないわよね。

「――あなたは、いつから、私が、隣国の人間だと、知っていたんですか」

顔を隠したまま小さな声で聞いてきた彼に、はじめて公爵邸のお茶会にいった日だと伝えたら、ため息を吐かれた。

「そんな前から……。態度が全然変わらないから、気付かなかった……」

「元王子様かもしれないけれど、いまは家《うち》の人間なんだから、態度なんて変わるわけがないでしょう。そんなことよりも、ねぇ、これからどうすればいいと思う？　そこに書いてないんだけど、私が退学したら、お父様も職場で、同僚や上司の横領の罪を被せられて、田舎に左遷させられてしまうのですって」

私の言葉に、彼が顔を上げる。

「お嬢の退学後、すぐにですか？」

彼の不信感はわかる、だってタイミングがよすぎでしょう？

「時間的なものは詳しくわからないけれど、退学してほどなくって言ってたわ」

「ということは、旦那様の左遷に絡んでいるのは、公爵家ですか。おおかた、お嬢の口から、黒幕が誰であるのか漏れるのを防ぐために、左遷の名目で田舎に追いやったのでしょう」

なるほど、あり得る。

「そうね、遠くにやってしまえば、アーリエラ様の精神魔法で幻肢痛を緩和してもらうこともできなくなるものね。だから色々絶望しちゃって、自傷行為で自死してしまうのかも」

「……お嬢、自死ってのは、どういうことです？」

彼から、冷たい空気が流れてくる。怖っ。

「いや、あの、そうらしいわよ？　ゲーム通りだとね？　でもほら、私はもう幻肢痛は自力でなんとかできるし、今後もアーリエラ様の精神魔法のお世話になる予定はないから大丈夫よ？」

彼の迫力に、早口で説明してしまった。

「そう、ですね」

怒気が消えてホッとする。

とりあえず話題を変えておこう、レイミの話は重くて地雷だわ。

「でもさっきも言ったように、バウディとお父様のことがまだ解決できてないのよ。正直、王都にいる限り危ないんじゃないかって思っているの」

言葉にしたら、すこし方向性が見えてくるわね。

そういえば私が後期も学校に残ることができたとして、それによるデメリットもあるのよね。

「そして、学校をちゃんと卒業してしまったら、私、あいつと結婚しなくてはならないのよ」

そうなのよ、アレと結婚……うわっ、考えただけで鳥肌が立った。

腕を摩りながら、言葉を続ける。

「貴族をやめることに未練はないわ。だから、もしかするとゲームの通りに、前期で学校を退学したほうがいいんじゃないかしら」

「どうしてそうなるんだ」

冷静な彼の突っ込みに、手を上げて彼を止める。

「まぁ聞いて。あなたもソレを読んだからわかると思うけれど、学校にいたら、後期はそれらのことに巻き込まれる可能性があるのよ？　七不思議の謎を暴く、なんてのはどうでもいいけれど、万が一、後期に入って本格的に『悪魔』が復活して、アーリエラ様に取り憑いたら大惨事よ。私なんか、真っ先に手下にされたうえに、捨て駒だわ」

悪魔がなにをきっかけにアーリエラ様に取り憑くのかわからないのがネックなんだけど、わからないものは仕方がない。だから、可能性として否定せずに、対策を考えなくちゃね。

「私は、誰にも脅《おびや》かされず、平和に穏やかに生活したいわ。その目標が達成できるなら、貴族じゃなくていいの、むしろ平民になるほうがいいと思うのよ。そのために、魔法学校での選択教科を現実的なもので固めて、平民になってもやっていけるように手に職をつけようと思うのよね」

言葉にすると腹が決まるし、なんだかとてもいいアイデアに思えてきた。

レイミには悪いけど、より安全で平和に暮らすなら、貴族の下のほうにいるより、平民の上のほうにいたほうが心も安らかだと思うの。

貴族でなくなるのは不安もあるけれど、平民でもお金をしっかり稼げれば問題はないはずよ。目指せ、経済的自立！

「なるほどな、とりあえず意思は理解した。それで、今後はどうするんだ？　この本の通りにいくのなら、ヒロインという女子生徒をいじめるのか？」

言われてビックリする。ストーリー通りって言ったから、そういう風に聞こえてたのかな。

「そんなことはしないわよ。他人に迷惑を掛けるのは趣味じゃないもの、だから、穏便に退学になろうと思うのよね」

怪訝《けげん》な顔をする彼にニッコリと笑って宣言した私に、彼は腕を組んで難しそうな顔をした。

「穏便に、退学なぁ」

ふふん、私にはひとつい案があるのよ。

ベッドに広げた教科書の下から、ちょこんと出ていたそれを引っ張り出して、指揮者のようにくるくると振った。

アーリエラ様からいただいた魔法の杖についている宝石が、日の光を受けてキラキラと輝く。超お高そうだから、名前を書いて引き出しにしまっておこう、なくしたら嫌だから学校には持っていかないぞ。

「知ってるかしら？　魔法学校内でも、魔法の無断使用は禁止なんですって」

私の言葉で、彼はすぐに察してくれた。

「敢えて、無断使用するつもりか」

ご名答！　ニッコリと笑う。

魔法学校にはちゃんと防御の魔法が掛かっているから惨事は起きないし、学校内での魔法の使用は法律で認められているから、国から罰せられることはない。

ということは、魔法学校内でだけ処分されて終わりなのよね。なんて、好都合！

私の表情を見て肩の力を抜いた彼は、私の手にしていた魔法の杖を取り上げ、しげしげと眺めた。

一応、入手先を伝えておいたほうがいいかな？

「それね、アーリエラ様からいただいたの、ちょっと助けたお礼に」

多少強引だったけれど、コレを彼女に渡してしまうと、あのときの言い訳が水の泡になってしまうところだったのだから仕方ないわよね。

「ちょっとで、こんないいものをか？　これは、普通のものより桁《けた》がひとつ違うぞ」

普通の杖でもン万、これはン十万ってことらしい。

なにをしたんだ、と視線で問われながら、魔法の杖を返される。

「彼女が校内で、虫を殺す魔法を使ったから、私が身代わりになったのよ」

「虫を殺す魔法？」

「ええ、そうよ。『闇の息吹に触れし、些末な虫ケラたちよ、その命を失え』だったかしら？　家でも使っている魔法だから、大丈夫って言ってたけれど、やっぱり学校でも勝手に魔法を使うのは駄目だったのよね。私が身体強化の魔法をしくじったことにして、彼女の身代わりになって、とりあえず見逃してもらったわ」

魔力を込めていないので、呪文を口にしても大丈夫なんだけど、私の言葉を聞いた彼の表情が険しくなる。

「それは、ただの虫を殺す魔法じゃねぇよ。そんなもんを、公爵家では使っているのか。教師はその呪文を使ったことを知ってるのか？」

「先生は知らないわ、教えてないもの」

「だよな……。知っていれば、洒落にならん」

どう洒落にならんのか、聞きたいような聞くのが怖いような。やっぱり聞きたくないわ、と思ったのに。

「その魔法はな、威力によっては人間も殺せるやつだから、使うの禁止な、もう忘れとけ」

あっさりとバラしてきた彼に、釘《くぎ》を刺される。

あー、やっぱり、そんなことじゃないかと思ったわ。だって、呪文が不穏だもん。

「バウディも聞かなかったことにしておいてね。私も忘れるから」

「ああ、そうしよう」

もうっ、本当になんて魔法を使うんだろう、アーリエラ様ってば。

でも、そうすると、もらい過ぎかと思った口止め料も、間違ってはいないことになるわね。

あ、そうだもうひとつ気になることがあったのよ。

「そういえば、アーリエラ様は、このぐらいの魔法なら、日常的に使っているとおっしゃっていたけれど。簡単な魔法ならば、使ってもいいということはあるの？」

「ない。基本的に、王都、特に貴族の住む地区だと、強化魔法以外は全部駄目だ。それに、アレは『このぐらい』なんていう魔法の範疇《はんちゅう》じゃねぇ」

きっぱりと言い切られた。だよねぇ、虫ケラの範囲が広過ぎるもんねぇ。

渋い顔の彼が続ける。

「まぁ公爵家だ。内緒で、探知魔法を遮断する魔道具を、常時展開するくらいのことをしていても、おかしくはねぇけどな」

探知魔法、そして遮断する魔道具。一気に、魔法の世界感がアップした。

魔力の体内循環とか瞑想《めいそう》とかばっかりだから、魔法って地味なもんだと思ってたし、はじめて見たちゃんとした魔法も、アーリエラ様の虫ケラを殺す魔法だし。

早く学校で勉強したい！　まともな魔法を、ちゃんと使えるようになりたい！

「とにかく——公爵令嬢には、なるべく関わるなよ。嫌な感じしかしねぇ」

確かに、殺虫剤代わりの魔法がアレだし、貴族の義務で溜《た》めておかなきゃならない魔力だって、内緒で使いまくってるわけだし。嫌な感じしかしない、ってのは凄くよくわかる。

「善処します。アーリエラ様にも、ミュール様にもなるべく接近しないで、学校ではとにかく勉強を頑張ってきます」

学生の本分を頑張ってくる！　とにかく、二人には近づかず、できる限りのことを学んでこよう！

「ああ、それがいいだろうな。もしなにかあれば、すぐに報告しろよ。いや、なにもなくても報告してくれ」

心配する彼のリクエストで、毎日学校であったことを報告することになった。

否《いな》はないんだけど、なんだか子供扱いされてる気がするのよね。

＊・＊・＊・・＊・・＊

魔法学校二日目は、オリエンテーションからはじまった。

私はほら、杖をついているのでうしろのほうに座らせてもらったんだけど、その私の横にはヒロインちゃんことミュール・ハーティさんがゼェハァ言いながら座っている。

つい さっき、遅刻ギリギリ滑り込みセーフ、って言いながらこの講堂に駆け込んできたからね。私にレイミの知識がなかったとしてもわかる、これは貴族の令嬢のすることじゃないわ。

みんな、彼女を見ないようにしてるし、私も視界に入れないようにひたすら正面を向いている。触らぬ神に祟《たた》りなしだよね。

昨日も思ったけれど、彼女ってちょっとした問題児じゃないかな。

昨日はいろんな人にぶつかってたし、今日は遅刻ギリギリ……令嬢としては、アウトな時間に登校してくるし。いくら元平民とはいえ、マナーは家で学んでいるだろうに。

「ねぇ、ねぇ、レイミさん、レイミさんってば」

こうやって、コソコソ話しかけてくるのもマナー違反だってのに。壇上では、先生が我が校の校則と違反した場合の罰について説明をしてるから、静かにしてほしい。こっちは、魔法の無断使用以外での退学方法も知りたいのよ！　選択肢は多いほうがいいからねっ。

ということで、彼女をガン無視する。

「ねぇってば、どうして無視するの？　折角隣同士になったんだから、お友達になりましょうよぅ」

絶対、ならないから、いい加減、口を閉じて前を向きなさいよ！

どうして周りの生徒の迷惑そうな視線に気付かないの？　昨日の帰り際のぼんやりしていた彼女とは全然違って、妙に馴《な》れ馴《な》れしくて空気も読まないし。

先生の話が終わり、次に壇上に現れたのは深緑の髪の、昨日階段で助けてくれた彼だった。

「生徒会長のカレンド・ロークスです。皆様、入学おめでとうございます」

彼の顔をまじまじと見て思うけれど。私やアーリエラ様もそうだけど、主要人物ってみんな顔がいいのね。まぁそうだよね、そのほうがゲームとして売れるだろうし。

それで彼なんだけど、立ち位置的に中ボスである私側の人間かと思いきや、そうじゃないのよね。彼はアーリエラ様の精神魔法には掛からず、純粋に校則や風紀の面からヒロインちゃんを指導してるだけ。

……これまでの彼女の行動を見れば、指導が入るのも理解できるけどね。

そういえば精神魔法って、掛からない人もいるのよね。精神に作用するってくらいだから、気が弱かったり、心が弱ったりしてる人に強く作用するのかもしれないわね、だとするとレイミならイチコロだわ、うん。

いまは生徒会長が、生徒会が主催するイベントについてや、生徒会という組織の仕組みを説明してくれてるんだけど……。

ミュール様がさっきからずっと、コソコソ話しかけてくるのよね。生徒会長の話をちゃんと聞きたいのに、気が散って耳に入らない。

「ねぇねぇ、そういえば、従者の人は？　昨日は見なかったけど、きっといるのよね？　ねぇ、どこにいるの？　意地悪しないで教えてよー」

従者の人？　バウディのことよね？　なんで彼女が知ってるのかしらね、彼はここには来てないし彼女にも会っていないのに。

「いい加減、わたしとお友達になっておいたほうが、いいと思うんだけどなぁ」

含みのある言い方をしてきたことで、彼女もアーリエラ様と同じように、ゲームの知識を持った人間ということで確定。

なんなのこの世界、本当にわけがわかんない！　なんでこんなにぽこぽこ日本人が転生してるのよ！

いや、落ち着け、落ち着け自分。彼女が転生者だとしても、自分のできることをするだけなのは変わらないんだから。

とにかく目下の問題は、隣の席でバウディを探してキョロキョロと周囲を見回す彼女が恥ずかし過ぎることだ。みなさん！　私は彼女と無関係ですから！

あっ、逆隣の子が、さりげなく椅子を離した！　その気持ち凄くわかる！

よし、私も距離を取ろう！　呼吸を整えて集中する、完璧ではないように身体強化を調整して彼女が向こうを見た隙に、スッと腰を浮かせ、パッと椅子を横に移動して、サッと座る。音もなく距離を取ることに成功、といっても十センチくらいだけど、心の距離はキロ単位で離れたわ。

逆隣の子と目が合ったので、近づいてごめんねの意を込めて目礼したら、苦笑して頷いてくれた。

『あっ、ねぇ、どうして離れるのよー、もーっ」

だんだん声が大きくなっているうえに、椅子をガタガタさせてこっちに近づいてきた。

ひぃっ！

「そこの、女子生徒。先程から私語をしている君だ、一番うしろの金桃色の髪の女子っ！」

壇上から、生徒会について説明をしていた生徒会長のカレンド・ロークスが、ついに名指しで切れた。

壇上からゆびを指された彼女に視線が集まる。

「えっ？　わたしっ!?」

本気で驚く彼女に、周囲の人間が一様に引く。おまえ以外にいるか、と。

「そうだ、君だ。口を閉じて、うしろに立っていなさい」

ビシッと言い放った彼に、彼女がポワンと赤くなる。「やだ、うそ、かっこいい」などと呟いて頬に手を当ててもだえているが、早く立ってうしろにいきなさいよ。

動かない彼女に痺《しび》れを切らせた彼が、執行部に指示を出すと、腕章をした生徒が二人来て、彼女を立たせて壁際まで連行した。

周囲に安堵《あんど》が広がり、私も、向こう隣の子もいそいそと椅子を元の位置に戻《もど》す。

「規律を乱す者は、執行部が取り締まるので、そのつもりで」

風紀委員みたいなこともしてるのね、ご苦労様です。

その後は誰も怒られることなく、つつがなくオリエンテーションが終わった。

そして教室に戻ったんだけど。ほら、私って一応、足がよくないわけだから、スタスタ歩くわけにもいかなくて、えっちらおっちら教室に戻ってたら、昨日と同じように教卓前の特等席しか残ってなかった。

問題は、またも隣の席が空いていることだ。

ミュール様はオリエンテーションが終わると執行部に連れていかれて、まだ戻ってない。

ということは、そういうことだ。

「はぁ、ひどい目にあった。わたし、なんにもしてないのにさ」

足音高く教室に入ってきたと思ったら、ブツブツ言いながら最後に残った席……昨日と同じく私の隣の席に座る彼女。

周囲の人間は、関わり合いになりたくないから静かに配付物を読んでいる、勿論私もだ。

「ねぇねぇ、あなた、レイミなんでしょ？　レイミ・コングレード」

行儀悪く身を乗り出して、私の机を手のひらでパタパタ叩《たた》いたうえに、呼び捨て。

そもそも昨日全員で自己紹介したじゃない、なんでわざわざ聞いてくるんだろうか。

仕方なく顔を上げ、姿勢を正して彼女を見る。

「ええ、コングレード伯爵家の、レイミ・コングレードですわ。ハーティ男爵家のミュール様。なにか御用かしら？」

気付きなさいよ身分差に、その言葉遣いと態度は完全にアウトだからね。

だけど彼女は私の言葉の意味に気付かず、無遠慮に私の全身を眺める。

「やっぱり！　レイミなんだ！　車椅子じゃないから、ビックリしちゃった。あれ？　そういえば、右足、なんであるの？　事故で切断したのよね？」

彼女の発言に、周囲がざわつく。

それはそうよね、知ってる人もいるかもしれないけれど、私程度の人間の事件なんて知らない人ばかりだろうし、それよりなにより、静かな教室で言うことじゃない。

この馬鹿の子をどうしてくれようか。——いや、どうもしないでおこう。関わり合いになりたくない。ゲームのことがあってもなくても、地雷娘だ。

顔を正面に戻して、読みかけだった配付物に視線を落とす。

「ねぇねぇ、その足のお陰で、シーランド君の婚約者になれたんでしょ？　あれ？　もしかして足、治っちゃったの？　魔法って、足の再生もできちゃうんだっけ？　おかしいなぁ」

できないわよ、ばーか。

私が無視してるのをいいことに、自分の席を離れた彼女は私の机の横にしゃがみ、机に両手を掛けて私を見上げてくる。

うわ……視界に入ってきて、イライラする。

「ねぇ、無視？　もう無視とかしちゃうの？　さっすが、悪役ぅ。でも、わたしも負けないわよ、理不尽ないじめなんか平気——ぅわぁっ」

「ミュール・ハーティ君、ちょっと来なさい」

いつの間に教室に入っていたのか、ローディ先生が彼女の首根っこを掴んで、私の机から引き剥《は》がしてくれた。

「あっ！　ローディ先生っ」

語尾にハートマークでもついてる感じで声を弾ませているけど、あなた多分これからお説教されるのよ？

「すまないが、他の者は、選択科目についての資料を読んでいてくれ」

先生はそう言うと、彼女を連れて教室を出ていき、教室の中が「ほっ」とした空気で満たされる。私もホッとした。

穏やかな空気の中、みんな先生に言われた通り選択科目の資料をめくる。小声で話し声が聞こえる、どれを取るのか相談している人たちもいるようだ。

先程のオリエンテーションでも説明があり、ある程度目星はつけていたけれど、もう一度資料を読んで熟考する。

私は、実用第一で考えてるから……うーんどれにしようかな。

悩んでいると、目の前に小柄な女子生徒が立った。顔を上げて目が合うとスッとお辞儀をする、黒縁眼鏡がチャームポイントの真面目そうなお嬢様だ。

彼女はマーガレット・クロムエルと名乗ってから、私に席を譲ってほしいと交渉してきた。

「もしご迷惑でなければ、私と席を交換してもらえませんか？　私、視力が心許《こころもと》なくて、前のほうがいいので」

キリッとした顔で言われたけれど、彼女の申し出の意味がわからないほど馬鹿ではない。面倒を回避するために私をミュール様から離そうという親切なご提案だ。

私は微笑みで彼女の提案をありがたく受け入れる。

「そうしていただけると、私のほうこそ助かります。お言葉に甘えてよろしいかしら？」

「ええ、勿論」

ホッとしたらしい彼女から、小さな笑みがこぼれる。

私に声を掛けるのは、きっと勇気がいっただろうな。彼女に感謝し、すこしだけ魔力を漏らすようにしながら身体強化を使って立ち上がり、椅子につけていた杖を外す。

周囲からの控えめな興味の視線が集まっていることに気付いた。

ああ、折角だから、みんなが気になってるであろうこと、公表しちゃったほうがいいかな。

「昨日右足が悪いと申しましたけれど、実は右足の膝から下が義足なんですの」

「あら、ああ、なるほど。レイミ様は身体強化がお上手でいらっしゃいますね、素晴らしいですわ、言われるまで気付きませんでした」

マーガレット様の眼鏡の奥の目が細まり私の足下《あしもと》を見てから、納得したように頷いた。

わかる、目に強化を掛けるときって、目を細くしちゃうわよね！

「ありがとうございます」

「私、田舎から出てきたのですけれど、入学前からそれだけ身体強化を使えるなんて、やはり都会は進んでいるのですね。田舎の常識は田舎なのだと思い知らされましたわ、私もまだまだ精進しなくては」

キリッとした表情で、彼女が拳《こぶし》を握りしめている。もしかして、なかなか熱い人なのかしら。

それにしても、やっぱり身体強化は淑女の嗜《たしな》みなのね。

「いやいやいやいや、入学前に強化魔法ができるのは普通じゃないよ？　二人共」

ミュール様とは逆隣の席の男子生徒が、思わずといったように突っ込みを入れたことで空気がほぐれたのか、他のクラスメイトたちもあっさりと義足であることを受け入れてくれた。

自分では気付かなかったけれど、緊張していたのかマーガレット様と交替した席に座ると、ホッと気が抜けた。

譲ってくれた彼女の席は最後尾の廊下側。いいのかしら、ここそ正《まさ》に特等席じゃない？

とはいえ、ミュール様の隣の席には戻りたくないので、ありがたく好意を受け取るわ。

マーガレット様って学級委員長タイプよね、この学校にも学級委員なんてあるのかしら？

生徒会があるんだからあるのかも。そのときには、是非《ぜひ》彼女に立候補してほしいな。

みんな取る教科が決まったのかすこしガヤガヤしている教室に、すっかり萎れたミュール様を連れてローディ先生が戻ってきた。

私とマーガレット様が席を替わっているのに気付いた先生は、あからさまにホッとした顔でミュール様を元の席に戻す。

彼女は隣席が私じゃないと知るとキョロキョロ周囲を見渡そうとして、すかさず先生に注意され、渋々前を向いた。

その後は、選択教科の提出と学級委員の選出がおこなわれた。

私の予想に反して、委員長はマーガレット様ではなく……なんと、ミュール様が立候補して決まってしまった。

「わたし、頑張るから！　E組のために超頑張るからっ！　応援してねっ」

ごり押しをされ、危機感を覚えた先生が他の生徒にも声を掛けたが、そうするとミュール様がごねて手がつけられなくなり、仕方なくといった感じで決まった。

私は委員長に立候補する気がないから、委員長をやってくれるっていう彼女に文句は言えないけど。だけど、彼女で大丈夫なんだろうか……先行きに不安を感じる。


そして帰り際、選択教科の件でローディ先生に職員室に呼ばれてしまった。重複できない教科の取り方をしてしまったらしい、一緒に選び直すぞと言われている。

ううむ、残念だけど仕方ないわね。

すぐ帰れるように荷物を持って、職員室に顔を出した。

「それにしても、びっちり取ったな。予習をしっかりやらないと、ついていけなくなるぞ」

提出用紙に書き出された教科に、彼は頬を掻《か》きながら助言をくれる。

「予習をすればなんとかなるのですね。でしたら、この内容で頑張りたいです」

前期までしか通わないつもりなので、とにかく取れるものは取っておきたいのよね。

だから、ちょっとハードな取り方をした自覚はある。

この学校は午前中が基礎的な必須教科で、午後からそれぞれ選択した教科を学ぶ。

だから、一部のご令嬢なんかは午前中の基礎教科だけを受けて、午後の教科はまるっきり取らない人もいるのだ。いま、先生に聞いて知ったことだけどね。

そういう取り方をするのはB組のご令嬢に多いらしく、例えば、アーリエラ様なんかが筆頭じゃないかな、公爵令嬢だし。

彼らは本当に勉強したいことがあれば、自宅に教師を招いてマンツーマンで学ぶことができるので必要ないらしい、財力って素晴らしいわね。

「そういえば、レイミ君はミュール君と……なにか、交流はあるのか？」

「いいえ、この学校に入るまでは、お会いしたこともございませんし。今後も交流するつもりはありません」

つるっと本音が出てしまったが、彼は「だろうなぁ」と嘆息しただけだった。

「一応反省はさせたが、あいつはどうも理解してるんだか、してないんだか。わけのわからんことを言って、煙《けむ》に巻こうとするし」

多分、本人にそんな意図はないだろうけれど、結果的にそうなってるんだろうな、と勝手に邪推する。

「とはいえ、同じ組の仲間だ」

「そうですね……彼女は学級委員長ですし」

私の言葉に、彼が重いため息を吐き出した。気持ちはわかる。

「級長になれば、生徒会との接点も多いし、我が校の生徒としての自覚も出てくるだろう」

我が校というか、貴族としての自覚を生徒会に促《うなが》してもらおうと考えてますね？　賛成ですけれど、でも、生徒会長ってあのカレンド・ロークス先輩なのよね、貧乏くじ引きそうな雰囲気だからちょっと心配だな。

「とりあえず、選択教科についてはこれで提出を受け付けておく。もし、負担が大きく無理そうなら、いくらでも相談に乗るからな」

右足のことを気にしてくれているのだろうな。

「ありがとうございます。そうならないように、頑張ります」

礼を言って職員室を出た。

今日も上級生は授業中で、我々一年生だけ下校なので、がらんとした玄関ホールを出て……あ、いた。

玄関を出たところに、アーリエラ様と取り巻きである伯爵令嬢のシエラーネ様と侯爵令嬢のリンナ様がいた。人待ちの様子だけど、まさか、私じゃないわよね。

出ていこうかどうか迷っていると、私と逆の方向から走り寄る影が……。

「アーリエラさんっ！　こんにちはーっ！」

驚くアーリエラ様の前で急停止したのは、金桃色の髪をした我らがヒロインちゃんだった。

校内を走るな、そして公爵令嬢に向かってさん付けはナイ、あり得ないことのオンパレードに思わず膝から力が抜けてしまう。

杖があってよかった。

「あなた、どなた？」

「目下の者が目上の者に、許可なく話しかけるなんて、なんて無作法なんでしょうっ」

アーリエラ様を守るように、シエラーネ様とリンナ様が前に出る。偉いぞ、お取り巻き！　気の弱そうなリンナ様はちょっと泣きそうだけど、気が強くきっちり言うべきことを言うシエラーネ様に励まされて、ちゃんと壁になっている。頑張れ二人共。

「取り巻きさんたちも、はじめましてっ！　ミュール・ハーティですっ。他人行儀なのはやめましょうよ。――だって、わたし次第で、どう進むのか変わっちゃうのよ？　仲良くしたほうが、いいと思うなぁ」

きゅるんと効果音がつきそうな笑顔で小首を傾げたけれど、言ってる内容はえげつない。

それに、取り巻きに、取り巻きって言うな……可哀想だから、ご友人って言ってあげて。

「なにをおっしゃってるの？」

「そうですわ。あなたE組の人でしょう。アーリエラ様に勝手に声を掛けるなんて、不敬ですよっ」

あれ？　シエラーネ様とリンナ様は、アーリエラ様からゲームの話を聞いていないんだね。てっきり、彼女たちにも教えてるんだとばかり思ってた。だって、彼女たちも、アーリエラ様の巻き添えで処罰される対象の人たちだし。リンナ様に至っては、アーリエラ様に見捨てられる役回りのはずだ。ああいうご友人って、お互いの家の絡みもある子供の頃からの付き合いだから、二人を遠ざけることができなかったのかな？

その二人のうしろで、アーリエラ様が遠目からでもわかるほどの真《ま》っ青《さお》な顔でミュール様を見ている。そうだよね、ミュール様の言葉は明らかにアーリエラ様を脅《おど》してるもんね。

薄々気付いてたけど、やっぱりヒロインと悪役は相容《あいい》れないのね。

いや、ミュール様の性格がよろしくないだけかもしれないけど。

「あんたたちはどうでもいいのよ。ね、アーリエラさんは、わかってるもんねー?」

アーリエラ様の顔色を見て彼女も転生者だと確信したんだろうな、ニッコリ笑って小首を傾げるのが実に小憎らしい。

いまにも倒れそうなアーリエラ様に、追い打ちを掛けるのもまた意地が悪いわね。ため息……もとい、深呼吸して呼吸を整え、強化魔法は使わずにゆっくりと歩いて彼女たちに近づく。

杖の音で気付いた四人がこちらを見る中を彼女たちに近づき、アーリエラ様の前で静かに貴族としての礼をする。

「レイミ様ごきげんよう」

アーリエラ様が声を掛けてくれるのを待ってから、挨拶を返す。

「アーリエラ様ごきげんよう。シエラーネ様とリンナ様も、このようなところで、どうかなさったのですか?」

敢えてミュール様は無視しておく。

「レイミ様を待っておりましたの、ね、アーリエラ様」

ホッとした顔のリンナ様がアーリエラ様に微笑みを向けると、アーリエラ様も微笑んだ。

「アーリエラ様が、レイミ様も、ご自宅の馬車で一緒に帰らないかと、お誘いにきたのよ。その、歩くのがお辛《つら》いだろうとお聞きしたので」

シエラーネ様の言葉に、顔色が回復しつつあるアーリエラ様は口を開く。

「ええ、シエラーネ様の言う通りなの。レイミ様、どうぞ我が家の馬車に乗っていらして」

「まぁ、ありがとうございます。ですが、供の者が迎えに来ておりますから、足の運動も兼ねて、ゆっくり歩いていこうと思います。お声掛けくださって、本当にありがとうございます。

アーリエラ様のお優しさ、私、本当に嬉《うれ》しいです」

よいしょ！　よいしょっ！　頑張って持ち上げますよ。

「そうですか。無理強《じ》いはいたしませんわ、でも、どうかご無理はなさらな――」

「じゃぁ、わたし乗りたいです！　レイミさんが乗らないなら、席がひとつ空きますよねっ！

公爵家の馬車って二頭立てなんですよねっ、凄いなぁ！　うち貧乏だから、馬車なんてないんですよー、超楽しみっ！」

ミュール様の厚かましさに顔を見合わせた三人は、彼女を無視することにしたらしく、そそくさと公爵家の馬車が待つ場所へと歩きだしたが、校内を走り回るようなミュール様に、貴族の令嬢の早足が勝てるはずもなく。ああ……粘着されてる……。

それにしても、あの押しは凄いな。

前世の記憶にヒロインとしてのなにかが加わって、ああなったのかしら。

今日もなんだか疲れちゃったし、私も早く帰ろう。アーリエラ様たちとミュール様が消えたから、安心して校門を目指す。

今日もバウディを待たせちゃったわね、明日から下校はひとりで大丈夫って言おうかしら。

人もいないことだしと、身体強化をしっかり使って彼の待つ校門へと急いだ。

「レーイーミーさぁぁーん」

ゲッ！

うしろから走ってくる足音と共に聞こえる、弾む悪魔の声。

同時に、馬車用通路を公爵家の馬車が通っていく。あ、アーリエラ様がこっちに向かって手を合わせてる……。

振り切ることができたんですね、オメデトウゴザイマス。

校門まであと三分の一というところで、追いつかれてしまった。

「もうっ！　無視しないでよー！」

肩を叩かれた途端、カクッと足から力が抜けて派手に転んでしまった。

そんなに強く叩かれたわけじゃないのにどうして？

「よしっ！　クリティカル！　ごめんねー、そんなに強くしたつもりはなかったんだよ？　ふふっ、レイミさんたら、大袈裟だぞー」

膝に力が入らずビックリしている私の腕を掴んで無理矢理引き起こした彼女は、私がしっかり立ったことを確認すると、素早くしゃがんで私の制服についた土を払ってくれる。

杖に掴まってなんとか立ててるけど、どうして急に身体強化が消えてしまったの？　動揺のせいか、魔力の循環がままならない。

「だからさぁ、ちゃんと車椅子に乗らなきゃ駄目なんだってば」

立ち上がった彼女に、肩をパシンと叩かれる。

「あ、今度は失敗か、難しいなぁ」

なんて独り言を言っている彼女に、言い知れぬ恐怖を感じるけれど、このまま彼女の勢いに飲まれちゃ駄目だわ。

ひとつ息を吸い込んで、顔を上げる。

「車椅子には、乗りませんわ。義足がありますから」

まだ力の入らない足がもどかしいけれど、毅然《きぜん》とした態度で彼女に言う。

「ギソク？　ああ！　義足なんだソレ。ふーん、そんなものまであるんだね、この世界って」

面白くなさそうに鼻を鳴らした彼女は、気を取り直すようにニッコリと笑った。

「そうだ！　お迎え、来てるんでしょ？　アフェル・バウディ・ウェルニーチェ様」

それがバウディの本名だっていうのは、アーリエラ様の薄いノートで知っているけど、ここは知らないフリをしておく。

「あふぇる？　我が家の従者は、そのように長い名ではありませんわ」

きっぱりと言い切ると、彼女は馬鹿にしたようにプゥと吹き出して、それから取り繕《つくろ》うようにわざとらしく咳払《せきばら》いをした。

「そうね、あなたが知ってるバウディ様は、そうでしょうね」

そこはかとなく漂う優越感にイラッとするけれど、いまは感情を抑えて、すぐに動けるように魔力の循環と強化魔法に意識を集中させなきゃ。

「ミュール様は、我が家の従者をご存じなの？」

白々しく言って首を傾げてみせれば、彼女はまごまごしながら体をくねらせた。

「まぁ、よくご存じではあるんだけれどぉ、知ってるっていうかぁ、そういうのともちょっと違ってぇ」

語尾を伸ばすな、くねくねすんな、いい加減しばき倒すよ？

よし、やっと足の力が戻ってきた。

「大人の魅力っていうか、色気？　が凄いでしょ、もう、歩くわいせつ物っていうかぁ」

「我が家の従者を貶《おとし》めるような発言は、やめていただけますか」

あまりにもあんまりな形容に、思わず口を挟んでしまった。

途端に彼女はムッとして、唇をゆがませる。

「我が家の、我が家のって言うけどねぇ。あんたは、あの人が何者なのか知らないから、そんなこと言えんのよっ！」

正面に立つ彼女の手が、思い切りよく私の肩を突き飛ばした。

「よし、クリティカルッ！」

折角整えた魔力の循環が霧散《むさん》し、膝の力が抜けてゆく。彼女が楽しそうになにか叫んでいたけど、耳に入らない。

おかしい、どうしたっておかしい。もしかして、彼女に触られると、強化魔法が消えるの？

うしろに倒れながら、衝撃を覚悟した――そのとき、力強い腕が私を抱きしめた。

「大丈夫ですか、お嬢」

転ぶ恐怖に瞑《つむ》っていた目を開けると、いつもとは違う焦った表情の彼がいた。すこしだけ息が乱れている。

「バウディ……」

ホッとして彼の名を呼ぶと、彼も安心したように表情を和《やわ》らげた。

そしてそのまま彼の腕に、横抱きで抱き上げられる。

「お怪我《けが》はありませんか？　疲れが出たのかもしれない。早く帰りましょう」

彼の言葉に全面的に賛成する。ホント早く帰りたい。

重く怠《だる》い体を彼に預けて頷いたところで、彼女が再起動した。

「な、なななな生バウディ様っ！」

頭のてっぺんから抜けるような声と、胸の前で祈るように組んだ両手、そして上気した頬。

「わ、わたしっ、レイミちゃんのお友達のミュール・ハーティですぅっ。ごごごご、ご一緒にお帰りしてもよろしいでしょうかっ」

さっきまでの勢いはなんだったのかという蚊の鳴くような声で、厚かましい願いを口にしてきた。そもそもお友達ではないし、ちゃん付けで呼ばれるのもゾッとする。

彼女の言葉を聞いて、彼の服を握りしめていた私の手が嫌悪感に震えた。

「ウチのお嬢の、ご友人？」

彼が薄く笑って彼女に問うと、そのことに背を押されたのか、彼女は赤い顔をシャキッと上げて頷いた。

お喜びのところ悪いけど、バウディのこの顔……怒ってるときのだよ？

「はっはいっ！　そうですぅっ」

「友人を突き飛ばすのか、あんたは」

薄笑いのまま言った彼に、彼女はまたもくねくねして、調子を取り戻した声で言い募る。

「やだぁ、ちょっとふざけてただけですよぅ。ほら、レイミちゃんって我儘《わがまま》っ子じゃないですかぁ、お守り大変ですよねっ。でもでも、学校では、わたしがちゃーんと面倒見ますから、安心してくださいっ」

彼女の脳内で、どんな私が生成されてるんだか。

それともゲーム内の私って我が儘だったの？　アーリエラ様の薄いノートにはそんなこと書いてなかった気がするんだけど、あれってかなり端折られてるからなぁ。

「お嬢が、我が儘？　まぁ、おとなしくはねぇが……いや、おとなしくはありませんが、ウチのお嬢は『いい子』ですよ」

そう言って、横抱きにした私の額に口づけを落とす。

「ちょ、ちょっと、子供扱いしないでちょうだいっ」

どうしたって顔が赤くなるでしょ、こんなことをされたらっ！

「俺は、お姫様扱いしかしてねぇだろ？」

愛《いと》しさを全開にして甘やかすイケメンに……討ち取られてしまった。これは、勝てない。

頭の隅では理解しているのよ、これが、ミュール様に対する当てつけだってことは、でもね破壊力が凄過ぎるのよーっ！

恥ずかし過ぎて彼の顔を見ていられず、彼の首に腕を回して顔を伏せる。

「馬鹿……っ」

彼にだけ聞こえるように囁《ささや》けば、彼が肩を震わせて笑う。

「では、ご令嬢。ウチのお嬢の調子がよくないようなので、失礼する」

機嫌のよさそうな声でそう告げると、引き留める彼女を振り切って帰路についた。


無事帰宅し……いや、ウソ、全然無事じゃない、お姫様抱っこで帰宅なんてもうしない。

自宅についたときには息も絶え絶えで、ベッドに下ろされるまでバウディにしがみついていた手が離れなかった。

色っぽい話では一切ないけどね！

彼も身体強化を使えるのは知っていたけれど、ミュール様を振り切るために脇道に逸《そ》れた途端、身体強化を使って道なき道を飛ぶように走るのはよくないと思うの。ジェットコースターが楽しいのは安全が保証されてるからだって、身を以《もっ》て理解したわ。

ベッドに足を投げ出して座り、安堵の息を吐き出す。

「それで、なにがあったんだ？」

椅子を引き寄せて座った彼に問われて、どうして身体強化がおかしくなったのかを思い出す。

ベッドの上に投げ出した義足にゆっくりと魔力を巡らせ……うん、今度はちゃんとできた。

「さっき会った彼女、ヒロインちゃんであるところのミュール様に触られると、力が抜けてしまうのよね。魔力の循環がうまくいかなくなるというか、力が抜けるように、ふわっと強化魔法がなくなる感じがするの」

あのときの感覚を思い出しながら説明したけれど、本当に嫌な感覚だったわね、あれ。

なんとか魔力をとどめておこうとしているのに、ヘナヘナと力が抜けてしまう感じ。

「その状態は――聞いたことがあるな、中和魔法というやつだ。相手の魔力を中和して無効化するもので、血統で出てくる魔法の中でも、珍しい部類のものだ。俺も話に聞いただけで、使える人間に会ったことはないな」

「血統で出てくる魔法？　そんなものがあるの？」

「稀《まれ》にある。内容は秘匿《ひとく》されているが王家固有の魔法も血統魔法だし、特殊なものは大体血統魔法だ」

中和魔法……ああ、だからヒロインちゃんは精神魔法を使うラスボスに対抗できたのか。

っていうか、他人の魔法を中和してしまうなんて、えげつない魔法よね。

「ということは、ヒロインちゃんが最強ってこと？　どんな魔法も中和してしまうんでしょう？」

「どんな魔法も、ってことはないな。本によれば、中和魔法は外に発現した魔法には効かないが、逆に強化魔法や、相手の内部に作用する精神魔法なんかには、滅法《めっぽう》効果的らしい」

彼の説明にげんなりしてしまう。

「私やアーリエラ様との相性は、最悪ってことね」

「そうだな、近づかないに越したことはないが……」

彼も、今日の彼女を見て思うところがあるのだろう、言葉を濁す。

「向こうからぐいぐい来るのよ。転生者だかなんだか知らないけれど……もしかしたら、ゲームの通りに、進めようとしてるのかもしれないわね」

ゾッとするけれど、そう考えるのが妥当《だとう》だと思う。

それに――本来であれば、前期の最後に私が階段から彼女を突き落とす場面で、彼女の魔法が開花するはずだけど、彼女はもう習得してしまっているんじゃないかしら。

鳥肌の立った腕を手のひらで摩り、口を閉じてうつむくと、彼がベッドの端に腰掛けて大きな手で私の頭を撫《な》でてきた。

「前期で学校を辞めるんだろう？　向こうの思惑に乗るようで嫌だが、前期さえ乗り切れば、あとはなんとかなるだろう」

慰めの言葉に、頭に手を乗せたまま頷く。

「俺のほうでもできることはやっておくが、まずは、強化魔法に頼らず、自在に義足を使えるようにならねぇとな」

「え」

イイ笑顔の彼を見上げた。

こうして、私の日課に筋トレが加わり、日常での強化魔法の使用を禁じられた。ひどい、強化魔法のやり方を忘れたらどうするのよ！

「毎日、魔力循環の鍛錬《たんれん》を続けていれば、忘れることはない」

「学校でもこれから課題がたくさん出るって聞いてるし、予習もやらないとついていけなくなるって言われてるのよ」

「じゃぁ勉強の合間の息抜きに、運動するようにしよう」

確かに、勉強の合間に体を動かすことは、血の巡りがよくなって勉強が捗《はかど》るって聞いたことはあるけどね……。

どうしたって逃げることは敵《かな》わない問題だったので、早々に諦めた。

いつの間にか用意されていた運動用の服を母に渡されるに至って、これはもう決定事項だったのだなと理解する。そういえば、元々筋肉もつけるって言ってたっけ。

やることが多過ぎて、体ひとつじゃ足りない気がしてきた。

＊・＊・＊・・＊・・＊

朝は瞑想と魔力循環、帰宅してからは勉強とその合間に筋トレ。夜は父の仕事の手伝いをしつつ、経理上の問題児をまとめた閻魔帳《えんまちょう》の作成。

一応勉強の時間は取っているけれど、復習だけで精一杯。

だから、なんとか学校で予習しなきゃならない私の休み時間は、勉強でびっちり埋まる。

基礎教科は基本的にこの教室でおこなうので、教室を移動する時間が掛からなくていいんだけど、午後からの選択教科についてはそれぞれの教室に移動になるので、身体強化を使わないようにしている私は、移動だけで時間がギリギリ。

というわけで、クラスメイトとの交流は最低限に、ひたすら机にかじりついて予習する。BGMはクラスメイトのお喋りで、話しかけられても面倒でつい素っ気なく返してしまう。

どっちみち、前期で私はこの学校を去るわけだし、そのときには平民になってる予定で、今後交流することもないんだから、友人関係の構築に時間を割《さ》く必要性を感じないし別に問題もないと思うのよね。

午前中はそうやって授業の合間に次の授業の予習をして、お昼休みは図書室で教科書を先取りで読んで、理解できないところを確認しておき、放課後は図書室で調べ物をしたり、先生にわからないところを聞いたりする。

大抵《たいてい》の先生は、授業の時間外でも聞けば快く教えてくれるのでありがたい。

「ミュール様、今日ご一緒にカフェに参りませんか?」

「ごめんねー、委員会があって遅くなりそうなの、また今度誘ってー」

朗《ほが》らかな会話が聞こえてくる。

学校がはじまった当初は、不思議ちゃんとして敬遠されていたミュール様だが、いまではすっかり馴染《なじ》んでいた。私のことでも思ったけれど、このクラスのみんな、懐《ふところ》が深いわ。

だからガリ勉一直線な私なんかよりも、破天荒だけど明るく気さくなミュール様のほうが早くクラスに溶け込めている。

そして彼女は、あれからぱったり私に絡んでこなくなった。

ちょっと気味が悪くもあるんだけど、絡まれないのはいいことなので、藪《やぶ》をつついて蛇を出すようなまねはしない。

そんな風に、私としてはとても平和な日々を過ごしていたんだけれど、担任としては孤立しているように見える私を見過ごせなかったりするんだろうな。

放課後、ローディ先生に職員室に呼び出された。

「レイミ君のことだからわかっていると思うけどな。もうすこし、同級生と打ち解ける努力はできないか？」

直球ですね先生。

「そうしたいのはやまやまですけれど。私、やりたいことがたくさんあって、時間がないので難しいです」

直球で打ち返す。

「頑張っているのは、他の先生方からも聞いている。意欲があって、教科書を先取りして学習していることもな」

だって、前期だけで、せめて一年生の分の勉強を終えちゃいたいんだもの、仕方ないよね。

のんびり一年間通えるならいいけど、それは難しそうだし——。

アーリエラ様がこっそり教えてくれる情報で、ミュール様が委員長の仕事をダシに、生徒会とも着々と繋《つな》ぎを作っているということは知っている。

前期の現在は、ゲームの中でのスキルアップのための期間ということで、私が妨害しないから思うさまイベントをこなしているとのことだ。

生徒会の仕事を積極的に受け持ち、各教科の先生との好感度を上げて基礎能力の底上げを図るとかなんとか、よくわからない話をされたけれど。見聞きする分には、いい子になったようだからいいんじゃないかなーって思う。アーリエラ様は納得していないようだけどね。

現実逃避していた意識を、ローディ先生の咳払いで戻した。

「勿論、勉強は大事だ。だがそれは家庭教師にだってできることだろう」

説教モードの先生に、うんざりしてしまう。

「我が家には、なん人も教師を雇うような、財政的余裕はありません」

先生の実家は辺境伯で裕福だから、庶民の懐事情なんてわからないわよねー。

なんて遠回しに意地悪を言った私にもめげず、彼は説得を続ける。

「そうじゃなくてだな、学生には、学校でしかできない大事なことがあるだろう、って話だよ。友人を増やすことは、君にとってこの先の大きな助けになるんだぞ、まだ学生の内はわからないかもしれないが、学生時代の友人というのはな――」

うーわー、と心の中で頭を抱えていると、通りかかった男子生徒が足を止めた。

「兄上、またそうやって、持論を生徒に押しつける。学生の本分は、学ぶことにあるのですから、勉強を頑張っている彼女の行動に文句をつけるのは、筋違いではありませんか」

生徒会長のカレンド先輩、そういえば、ローディ先生の弟なんだったっけ。色味以外は似ていないから、忘れがちだけど。

「カレンド、おまえもだ。そうやって、遊びもせずに勉強ばかりして――」

「遊んでいて文句を言われるならともかく、ちゃんとやっているのに文句を言われる筋合いはありません。君も用事が終わったのなら、いつまでも職員室にとどまるのはよくないですよ」

出された助け船には、ありがたく乗らせていただきますとも。

「そうですね。ではローディ先生、失礼いたします」

「仕方ないな、すこしは協調性を持てよ」

余計なお世話です。

カレンド先輩と一緒に職員室を出て、すこし離れた場所でお礼を言う。

「カレンド先輩、ありがとうございました」

「いや、こちらこそ兄がすまない」

お互い顔を見合わせ、苦笑いして、廊下を歩きだす。

って、あれ？

「カレンド先輩、そういえば、委員会はどうされたんですか？　今日あるんですよね？」

ミュール様がそれを理由にクラスメイトのお誘いを断っていたけど。

「委員会？　いや、今日はないいな。どうしてだ？」

「いえ、うちの学級委員長が、今日は委員会があると言っていたので、てっきり生徒会関係なのだと思っていました。誤解だったようです、すみません」

早とちりを謝罪した私に、彼は立ち止まってなにやら考え込む。

「カレンド先輩？」

「おかしいな、今日はどこも会議をやるなんて聞いていないが……」

「それでしたら、単純に、友人の誘いを断る口実にしたのかもしれませんね」

アーリエラ様の薄いノートによれば、ミュール様の家は貴族とはいえ貧しく、平民と変わらない暮らしぶりだから、お高いカフェなんて到底無理で。そもそも、彼女は万年金欠なので買い食いもできなくて。だから第二王子殿下がお忍びで街に出ているときにばったり会って、紆《う》余《よ》曲《きょく》折《せつ》の末にお菓子を大量に買ってもらい、そこから仲良くなるという筋書きだったはずだ。

「Ｅ組は確か、ミュール・ハーティ君だったか」

「ご存じで……ああ、ご存じですよね」

オリエンテーションのことを思い出し、納得した。あれは記憶に残るよね。

カレンド先輩も苦笑しているし。

「印象に残る人物だからな。まさか、彼女が学級委員長に選出されるとは思わなかったが。使える使えないは別として、なかなか積極的に活動に参加してくれているよ」

言葉は肯定的だが、表情に苦いものがある。

これは、もしや、なにか余計なこともしているんだろうか……うん、ありそうよね。

「私はてっきり、君が委員長になるかと思ったよ」

彼の言葉に驚いて、同じ速度で隣を歩いてくれる彼の横顔をちらりと見上げれば、四角い眼鏡の奥から茶色の目が興味深そうに私を見る。

「どうしてですか？　私は、この通り、足も悪いですし」

「昼休みにも図書室で勉強する子は、君くらいだからね。放課後もちょくちょく図書室に通っているだろう？　ああ、警戒しないでくれ、図書室の隣は生徒会の準備室だから、ドアを開けっぱなしにしていると廊下を通る人が、目に入るんだよ」

目に入るものなのかな？　疑問はあるが、わざわざ図書室の出入りを監視するほど暇人《ひまじん》でもないだろうから、そうなんだろうと納得しておく。

「そして、君が随分急いで勉強を進めているということも、知っているよ」

「……どうして、私のことなど気になさるんですか」

足を止め、しっかりと彼を見上げた。

彼は、眼鏡を指先で押し上げてすこし考えると、私に時間はあるかと確認してから、図書室の隣にあるという生徒会準備室へと誘ってきた。

胡乱《うろん》な目をする私に、誓ってやましいことはないと笑うが、信じられるか。

これでも、レイミは艶《つや》やかな黒髪に日焼けのない白い肌を持つ清楚《せいそ》系のお嬢様だぞ。自己防衛はとても大事なのよ。

「君は案外面白い人だね。そうだな、君を釣るには――私の使い終わった教科書とノートをプレゼントするのではどうかな？　次年度の分もいいぞ？」

生徒会のブレインとも呼べる人物の教科書とノートなんて！　それも次年度分も！

ほしいに決まってるじゃないのよー！

「お供させていただきます」

あっさりと折れた私に、彼はドアは開けておくから安心していいと笑って言った。

そうして、カレンド先輩の甘い言葉に乗って、図書室の隣にある生徒会準備室に連れてこられた。

生徒会の頭脳である人物の教科書とノートを餌にするのは、ずるいと思う。

綺麗《きれい》とは言いがたい……壁全面に作り付けられた大きな棚に、箱に入った資料が押し込められている雑然とした部屋だ。床にも、箱がいくつも積まれている。

部屋の真ん中にソファとテーブルがあるが、結構年季が入っている。そのソファを勧められ、彼は奥から椅子を持ってきて座り、棚の隅のほうで紐《ひも》で括られていた束を取り上げて、ドサッとテーブルに置いた。

「約束の品だ、必要なのを持っていってくれ」

「ありがたく頂戴いたします」

そそくさと受け取り、まとめていた紐をほどく。

カレンド先輩が去年使った教科書とノートの中から、私が必要としている教科の分を抜き取らせてもらった。

ううむ……私の選択している教科と、あんまり被ってないわね。基礎教科は全部いただいておくとして、選択教科は二つしか同じのがなかったわ。外国語を三つも取ってるのは凄いけど、ここら辺の国は大体大陸の共通語で間に合うから、必要ないんじゃない？　って思っちゃう。

「あまり被ってるのがないみたいだな。他にはなにを選択してるんだ？」

問われて、自分の選択している教科を教えると、うらやましそうにされた。

「実に実用的でいいな、魔道具作成を取る女子生徒をはじめて見たよ」

そういえば、魔道具作成の一回目の授業に出たら、女子は私だけだったから驚かれた。

そもそもあまり人気がないのか、私以外に四名の男子だけで、その中に高い爵位の人はいないから、貴族の嗜むことではないんだろうな。

「あれは本当に面白いですよ。はじめて卓上ランプの回路を引いて、電気をつけたときには、とても感動しました」

魔道具作成の先生はドワーフ族の人で、ボンドの知り合いだったからちょっと贔屓《ひいき》にしてもらっていて、教科書にないことも色々教えてくれるから余計に楽しい。

「へぇ、楽しそうだね。私も君のように、自分の好きなように選べばよかった」

すこしだけ寂しそうに言った彼に、ちょっとムッとする。

「あら私だって、選択の基準は自分の趣味ではなくて、将来に役立つものを念頭に置いて、選んでおりますよ」

ただ、自分の趣味と実益が合致している部分があるだけで。

胸を張って答えた私に彼は目を瞬かせて、それからへニャリと笑みを崩した。

「なんだ、君もそうなのか」

クールなイケメンの気の緩んだ顔というのはレアね、ちょっとほっこりしてしまう。

「案外みんなそんなものなのではありませんか？　本当に、自分のやりたいことだけをやれる人間なんて、赤ちゃんくらいでしょう」

赤ちゃんは赤ちゃんで、体が自分の思い通りに動かないから、やりたいことをやれてるとはいいがたいけれど。

それでも伝えたいことはわかったのか、彼は声を出して笑ってくれた。

「ははっ、それもそうだな。自分ばかりが、などと卑屈になるのは、自惚《うぬぼ》れか」

「自惚れというか……自分を哀れむのは時間が勿体ないと思いますわ、哀れんでいる暇があるなら、できることをしたいじゃありませんか」

レイミはもう十分に自分を哀れんだから、次は前に進むのよ。

レイミとカレンドに向けて言った言葉に、彼は素直に頷いてくれた。

「君に言われると、説得力が違うな」

「そうでしょうとも。ということで、こちらの教科書とノートをいただきますね、ありがとうございます」

ニッコリと笑いながら選《よ》り分けた教科書とノートを、鞄から取り出した母特製マイバッグに入れてゆく。来年度の教材ゲットー！　前期で辞めちゃう私には超貴重。

辞めるのに勉強が必要かって思うよね？　必要なのよ！　魔法の理論を学び、魔法の構造と発動方法、発動に掛かる必要魔力の計算などなど、まだまだ覚えておきたいことが目白押し。教科書って教材だからわかりやすくて、でも市販はされていないから、もらえると本当にありがたいのよ！

「それにしても、こんなに急いで学ぶなんて――まるで、卒業までいられないみたいだな」

ポロリとこぼされた言葉に、ぎくりと内心で固まってしまったが、教科書を詰めていた顔を上げて、ニッコリと笑みを彼に向ける。

「嫌ですわ。卒業しなければ、貴族と認められないではないですか。貴族籍を剥奪《はくだつ》されるのは、困りますもの」

「そうかい？　君なら、市井でもやっていけそうだけどね」

ニッコリとした笑顔を返され、冷や汗が伝う。

つい先程、私の選択教科を教えたばかりだから、どうしたって、怪しまれるよね。

「あら、か弱いレディに、無体なことをおっしゃいますのね？　この細腕では、鞄を持つのが精一杯ですし、義足という弱みもありますのよ？」

鞄の中はいつも教科書が目一杯入っているので、結構な重量ではあるけれどね。

だから、さっきいただいた教科書類は、マイバッグに詰めたのだけど。無言で彼の手が伸びて、鞄を持ち上げられた。

「あっ！　ちょっとっ！」

ダンベルのように鞄を上下させる彼に慌てる。

そして彼は大きな声で笑いだした。

「あっはっはっは、いや、なかなか素晴らしい、細腕だ」

「もうっ！　勝手に人の鞄で遊ばないでください」

彼から鞄を取り上げ、膝の上に抱える。

「いや、失敬。君はあれだな、思ったよりも随分と面白い人だ」

「楽しんでいただけて、光栄ですわ。迎えの者が来る時間ですので、失礼いたしますね」

そう言って立ち上がると、彼も立ち上がる。

「言い忘れていたが、あそこに歴代の生徒会役員が置いていった教科書とノートがある。この部屋からの持ち出しはできないが、ここで読むことは可能だ。古いかもしれないが、君の選択している教科も、探せばあるだろう」

ま、まさか！

「ドアが開いてるときは、好きに見ていってかまわないよ」

「ありがとうございますっ！」

現金な勢いのよさで礼を言った私に、またも声を上げて笑った彼に別れの挨拶をして、準備室を出た。

明日から、余分にノートを持ってこなきゃね！

帰り道でいつものようにバウディに学校であったことを報告したら、渋い顔をされた。

「お嬢、貴族の善意は、基本的に疑ってかかれよ」

「大丈夫よ！　前期で学校を辞めて、平民になるんだもの。下心があろうとなかろうと、それで終わりだわ」

多少心苦しいけど、逃げるが勝ちってやつね。

「そう、簡単にいけばいいが――」

バウディから詳しいことを聞いたわけじゃないけど、彼は隣国の王位継承権の絡みで、色々面倒ごとがあったんだろうから、その反省を生かして心配してくれるんだろうけれどさ。

「私はしがない伯爵家の娘よ？　利用価値なんてないし、なんなら右足がコレだから余計に相手にされないと思うのよね」

ぺしっと義足を叩いてみせる。

「じゃぁ、なぜ、生徒会準備室の出入りを許されたんだ？　ちゃんと考えねぇと、痛い目を見てからじゃ遅いんだぞ」

とまぁ、散々脅されて仕方なく、生徒会準備室に行くのをやめることにしたんだけど。

でもねぇぇえ、バウディの言うことは納得できるけどさ、こう、心の天秤《てんびん》が誘惑に傾くのよね。先輩たちの教科書とノートを読みたい……っ！

「なるほど、確かにその杞憂《きゆう》は、理解できるな」

放課後、図書室に向かっていた私を生徒会準備室の前で捕まえたカレンド先輩は、愉快そうに口元を緩めて、私に古ぼけたソファを勧めた。

「いいえ、図書室に行きますから」

「ドアは開けておくし、隣の図書室には司書が常駐しているから、なにかあれば飛び込めばいいだろう?」

う、ううむ、確かに図書室はすぐ隣だから、大声を張り上げれば聞こえる距離だ。仕方なく座った私の前に、数冊の教科書とノートが置かれた。

「昨日聞いた君の選択教科だが。あまり取ってる者がいなくて、これだけしかなかったよ」

「えっ? わざわざ、探していただいたのですか?」

驚いた私に、別の探し物のついでにな、と笑って言った彼はイケメン過ぎると思う。

「それで、それらを写す許可を、君に出した理由だったな」

あら、理由があるなら聞こうじゃない。

「なんということはない、青田買いだよ」

「青田買い。私を、ですか?」

聞き返す私に、彼は鷹揚《おうよう》に頷いた。

「ああ、君は入学時の自分の成績を知っているか? 本来ならC組に入るべき点数だったそうだよ」

へぇ! C組といえば、中級以下の貴族の中でも優秀な人が入るクラスじゃない。ということは、足のことがあるからE組にされたのかしらね？　初耳だわ。

「向上心もあるし、性格も素直で……まぁ、少々心配になるところもあるが、それは今後改善できるだろう。そういうわけで、生徒会の役員候補として、口説く予定だったんだ」

なるほど、なるほど。

「とはいえ、すぐに決めてほしいわけではない。この準備室に通うことで、生徒会の仕事に触れて、興味を持ってほしいと思っていたんだ。昼休みは大抵、私がこの部屋に来て勉強をしているから。ドアが開いているときは、遠慮せずに入ってきて、これを読むなり、ここで勉強するなりすればいい」

とても魅力的な提案だけど、素直に頷けない。

「……それでは、私にばかり、利益があります」

ウィン・ウィンじゃないのが気になってしまう私に、彼は苦笑する。

「勤勉な後輩を、応援したいと思う先輩がいたっていいじゃないか。あまり、善意を疑うのはよくないぞ」

ううっ、ここまで言われたら、しょうがないわね。生徒会長、押しが強いわ。

「わかりました。では、ありがたく、こちらで勉強させていただきます」

「ああ、是非使ってくれ」

いい笑顔に見送られ、生徒会準備室を出た。

釈然としない気分のままで一階に下りてゆくと、階段を元気に駆け上がってくるミュール様と鉢合わせした。

ぎくりとしたけれど、最近はわざわざ接触してこないし、大丈夫、大丈夫。杖をつきながらゆっくりと階段を下りる私に、彼女は階段の途中で足を止める。

そういえばここ……学校の中央大階段って、ゲームでの私と彼女の運命の場所じゃない。

背中に怖気《おぞけ》が走り、足が止まりそうになるけれど、頑張って階段を下り続ける。

「レイミさん」

緊張がにじむ小さな声を無視しようかと思ったけれど、いまは普通にクラスメイトだから……。足を止めて、数段下にいる彼女を見た。

「ミュール様、ごきげんよう。まだお仕事ですか？」

社交辞令を口にした私に、彼女もホッとしたように表情を緩め、距離を詰めてきた。

「はい、生徒会のお手伝いで、いまから生徒会室に行くところです。レイミさんは、これから帰るんですか？」

子供っぽい言い方は貴族の世界では異質だけれど、日本の十五歳だとすればおかしくはない範囲なのよね。

「ねぇレイミさんって、どうして義足なの？　貴族で義足の人って、珍しいのよね？」

こういう、あまりにもプライベートに踏み込み過ぎてる質問は、日本でもこっちでも問題外だけどね。

「ええそうですわね。でも、知り合いに、よい腕の技師がおりましたので、歩けるようになる

「可能性があるならばと、作っていただいたのですよ」

微笑んでそう伝えれば、彼女はふーんと気のない返事をしながら近づいてきた。

私としてはこれ以上彼女に近づいてほしくないんだけど、そんなことは口に出せないので穏便に距離を取る方法を考える。

正直言って、なにもなくても彼女が近くにいるだけで、なんだか調子がよくない気がするのよね。彼女に対する、忌避《きひ》感からのストレスかもしれないけど。

いまは強化魔法を使ってないから、中和魔法を使われたとしても影響はないんだけど、純粋に近づかれるのがイヤ。

「ミュール様、お急ぎだったのでは？　お時間は大丈夫ですか？」

「大丈夫、大丈夫。期限今日までの提出物だから」

聞けば、数日前にクラスで採っていたアンケートの回答用紙だった。

「それって……一昨日には、すべて回収できてましたわよね？　どうして、今頃」

「えー？　だって、提出期限今日なんだから、別にいいじゃない」

あっけらかんと言う彼女に思わず、真顔になってしまう。

「二日も書類を寝かせておく理由がわかりません。どうしてすぐに提出しないのですか、早ければその分、早く集計することもできるでしょう、なにか不備があった場合も早く出してあれば、対応ができるでしょう。それに、手元に置いておいて、書類が紛失したらどうするのですか。いいですか、何事も先んじて済ませてしまったほうが効率がいいのですよ」

父の書類で懲りて思わず注意してしまった私の前で、彼女の顔がげんなりしてゆく。

「レイミさん、カレンド会長みたーい……。お説教してくるのは、会長だけでお腹《なか》いっぱいですー！　じゃあねっ、バイバイ」

別れ際に肩をポンと押される。

「階段で人を押すものではありませんよ、ミュール様っ」

つんのめりかけて、駆け上がっていく彼女に苦言を呈《てい》したが、返事はヒラヒラと振られた手だけだった。

まったくもう……。

叩かれた場所から広がる違和感に肩を摩り、ひとつ深呼吸して乱れた魔力を整える。

魔力を中和魔法で乱されたとしても、すぐにリカバリーできればいいのよね。

深呼吸ひとつで魔力の循環を整えることはできるようになったから、魔力が乱されたと同時に整えられるようにならなきゃ。

ただ……訓練の成果を試すってことは、ミュール様と接触しなきゃならないってことなのよねぇ、それは気が重い。

バウディに今日あったこと……生徒会長の思惑とか、帰りにミュール様に絡まれたことなどを報告しながら帰宅し、自室ですぐに服を着替えた。

日が高い内は、外で勉強しつつ体を動かすのよ。

手芸も上手な母が作ってくれた動きやすいズボンとチュニックに、靴は子供が履くような革製の踵《かかと》のないぺったんこシューズだ。

こちらの世界の革製品は、日本よりもリーズナブルでかなり普及している。

魔獣の皮は薄くても丈夫だからといわれて、ちょっとファンタジーを感じてしまった。魔獣っていうのが、魔力を有した強い獣ってことは知識として知っているけど、身近に利用されているのは知らなかった。

きっと貴族である私が知らないことなんて、まだまだたくさんあるんだろうな。平民になるのが、楽しみになってきた。

庭に置いてある円形のテーブルに杖を立てかけ、椅子に浅く座る。

まずは呼吸を整えて瞑想をおこない、体感で十五分くらいしてから魔力の循環をはじめる。早く回したり、ゆっくり回したり。こうやって魔力を体内で自在に扱えるようになることが、魔法を使う第一歩なのだと基礎魔法学の授業で学んだ。

ふふん、本当はもうマスターしてるんだけどね。

足並みを揃《そろ》えたほうがいいだろうから、みんなに合わせて魔力を漏らしてる。母に見られたら恥ずかしくて、悶絶《もんぜつ》してしまうレベルの初歩具合。

血統で発現する特殊魔法のことも教科書にさらっと書かれていた。認知されている血統魔法は多くなく、この国でも王族を含め五つだけ。

教科書にはどの家系に出るものなのか書かれていなかったので、秘密なのかと思って図書室で調べたら、ちゃんと記載されている文献があった。同じ血統であっても、発現する人、しない人はいるので一概にはいえないらしいけど。

ミュール様の中和魔法の家系も記載されていて、二百年前に断絶したとなっていた。

二百年前……といえば、ボンドから聞いた碧霊族《へきれいぞく》の話を思い出す。愛する妻を殺され――天敵ともいえる魔法を使う貴族のせいで、奥さんと一緒に天に昇れなくて……それが魔法学校のある場所で、幽霊が夜な夜な徘徊《はいかい》するっていう！（捏造《ねつぞう》）

……もしかして、碧霊族の天敵魔法って、中和魔法だったんじゃないの？

思いついた予想に、背筋に悪寒が走り、魔力循環が途切れる。

「どうしたんだ、お嬢？」

いつの間に庭に来ていたのか、バウディが声を掛けてきた。

彼がいることでホッとして、肩の力を抜く。

「珍しいな、魔力循環の最中に気を乱すなんて」

向かい側に座った彼から、コップを受け取って水を一気飲みする。

魔力の循環を失敗したこと、やっぱりバレてた。自分で考えた嫌な想像に動揺したなんて、恥ずかしいけれど……。

怖い夢は人に話すといいっていうから、さっき思いついた怖い予想を彼に伝えた。

「なるほどな、時期的には合うが……」

話を聞き終えたバウディが、言葉を濁す。

「でも、その碧霊族っていうのは聞いたことがねぇんだよな、似たような話ならあるが」

そう前置きして教えてくれたのは、碧霊族ではなく、悪魔が出てくるものだった。

二百年ほど昔、死しても精神体が地に残る悪魔と呼ばれる種族があった。

当時はまだ遷都《せんと》されておらず、一領地でしかなかったこの地の領主は、悪魔の天敵である中和魔法を使う人間を頼り悪魔の討伐を依頼したものの戦いは熾烈《しれつ》を極め、肉体を捨てて精神体となった悪魔に殺し尽くされる間際、中和魔法の使い手の一族によって領地の一角に悪魔を封じることに成功した。そして相打ちとなって滅びた中和魔法の一族は、英雄として称《たた》えられることになったというものだ。

「——それがこの土地で、言い伝えられている伝承だ」

「雰囲気は違うけれど、大雑把《おおざっぱ》な内容は同じよね。ということは、諸悪の根源である領主が、碧霊族の奥さんに懸想《けそう》したあげく死なせてしまったから、体裁《ていさい》を整えるために、碧霊族を悪魔ってことにして、人間の都合のいいように書き換えた可能性が大きいわね」

もしこの予想が正しければ、領主の情報操作にうんざりしちゃうわね。

「その可能性は、あるな」

バウディも苦々しい顔をしているけど、きっと私も苦い顔だわ。

被害者である碧霊族が、悪魔なんて呼ばれるんだもんなぁ……ん？　悪魔？

「そういえば、アーリエラ様に取り憑くのも悪魔だったわね。ということは、碧霊族の精神体がまだ魔法学校に残っていて、それがアーリエラ様に取り憑くということかしら」

「……」

顔を見合わせる。

「いや、それにしたって、なにかきっかけはあるだろう。二百年以上なにもなかったのに、急に──」

彼の言葉が途中で止まる。きっと同じことに思い当たったんだわ。

「きっかけがあるとすれば、中和魔法を使うミュール様の存在かしら。一族は断絶したことになってるけれど、生き残りがいたのね」

自分で言っておいてなんだけど、彼女がきっかけである可能性は馬鹿高い。

二人揃って、渋い顔が更に渋くなる。

「お嬢、まだ憶測でしかねぇからな。あくまで、憶測だ」

彼が表情を改めて、注意してくる。

「そうね。碧霊族なら、精神体だから精神魔法が得意そうとか、そんなことないわよね」

あるわー、そんなことあるわー。

思わずテーブルに肘をつき、顔を両手で覆ってしまう。

「だとすれば、辻褄《つじつま》が合うわよね。本来であれば、前期の最後の日に、私をきっかけとしてミュール様の中和魔法が開花し、それで本格的に碧霊族の人の精神体が目を覚まして、後期に入るとアーリエラ様が完全に乗っ取られて、大惨事になるって筋書きなのだし」

とすると悪魔がアーリエラ様に憑くのって、碧霊族の人の中和魔法を使う人間に対する悪意と、ゲームの中のアーリエラ様のミュール様に対する悪意が同調するからかしら。

「だが、現段階で、公爵令嬢に異変はないんだろう？」

彼の言葉に頷いて、両手の中から顔を上げた。

「ええ、ちょっと性格についていけないところはあるけれど、取り憑かれた感じではないわ」

彼女の自己中心的な性格を思い出し、遠くの空を見上げてしまった。

澄み切った青空が、とても綺麗だわ。

「ともかく、取り憑かれていないなら、今のところは安心だろう。そもそも、強化魔法を常用しなければ、中和魔法に干渉されることもないんだ。いまは筋力をつけて、強化魔法を使わないようにしよう」

やっぱり筋肉かぁ。なんか、筋肉ですべて解決だー！　って、脳筋じゃない？　嫌いじゃないけどさぁぁ。

その日から、筋トレメニューが強化されたのは、いうまでもない。

＊・＊・＊・・＊・・＊

私の筋肉が育ってきたある日の放課後、アーリエラ様からこっそりとお呼び出しがあった。

選択授業の移動教室から戻ると机の上に小さな封筒が乗せられ、愛らしい眠り猫がモチーフの水晶でできた文鎮《ぶんちん》が置かれていたので、きっとお取り巻きのどちらかが置いていったのだと思う。

こういう可愛《かわい》い小物が好きそうなのは、侯爵令嬢のリンナ様かな？

あまり前に出る人じゃないんだけど、入学当初にミュール様と合ったとき前に出て、毅然とアーリエラ様を庇《かば》っていたっけ。たまに会うと微笑んで会釈をしてくれる、穏やかそうな人だ。

そんなわけで、アーリエラ様の手紙にあった校舎の裏に来ている。

外に呼び出されるのははじめてだけど、一体どういう心境の変化かしら？　校舎裏って、呼び出しの定番よね。などと考えながら、のほほんと歩いて瀟洒《しょうしゃ》な校舎の裏にたどり着いた。

教室からここまでって結構距離があるのね。校内では身体強化を使わないようにしているので、いい運動にはなるけど。

……正直、もっと近場にいい場所はなかったのか問いたい、いつもみたいに放課後の教室でいいじゃない。

「レイミ様、ミュール様をどうにかしてくださいっ」

おぅ、開口一番がそれかい。

先に到着していた私に、切羽詰《せっぱつ》まった様子で詰め寄る彼女。まずは一度落ち着きなさいや、と近くのベンチを勧めた。

校内で見かける彼女は粛々《しゅくしゅく》と公爵令嬢をしているのに、私の前では結構抜けてるのよね。だけど、丁寧にハンカチを敷いて座る所作はさすがお嬢様、ナチュラルにお上品だ。

「それで、ミュール様がどうしたのですか？」

彼女の疲れた横顔を見ながら話を促す。

「どうしたもなにも、頻繁《ひんぱん》にわたくしの前に現れて声を掛けてくるのです。どうすれば彼女は、自分の立場を理解してくれるのでしょうか」

物憂げに吐息を吐く彼女は、深窓のご令嬢っぽくてとても麗《うるわ》しい。

「立場、ですか？」

「ええ、彼女は男爵家のご令嬢でしょう？　なのに、平気でわたくしに声を掛けてきますの。シエラーネ様たちが退けてくださるけれど……。B組にもよくいらっしゃって。その上、わたくしの友人ぶって、他の方々にも声を掛けるのでほとほと困り果てておりますの」

B組って身分の高い生徒と、すこし爵位が低くても成績優秀な人で構成されているクラスだ。

貴族としては身分の低い男爵令嬢であるミュール様が顔を出すのは場違いなところなんだけど、そこに堂々と通ってるってことか。

因《ちな》みにA組は、身分が高くて成績が優秀な生徒が集まっている。国を担うエリートばかりで、本当に近寄りがたい。

ってういうか、よくB組に入っていけるな、彼女。

「それは、アーリエラ様から直接やめるように、伝えることはできないのですか？」

「わたくしから？　でも、だって、レイミ様のクラスメイトなのですから……レイミ様になんとかしていただかないと……」

手をもじもじさせて小声で言われ、思わず遠くに視線をやってしまう。

知らんがな。

喉まで出かかった言葉を堪《こら》える、相手は公爵令嬢だ。

「でも、シエラーネ様とリンナ様が、注意してくださっているのですよね？　それでも来るということは、なにか思惑があるのでしょう。彼女も、アーリエラ様と同じ、転生者でゲームを知っているようですから、一度きちんと話し合ってみるのはいかがですか？　彼女も前に言っていましたが、彼女の行動次第《しだい》で、これから先の未来が変わることもあると思うのです。もし、彼女を説得できれば、アーリエラ様も安心できるのではないでしょうか」

はっきり言って関わり合いになりたくない相手だけど、背に腹は代えられないわよね。

私の言葉に、彼女は悲しそうに目を伏せた。

「でも……彼女、元は平民でしたでしょう？　わたくし、平民の方と言葉を交わしたことがありませんもの、お話しするのはちょっと……」

おおん？　平民だから口をききたくないってぇことかい？　っていうか、貴族以外と話したことがないって、凄いな。メイドさんとかは頭数に入って……あ、そっか、高位の貴族のメイドさんって、貴族の女性がなるから本当に平民と会話したことがないのかも。

凄いわね公爵令嬢。

「ちょっと、ではありませんわ。アーリエラ様だって、悪役として成敗されたくありませんでしょう？　これから愛しの第二王子殿下との婚約だって整って、このまま卒業すれば、大公妃殿下になるのですから」

「それは勿論そうですわ。卒業してあの方の妻となるのが、わたくしの務めですもの」

シャキッと顔を上げて、断言してくれた。よし、この調子でやる気を出してもらおう！

「でも、だからこそ、レイミ様に頑張っていただかなくてはいけませんわ。だって、わたくしのお陰で、この先の未来がわかり、こうして平穏を得ていらっしゃるのですもの」

ああ……そうくるのか、恩に報いろってことね。

まぁ、理解できないこともないわ。一か八かで私にゲームの話をしたんだろうし、公爵令嬢だから身軽に動けないところもあるのかもしれないし。

「わかりました。では、ミュール様への手紙を書いてください。私がそれを、彼女にお渡しいたしますわ」

「でも、もし中身を誰かに見られたら、困ったことになってしまうのではないかしら？」

ぐだぐだと渋る彼女を説き伏せ、なんなら転生してきたところの言語で書いたらいいだろうとアドバイスしたら、やっと納得してくれた。

「では、書けましたら、レイミ様の机に置いておきますわ」

「はい。間違いなく、ミュール様にお渡ししますので」

先に帰る彼女を見送り、ホッと安堵して校舎裏を離れた。

＊・＊・＊・・＊・・＊

ミュール様宛に手紙を書くのがよっぽど嫌だったのか、あれから四日経って、やっとアーリエラ様からお手紙を預かることができた。

そのあいだのミュール様はいままで通り、元気いっぱい学校生活をエンジョイしていた。

いつも笑顔だし、誰にでも気安く声を掛けて、クラスのムードメーカーになっている。時折教室からいなくなるのは、もしかしたらB組に突撃してるのかもしれないけど。

そんな中で、移動教室から戻ると、机に手紙が置かれていた。

「……ハート型ね」

眠り猫の文鎮を除けて取り上げたのは、懐かしくもハートの形に折られたお手紙だった。

ただこれって、私、読もうと思ったら読めちゃうのよね、封をしてるわけじゃないから。

理性と好奇心が葛藤した末に、開かずにミュール様に渡すことにした。よく頑張ったな、私の理性。

そして、渡すタイミングに悩む。

机の上に置いておけばいいのか、いや、責任を持って手渡しすべきか……。やっぱり手渡しだよねぇ、アーリエラ様にちゃんと私が渡すって宣言しちゃってるし。

ミュール様の鞄がまだ残っているから、今日はまだ校内にいるようだ。

もしかしたら生徒会の仕事をしているのかもしれないので、遅くなりそうな彼女を待つあいだ、授業の復習をすべく教科書を開く。

誰もいなくなった教室でしばらく待っていると、廊下を走る音が聞こえた。

見つかったら怒られるのに、彼女は性懲《しょうこ》りもなく廊下を走る。今日の午前中もローディ先生に注意されてたのに、懲りない人だな。

鞄に教科書を戻して席を立ち、彼女の席へと向かう。

当初は早い者勝ちだった席順だが、ローディ先生の指示で固定されるようになったため、彼女の席は前で、私はうしろだ。

「よーっし、着々と好感度上がってるぞー、この調子で頑張ろう！　エイエイオー！」

元気に片手を突き上げながら教室に入ってきたミュール様を、ガン見してしまった。

彼女も、腕を突き上げた格好で固まっている。

み、見なかったことにしたほうがいいかな？

恥ずかしそうに頬を赤くして、そっと手を下ろしてるもんね。

「あの、ミュール様。アーリエラ様から、お手紙を預かっているのですけれど、受け取っていただけますか？」

とりあえず見なかったことにして、ハートに折られた手紙を彼女に差し出した。

「アーリエラさんから？　えっと、レイミさんって、やっぱり、アーリエラさんと仲良しなの？」

怪訝な顔をしながらも手紙を受け取ってくれたので、肩の荷が下りた。

それにしても、仲良し、ねぇ？

「ご挨拶はさせていただきますけれど、あちらは公爵家のご令嬢ですから、我が家などではとても、親しくさせていただけるような立場ではございませんわ」

微苦笑を作って、そう伝える。

あれだよ？　君ん家《ち》はウチよりも家格が下なんだから、もっと控えなさいよっていう意味だからね？

「ふぅーん？　そういうもんなんだ？」

気のなさそうな返事をしながら、迷いのない手つきで手紙を開いた彼女は、文面をパッと見て目を瞬かせたあと、食い入るように読みはじめた。

「それでは、お届けいたしましたから、失礼しますね。ごきげんよ――」

笑顔で会釈をして、フェードアウトしようとした腕を掴まれる。

「待って！　ちょっと、待って。レイミさんは、コレ読んだ？」

手紙を示す彼女に、首を横に振って否定する。

「いいえ、他の人宛の手紙を読むような、無作法はいたしませんわ」

「ああ、そう……。それでさ、あなたもここが、ゲームの世界だって知ってるんだよね？」

アーリエラ様もそうだけど、この人も直球。

仕方なく彼女に向き合う。

「アーリエラ様から聞き及んでおります。ミュール様がヒロインさんであること、私とアーリエラ様が敵対する者であることなどですが」

私の言葉に彼女の表情がパァッと明るくなる。

「やっぱり！　おかしいと思ったのよ。だって、全然違うんだもん、レイミさんは車椅子じゃないし、アーリエラさんはB組だし」

腕組みをして、うんうんと頷く彼女。

「B組なのが、おかしいのですか？」

「そりゃそうよ、A組を掌握してなんぼじゃない」

初耳でゴザイマス。

ということは、アーリエラ様も彼女なりにゲームとの誤差を作っていたのね。なにもしてないとか思っててごめん。

……もしかしたら、素でB組になったのかもしれないけど。

「そうなんですね。でしたら、あの……この世界が、お二人の知っている世界とは別である可能性は――」

「ないわ！　絶対、ここは、ゲームの世界よっ！」

私の言葉を遮った彼女の勢いに、たじろいでしまった。

鼻息も荒いな、可愛いお嬢さんなのに。

「そう、なんですね。でも、私は死にたくありませんし、それにミュール様をいじめる理由もないので、ゲームに準ずるつもりはありません」

きっぱりと言い切る。ここは引けないところだから！

そのときの彼女の顔といったら……ヒロインの顔じゃないね。もの凄く嫌そうな顔をされてしまった。

彼女の顔に私がドン引きしているあいだに、気を取り直したらしい彼女は、盛大にため息を吐き出した。

「そりゃそうよね。わたしでも、死ぬ未来なんて、回避するわ」

彼女は吐き捨てるように言った。

わかっていただけてなによりです、なんて安堵した私とは対照的に、彼女は疲れたように椅子に座る。

「はーっ……。ねぇ、ちょっと座ってよ、見上げんの面倒だしさ」

言葉遣い、ざっくばらん過ぎやせんか。

今日も待たせることになるバウディに心の中で謝りつつ、彼女の隣の席を借りた。

大きくため息を吐いたミュール様は、体を斜めにして足を組み、机に肘をついてそこに顎《あご》を乗せた。

貴族のご令嬢にあるまじき姿勢だが、女子高生だと思えば……いや、さすがにこの姿勢はナイんじゃないか。

思わず表情が険しくなった私に、彼女は口の端を上げた。

「やっぱ、あんたってこっちの世界の人なんだね」

彼女の言葉に曖昧《あいまい》に笑う。

「あー、その顔、わたしたちが違う世界から来たって信じてないわね？　そりゃ、信じられないわよね。わたしだって信じらんなかったもん」

どうやら彼女は、オープニングまでは自覚がなかったが、オープニングが終わって教室に入って席についたときに、自分の前世を思い出したらしい。

そういえば、入学した初日は、いまのような覇気《はき》はなかったわね。

「駄作とは言われてたけど、好きで何回もやったゲームだったからさ。だけど、ゲームと違うことがポロポロ出てくるし、その割にはちゃんとイベント自体はあったりしてさ。ステータス画面も出せるし」

「すてーたす画面ですか？」

首を傾げた私に、すこし考えてから、自分の現在の状態が目視できるということを教えてくれた。

「あのゲームのいいところは、ステータス画面で、イベントを教えてくれるところなんだよね。わたし、レベル上げとかはじめちゃうと、次のイベントなにやるか忘れちゃうから、超ありがたいシステムだったのよ」

イベントが指示されるってことなのかな？

「障《さわ》りがなければお聞きしたいのですが、その、イベントというのはどういったものなのでしょうか？」

ダメ元で聞いた私に、彼女はあっさりと教えてくれる。

「そうだなぁ、最近のだと、今朝の魔力循環の授業あったじゃない？　あれで、クリティカル出すとローディ先生の好感度上がるのよ。まだ、先生の好感度上げるタイミングじゃないから、敢えて外したけど」

魔力循環の授業で魔力の漏れや、魔力操作が下手《へた》だったのはわざとなのか。とはいえ、それが上手《うま》くいっても、日頃の態度があるから先生の好感度が上がるとは思えないんだけどな。

「こう、ステータス画面にバーがあって、右と左に丸がついてるんだけど。そのバーの上を左右に移動するマークがあって、それをビシッと丸のところに止めたらクリティカ……ええと、大成功になるのよ」

「え？　魔力を体内で循環させるのではなくて、ですか？」

驚いてしまった私に、彼女は肩をすくめる。

「その感覚、わたしわかんないのよね。でも、まぁ、魔法はステータス画面から使えるから、問題ないし。——わたし、もう結構いろんな魔法を使えるのよ」

得意げに、にんまりと笑った彼女に、私は思わず焦ってしまう。

「ミュール様、授業でも習いましたけれど、魔法学校内で無許可で魔法を使うと、罰せられますからねっ！　勿論、校外でもそうですけど、許可なく使わないでくださいね」

アーリエラ様の二の舞とか、本当に勘弁だからっ！

慌てて言い募った私に、彼女はきょとんとしてから、吹き出した。

「凄い慌てようじゃない？　レイミさんらしくないゾ」

ウィンクすると、鞄を持って立ち上がった。

「じゃぁね、イベント消化しなきゃだから。バイバイ」

手を振って教室を出ていく彼女を見送る。

はぁ、今日のバウディへの報告、濃くなっちゃうわね。

幕間　アーリエラの手紙

ヒロイン様

私も日本から転生してきた者です。

このゲームの悪役であることに気付いたときは、大変驚きました。

私には悪役として生きるつもりはございませんし、あなたの邪魔もいたしません。願いは、公爵令嬢として彼《か》の方と添い遂げたい、ただひとつなのです。

レイミ様にもこの世界がゲームであることをお伝えしてありますが、彼女はどうやら転生者ではないようなので、どこまで理解していただけたかは不明です。

もしかすると、世界の強制力が働き、私たちの邪魔をするかもしれないこと、どうぞ、ご承知おきください。

道は違えど、同郷のよしみ、心は同じだと思っております。

転生者である私たちは、幸せにならなければなりません。

障害には毅然《きぜん》と立ち向かってまいりましょう。私とあなたがいれば、不可能などありはしないのですから。

アーリエラ・ブレヒストより

魔法練習場の入り口に座ってもう一度手紙を読んだミュールは、日本語で綴《つづ》られた手紙を元の形に折り直した。

「やっぱり、そうだったかぁー」

アーリエラが転生者であったことに、さほど驚きはなかった。

呟《つぶや》いたように、やっぱりという感情が強い。

「でも、そうすると……ざまぁ、されるの、わたしよね？」

言葉にすると悪寒がして、体が震えた。

だけど、自分を『ざまぁ』してくるはずの相手は、こうして歩み寄ってくれた。

「幻のハーレムエンドなんか、目指してる場合じゃないわね」

そもそも、ゲームにそんな結末はなかった。こうして転生したからこそ、もしかしたらできるかも!?　という思いつきで頑張っていたのだが。

「それにしても……同じ、転生者かぁ」

にへらと笑み崩れた顔で、手に持ったハート型の手紙を額《ひたい》に押し当てる。

胸の奥から湧《わ》き上がるのは、喜びと安堵《あんど》……。

入学した日に転生者としての意識が目覚めてから、ずっと不安だった。

次々に出てくるイベントをこなしていたから、あまり考える余裕もなかったけれど、いま思えば悲しみや不安から目を逸《そ》らしていただけかもしれない。

ただ、レイミ・コングレードが転生者ではなく、この世界の強制力によって、自分たちの邪魔をするかもしれないという内容だけは、黒い染みのように嫌悪感をもたらした。

「でも――ふふっ、王子様狙いかぁ……。うん、それじゃ、『同郷のよしみ』で、王子様は外さなきゃね。となると、宰相の孫か未来の騎士団長よね。見た目はバウディ様が一番好きだけど、私、王妃ってガラじゃないしなぁ」

それに、いま正《まさ》にクリアしようとしているのは、未来の騎士団長絡《がら》みのイベントだった。

目の前に出したステータス画面の、イベント内容をスクロールして読んでいく。

「あー、これかぁ」

記憶にあるのと同じ選択肢《し》を次々と選んでゆくと、最後に命運を分ける選択肢になるのだが。

「げげっ、またバグってる……っ！　なんで選択肢が三つとも、同じなのよー、もーっ」

時々発生するそのバグに、歯がみする。

本来ならば、好感度の上がり方に差が出て、ある程度自分の意思で調整できるのに。

「仕方ないか。『段差に躓《つまず》いて、シーランド・サーシェルにハグする』っと。またシーランド先輩との好感度が上がっちゃうなー」

選択をしないで時間が経過すれば、イベントをキャンセルすることができるのだが。そうするとペナルティとして、ステータスにある『不運』という項目の数値が増えてしまう。

ゲームにはなかったそれに最初は気付かなかったけれど、この値が増えると魔法を使う難易度が上がるのだ。いまはまだ余裕綽々《しゃくしゃく》だが、用心に越したことはない。

難易度だけじゃなく、数値が上がった直後に足の小指をタンスの角にぶつけたり、鳥の糞《ふん》が直撃したりと、地味な不幸に見舞われるのも苦痛だった。

だから、よっぽどのことがない限り、このバグは諦《あきら》めることにしている。

「まぁ、シーランド先輩のことは、嫌いじゃないからいいけどさっ。自主練上がりだから、汗臭くないかなー」

最後まで選択を終えて立ち上がり、手にしていた手紙をポケットに大切にしまうと、自分の意思なのか選択肢を選んだせいなのか、彼女は魔法練習場の中に向けて走り出した。

その後、二人はレイミ抜きで連絡を取り合うようになり、親交を深めてゆくのだった。

順調に体力もついて体型も普通のご令嬢くらいまで戻《もど》り、先日ボンドのところで義足の接続部のサイズを直してもらった。

そして、魔力循環と強化魔法も精度を上げている。

昼休みには生徒会準備室で、カレンド先輩に第二学年で習う範囲なども習っている。あまりにもちゃんと教えてくれるので申し訳ないと言うと、彼は「復習になるから気にするな」とのありがたいお言葉をくれた。さすが生徒会長、人間ができてる。

授業では、やっとE組も実技が本格化してきた。

A組なんかは、一週目から実技をはじめていたのに。クラス全員が一定以上の魔力循環を覚えるまでは、実技に入れないって知ったときにはもう……っ。E組に入ることになったのが、悔やまれてならなかったわよ。

とはいえ、はじまった実技の授業は楽しい。

担当のローディ先生がうるさいことを言わないので、よくペアになるマーガレット様と共に、教科書に書かれている魔法をどんどん試している。

彼女は辺境の出身で、とにかく攻撃の魔法を好んで練習したがるのだ。

「魔獣が出るのよ、魔獣が。倒せるようにならなくては、ここに来た意味がないわ」

実技はグループで交互におこなわれるため、どうしてもできてしまう長めの休憩《きゅうけい》のとき、キリッとした顔で言い切った彼女は思いっきり武闘派だった。

見た目は優等生だけど、強化魔法をバリバリ使うし、魔法はとにかく攻撃力優先で覚えている。そして机に向かう授業は少々苦手という、外見を裏切る女性だ。

「でも、魔法というのは、許可を取ってからでないと、使えないのでしょう?」

そう聞いた私に、彼女は一瞬きょとんとしてそれから苦笑して説明してくれた。

「許可は取ってるわよ、ちゃんと名簿を提出しているもの。魔法を使うたびにではなく、通年でね。そうでもしなくては、辺境を守れないもの」

「でも、魔法を探知する魔道具に引っかかってしまうのでは?」

そんなものがあるのは王都だけだと笑い飛ばされてしまった。それも王城の近く、貴族の屋敷が建ち並ぶあたりまでが精々だろうという。

「魔法攻撃の射程外は気にしないでしょうよ。国土全部を把握するくらいなら、もっと他のことにお金を掛けるべきだもの。この国は豊かですけれど、楽園ではないのですから」

考えたこともなかったけど、確かに国土全域の魔法使用を把握するなんて馬鹿げてるわ。

「それに、国全部を監視されてしまったら、冒険者が困るじゃない」

「冒険者が、困るのですか?」

そんなことも知らないのかという顔をしてから、思い直したように表情を改めた彼女が説明してくれる。

「ここの勉強は、あくまで貴族向けだものね。王都は騎士や兵士で守られているから、冒険者なんて会うことないもの、知らなくても仕方ないわ」

無知な私をそうフォローしてから、冒険者は大抵《たいてい》魔法を使えるとか、冒険者を統括《とうかつ》するギルドという組織があることも教えてくれた。

「とはいえ、王都住まいの貴族のご令嬢は、滅多《めった》に外に出ないでしょう？　出ても、安全な避暑地くらいで、平民の生活なんて知らない人のほうが多いと思うわ」

彼女によって、自分の知識の足りなさを痛感する。

もっと聞きたいと思ったときに限って、練習する生徒の入れ替えの合図が出てしまった。

「さて、今度はあなたが炎で、私が水でいいかしら？」

先に立ち上がった彼女が手を差し伸べてくれる。

「ええいいわよ」

彼女の手を借りて立ち上がり、訓練場の所定の場所に移動するのだけど、杖《つえ》をついて歩く私に彼女が小声で声を掛ける。

「前から思ってたんだけれど。あなた、杖、必要あるの？　体の軸もしっかりしているし、強化魔法も得意よね？」

コソコソと話しかけられ、頷《うなず》く。

「こうしていたほうが、なにかと便利なのよ」

小声で返した私に、彼女は愉快そうに目を輝かせた。

「いいわねそういうの、嫌いじゃないわ。戦術の基本にもあるもの。ああそうだ、戦術といえば、彼女も着々と情報戦を仕掛けてきているわよ、気をつけて」

彼女、のところで友人たちに囲まれているミュール様を見た彼女は、憮然《ぶぜん》とした顔で私に注意を促《うなが》してきたけれど、私の驚いた表情を見て眉を上げて肩をすくめた。

「ああいうの、苦手なのよね。戦い方のひとつだってわかるんだけ……わかるのですけれど、おほほほっ。駄目《だめ》ねメッキはすぐに剥《は》がれてしまうわ、彼女くらい明け透けとできたら楽なのでしょうけれど」

崩れていた言葉遣いを直した彼女は、すこしだけうらやましそうにミュール様を見た。

確かに言葉遣いは大事だ、貴族が貴族らしくあるのに必要なことのひとつだものね。

「さて、それでは、魔法の相殺《そうさい》の実技頑張りましょうか」

腰に下げていたホルダーから手のひらサイズの杖を取り出した彼女が、ニッコリと笑う。使い込まれたその杖は、代々親から子に引き継がれているものらしい。

彼女はただのお下がりだと笑っていたけれど、自分に子供ができたらこの杖を渡すのだと言った表情はとても優しいものだった。

そして私は、アーリエラ様から巻き上げたあの杖ではなくて、いつも歩くときに補助として使っている杖を持ち上げる。

ボンドが回収していた右の松葉杖が、匠《たくみ》の技で歩行補助用の杖、兼、魔法の杖に生まれ変わって、私の元に戻ってきたのだ。

アーリエラ様からいただいた杖は、高価なうえに魔法を増幅する効果が高過ぎて、私が授業で使うには不向きである、ということでバウディに預けてある。……手元にあったら、使ってみたくなっちゃうからね。

「おまえら、相殺の実技じゃなくて、発動の練習だって言ってるだろうが」

他の生徒たちの指導をしていたローディ先生が、お互いに向けて魔法を打ち合っている私たちに気付き、近づいてきた。

「ローディ先生、私もレイミ様も、発動しているだけです。たまたま、お互いの魔法が当たって相殺されてるだけで」

真顔で反論するマーガレット様と一緒に、私も横で頷く。そうだそうだー、たまたま当たってるだけだぞー。

ため息を吐き出したローディ先生は、どうやら諦《あきら》めてくれたらしい。

「わかった、やるのはかまわん。次は攻撃側が、魔力の量を変化させた魔法を使って、受け手側がそれを見極めて相殺してみろ。攻撃側は威力を変える代わりに、速度を下げるようにな」

いままでは、あらかじめ決めていた魔力の量で作った魔法をぶつけていたけれど、先生から新しい課題が出て彼女の表情がキラキラ……いや、ギラッと輝いた。

「実践的で、イイですね。やりましょう、レイミ様！　最初は私が受け手側をやりますね、レイミ様が攻撃側でお願いします」

「は、はい」

彼女の勢いに飲まれるまま、攻守を変えて魔法を打つ。

攻撃側は魔法を遅く打ち出すというのがなかなか難しいし、迎撃するほうは目に強化魔法をしたまま魔法を発動しなければいけないということで、難易度が一気に上がった。

そんな先生と私たちのやりとりを、ミュール様たちの集団が見ていたことなんて、知るよしもなかった。

知ってても、どうでもいいっちゃぁ、どうでもいいんだけどね。

＊・＊・＊・・＊・・＊

最近なんだか、教室にいづらい。クラスに馴染《なじ》む努力をしてこなかった自業自得もあるとは思うが、ここ数日の雰囲気の悪さはなんなんだろう。

なんだかわからない居心地の悪さを抱えながらも慌《あわ》ただしく日々が過ぎ、明日で前期が終わるこの日になって、彼女が行動を起こしてきた。

「ミュール様、ローディ先生から、課題を提出してほしいと言付《ことづ》かっております。今日の帰りまでに、提出をなさってくださいね」

たまたま会ったローディ先生からの伝言を、教室で友人たちとお喋《しゃべ》りをしていた彼女に伝えると、彼女はビクッと大袈裟《おおげさ》に体をすくめ、目に涙を溜《た》めて私を見上げてきた。

「わ、わかっていますっ、でも、どうしても終わらなくって……っ」

私に言われても困る。

「それならばそうと、先生にお伝えください」

思わずムッとしてしまったのが悪かったのか、彼女は更《さら》に怯《おび》えたように体を縮め、目に涙を浮かべた。

「ご、ごめんなさいっ！　わたしっ、そんなに悪いことだなんて思わなくってっ、レイミさんがこんなに怒るなんて、本当に、なんてことしてしまったのかしらっ、ごめんなさいっ！」

大きな声でアピールして、更に涙まで流すのを見てやっと気付いた――彼女がやろうとしてることに。

私がいじめてるってことを、アピールしたいのね？　でもいまの会話は、他のクラスメイトも見てるんだから、たいして問題はないはず。

私は困ったような微笑《ほほえ》みを浮かべて、首を傾《かし》げる。

「私は怒っておりませんわ。それよりも、課題の提出をお願いいたしますね」

よし、言うべきことは言ったから、これ以上面倒なことになる前に、さっさと離れよう――とした私の腕を彼女が掴《つか》んで勢いよく立ち上がった。

「レイミさんは、ローディ先生と仲がいいから……っ！　ううん、わかってるの、わたしが悪いんだものね……本当に、ごめんなさいっ！」

私の腕を掴んだままの彼女が、勢いよく深々と頭を下げた。

いや、ちょっと、意味がわからないんだけど。それに、地味に腕が痛いし、そもそも触られたくないんですよ。

なるべく右腕に魔力がいかないようにしながら、彼女の握力に耐える。

「レイミ様っ、ミュールさんがここまで謝っているのに、許して差し上げないのですか？」

彼女の友人のひとりが立ち上がって、私を睨《にら》んできた。

同じようにもうひとりも、頬を紅色させて立ち上がる。

「そうですわ。それに、陰でコソコソ悪口を言ったり、お家の事情を貶したりしてるんですよねっ。あなたがそんな人だなんて、知りませんでした」

私も知りませんでした。

だが、ひとつわかることがある。これはあれだ、私の学生時代の同級生にもいた標的の悪事を捏造《ねつぞう》して、自分を可哀想な子に仕立てて周囲からの同情を得ようとするやつだ。

懐《なつ》かしいなぁ、そうくるか。でもね、それが効くのは、ターゲットがそのコミュニティから外れたくない場合だけじゃないかしら？

私はねぇ、もう腹ぁ括《くく》ってんのよ。

掴まれていた手を振りほどき、ニッコリと笑う。

「私、悪口を言うのでしたら、本人に直接言いますわ。そうですわね、あなた」

私よりも小柄なミュール様の友人にヒタリと視線を合わせ、その胸に人差し指を当てる。

「私が誰に誰の悪口を、陰でコソコソ言ったのか教えていただけます？　その相手のお名前をどうぞ教えてくださいな。あら？　名前もわかりませんの？　皆様もご存じの通り、私は目立つでしょう？　コソコソなんて、できるはずないのに、おかしいですね」

手を握りしめて涙を浮かべる悪意に耐性のない彼女に、これ見よがしに微笑みかける。

「第一、私、ミュール様にこれっぽっちも関心がありませんもの。わざわざ悪口を吹聴《ふいちょう》などしませんわ。あと、あなた」

眼中にないんだよと言い切ってから、もうひとりの友人に顔を向ける。

「私に謝罪をしろとおっしゃいましたけれど、あの流れで、なにに対して謝罪をすればいいのかしら。私は先生の伝言をお伝えしただけですわよね、それに対してミュール様が泣いて言い訳をなさった、それだけでしょう？　そもそもミュール様は、言い訳をする相手を間違えていらっしゃいますわよね。それに自分が悪いとおっしゃってましたけれど、本当に悪いと思っているのでしたら、提出を忘れないように対策するものでしょう。もう何度も課題の提出を忘れているのを知っておりますわ。自分ですべきこともしないで、泣けば済むとでも誤解していらっしゃるのかしら。あなたたちもご友人でしたら、彼女が課題を忘れていないか確認して差し上げればいいのではありませんか？　友人だと思っているのなら、ですけど」

「ひどいっ！」

甲高い叫び声と共に私の両肩をドンッと強く押して、ミュール様が教室を飛び出していった。

バランスを崩して為《な》す術《すべ》もなくうしろに倒れていく私を、力強い細腕が支えてくれた。

「あなたたち、お友達なら、泣いている友人を放っておいていいのかしら？　探しにいってあげてはいかが？」

きっぱりとした声がミュール様の友人たちに掛かると、その声に押されるように二人はミュール様を追って教室を出ていった。

「マーガレット様、ありがとうございます」

身体強化をして私を支えてくれている彼女にお礼を言う。

「楽しそうにしていたから、声を掛けそびれてしまったわ。でも、あまり無茶をするものではないわよ」

やだ、本当にイケメン。

小柄な彼女の腕から起き上がると、彼女は煽《あお》り過ぎだと注意してくる。そうね、煽った自覚はあるから、反省するわ。

「それにしても、いつにも増して空気が悪いわね」

スンと鼻を鳴らした彼女が、教室内を見回した。

空気の悪さはきっと、私に向けられている敵意交じりの視線のせいだと思うんだけどな。

「レイミ様、ねっとりした嫌な感じ……わかります？」

教室を見ていた彼女が、私に顔を向けて小声で問いかけてきた。

ねっとりした嫌な感じというのがわからずに、首を横に振る。

「そう？　いまは一段と強いですけれど――あら、身体強化を解いたら、感じませんわね」

そう言われて、ミュール様の影響を受けないように、いつも最小限に巡らせている魔力を戻し、身体強化をしてみる。

「――っ！　これは……っ」

彼女の言うようにねっとりとまとわりつく魔力の感覚に、怖気《おぞけ》が立った。

私の様子に頷いた彼女に促され、帰り支度をして廊下に出ると嫌な感覚が薄れる。

「魔力を内に込めていると、ほとんど感じませんね。身体強化のように、強力に循環させてしまうと、強く感じるようです。レイミ様は、いままで気付きませんでしたか？」

「ええ、なるべく身体強化は使わないようにしておりましたので。それで、あの気持ち悪さは一体なんなのでしょう？」

私の疑問に、彼女は首を傾げる。

「さぁ、なんでしょうね？　レイミ様にもわからないのであれば、私にはまるでわかりません。まぁ、明後日《あさって》から長期休暇ですし、その間に解消されるのではないかなと、楽観視しておりますわ」

あっけらかんと言った彼女は、用事があるからと朗《ほが》らかに挨拶《あいさつ》をして帰宅していった。

楽観視、していていいのかしら……ねぇ？

明日が運命の日なのに、どうしてこう面倒なことが起きるのかしら。

ため息を吐いて、ミュール様が課題の提出を無視して泣き帰ったことを伝えるついでに、教室の異変にも触れておこうと職員室に向かった。

「ローディ先生、ミュール様に課題のことを伝えたのですが、当の本人は帰宅してしまいました。もし、お待ちでしたらと思い、ご報告に――」

「また、あいつは！」

　できるだけ淡々と報告していた私の言葉を遮《さえぎ》ったローディ先生は、私に険しい顔を向ける。

「おまえもおまえだぞ、どうして本人に来させない？　そんなことだから、いつも人任せでどうにかなると思い込むんだぞ」

　イライラと言い募る彼を、冷めた目で見つめてしまう。

　知らんがな。

「お言葉ですが、私は先生の伝言を彼女にしっかり伝えました。けれど彼女はそれを無視して帰宅してしまったので、私は私の責任を果たしたうえで、先生が彼女を待っていたら可哀想だと思いこうしてわざわざ伝えにきたんですよ？　その私に、お説教ですか？」

　だんだんと低くなる声を自覚しながら、半眼でローディ先生を見下ろす。

　ローディ先生の視線が彷徨《さまよ》い、それから肩が落ちて、なにかを振り払うように頭を振った。

「ああ、そうだな……悪かった。確かに、君の言う通りだ――最近、どうも、頭の動きが鈍《にぶ》くてな。いや、これも言い訳だな、すまん」

　本当に調子悪そうにする彼に、先程教室で知ったもうひとつの連絡事項を伝える。

「強化魔法を使うと、教室に違和感が？」

「はい、マーガレット様に聞いて、私も確認したのですが、確かになにか空気がねっとりするというか、空気が気持ち悪かったです。先生ならなにかご存じかと思ったのですが」

私の言葉に、顔つきの変わった先生が立ち上がる。

「わかった、調べておこう。気をつけて帰れよ」

一方的に言うと、慌ただしく教室を出ていった。

あの分じゃ、ミュール様のことは頭から飛んでるんだろうな。

職員室をあとにして、玄関ホールに向かう。

あの嫌な感覚って……もしかしたら、アーリエラ様の精神魔法なんじゃないかって考えちゃうのは、うがち過ぎ?

でもねぇ、アーリエラ様に取り憑《つ》くのが碧霊《へきれい》族なら、ミュール様が学校に入学したことで、目覚めて取り憑いてもおかしくはないと思うのよね。ミュール様がもう中和魔法を使えるならなおさら。

「おや、レイミ嬢」

「カレンド先輩……大荷物ですね」

両手で大きな箱を抱えているカレンド先輩だが、重くはなさそうだ。

身体強化が使えるから、苦ではないんだろうな。この世界って、地味に便利だよね。

「ああ、せめて夏期休暇の後半には領地に顔を出したいから。いまのうちに、片付けられるものを、片付けておこうと思ってね――」

生徒会長自ら率先して肉体労働するのは、上に立つ者として素晴らしいですね。そう私が褒める前に、彼がネタばらしをする。

「というのは建前で、いま、生徒会室にアーリエラ嬢が来ていてね」

すこしげんなりとしたその口調に、彼がアーリエラ様を苦手にしているのがわかる。

それにしても、なぜ彼女が生徒会室に……。まさか、生徒会の人たちに精神魔法を掛けに？

いやいや穏便に卒業したいんだから、そんな危険な橋を渡るようなまねはしないわよね？

「アーリエラ様が、生徒会室にですか？」

生徒会と彼女になにか接点が……あるわー、そういや、第二王子殿下も生徒会役員だわ。

殿下には滅多にお会いすることはないし、恐れ多くて会話なんかできないけれど、穏やかそうな雰囲気で笑顔が好印象な方だったわね。

彼女は第二王子殿下と結婚することを望んでいるし、彼との関係を向上させるために、会う機会を増やしてるのかしら？

それなら、いいんだけれど……なにか引っかかるのよね。

基本的に他力本願な彼女が、自分から動くかしら？　ああでも、私に接触してきたときは自分から動いていたから、動かないというわけでもないのかな。

うううむ、人の心を測るのは難しいわぁ。

「まぁ、生徒会室は生徒の訪問を禁止するようなことはしていないから、な」

悩ましげに吐き出した声は、低く、暗い。

公爵令嬢だし、まだ内示段階だけど第二王子の婚約者だしってことで追い出すこともできないんだろうな。

そして、生徒会長とは反《そ》りが合わないってことね。

まぁ、合いそうにないけど。

でも会長がこの様子なら、アーリエラ様が精神魔法を使っているってことはなさそうかな
……会長、精神力強そうだから、掛かってないだけかもしれないけど。

「そんなことよりも、レイミ嬢は長期休暇はどうするんだ？　どこか、避暑にでも？」

気を取り直した彼に聞かれて、動揺しそうになる。

長期休暇の前に学校からエスケープする予定です、とは言えないわよね。

「そうですね。よい場所があれば、行ってみたいのですけれど」

当たり障《さわ》りのない言葉に、彼は表情を明るくする。

「それなら、我が領はどうだ？　湖にボートを浮かべるのも楽しいものだよ」

「アルデハン湖ですか？」

ロークス辺境伯領を思い出して問えば、嬉《うれ》しそうに頷かれる。

「よくご存じだ。あの湖は是非《ぜひ》一度見てほしいな、……とはいえ、我が領は夏場、目立って涼しいということもないから、どうしても避暑には海側の地方が活気づく。湖はあるが、海にはなかなか敵《かな》わなくてな」

この世界でも、観光は重要な産業のひとつだけれど、やっぱ、夏は海に行きたくなっちゃうもんなぁ。

「あれだけ大きい湖でしたら、遊覧船を運行したり、もうひとつ近くに観光できそうな場所で

もあれば、そこと湖とを馬車の定期便で繋《つな》いだり、なにか食べ物で名物を作って、それで観光地を盛り上げたりできればいいんですけれどね」

考え考え言った私に、彼は愉快そうな視線を向けてきた。

「遊覧船というのは面白いが、生憎《あいにく》と湖の深いところには魚型の魔獣が出るので、危険かな。ああ、浅瀬までは問題ないから、ボート遊びはできるぞ」

「魚型の魔獣なんているのですね！　大きいんですか？　味は――」

「味？」

聞き返されて、はたと止まる。

もしかして、魔獣って食べないの？　皮だの牙だの角だのは素材として使っておいて、身は食べれないものなの？

口の端を震わせた彼が、たまりかねたように吹き出した。

「味を確認してきた女性は二人目だよ。味は淡泊だから、濃い味付けの料理によく使われている。君よりも大きくて、肉食なので、捕獲するのはなかなか骨が折れるけれどな」

世界最大の淡水魚ピラルクを思い出した。ピラルクサイズのピラニアのイメージでいいかしら？　見てみたいわねぇ。

「カレンド会長」

手を振りながら階段を下りてくる生徒会会計のベルイド様に呼び止められ、カレンド先輩がため息をついた。

「レイミ嬢、ご歓談のところ申し訳ありません」

折り目正しく謝罪され、私も礼を返す。

生徒会室から来たと思われる彼も理知的な雰囲気と態度は変わりなく、やっぱりアーリエラ様が精神魔法を使っているという可能性は低そうだ。

「いえ、こちらこそ、会長をお引き留めして申し訳ありません。カレンド先輩、お忙しいところお付き合いいただき、ありがとうございました」

お二人に挨拶をして、校舎をあとにする。

またバウディを待たせちゃったわね、急がなきゃ。

それにしても、あと一日かぁ……あっという間だったなぁ、最後までなんだか慌ただしかったけれど。

感慨深く思いながら、校門へと向かう。

「お嬢、お疲れさまです」

校門で待っていたバウディが、すかさず私の鞄《かばん》を取り上げた。

……このやりとり、以前からなにか既視感《きし》があるなぁと思ってたけれど、これって、舎弟が兄貴分の荷物持ちをする構図なんじゃない？

「ありがとう。ごめんなさいね、遅くなって」

「詳《くわ》しいことは、帰り道でゆっくりと聞きますよ」

出てくるのが遅くなったことをしおらしく謝った私に、彼は口の端を上げる。

また、なにかあったと思ってるんだろうなぁ、あったんだけどさ……。

視界の隅《すみ》にチラチラしている人影を無視して、笑顔をバウディに向ける。

「ふふっ、さすがバウディね、よく――」

「レイミ嬢！　わざわざお気に入りの使用人を学校まで迎えに来させて、これ見よがしに帰っているというのは本当だったんだなっ！」

近くにシーランド・サーシェルがいるのは気付いていたけれど、ちゃんと無視してあげてたのに、なんで声を掛けてくるかなぁ？　自分から声を掛けるなって言っておいてさ、ちょっと意味がわからない。

面倒臭いからこれも無視でいいわよね、まだチラホラいる下校中の生徒に注目されるのも嫌だし。

「バウディ、早く帰りましょうか」

ニッコリと彼に微笑みかけ、歩きだそうとした私の前にシーランド・サーシェルが立ち塞《ふさ》がる。

「なにか御用ですか？　ええと、先輩？」

戸惑った表情で小首を傾げる私に、彼は怒りに顔を赤くしてゆく。

面白いわね、沸点が低いのか、加熱効率がよかったのか、どっちだろう。

「きっ、きさ、貴様っ」

「嫌ですわ。知り合いでもないのに、貴様呼ばわりは失礼ではありませんか？　私、これでも婚約者のある身ですのよ？　見知らぬ殿方に、貴様呼ばわりされるなんて、婚約者にも失礼ですわ」

「なっ！　き、貴様の、婚約者は――」

「あら、私の婚約者を、ご存じですの？　私の婚約者が誰なのか、教えていただけます？」

嘲笑してやれば、ヤツの顔が赤を超してどす黒くなった。

「お嬢、その辺にしておきな」

斜めうしろに控《ひか》えていたバウディが、低い声で注意してくる。

折角《せっかく》面白いことになってるのになぁ。肩をすくめて、これ以上煽るのを諦める。

周囲にサッと目を配れば、なかなかいい感じに視線を集めていた。わかる、テレビやネットがないから娯楽に飢えてるのよね、男女の修羅場なんて格好の娯楽だもん。

「はっ、足の欠けた女など、娶《めと》る物好きに感謝するんだなっ」

どす黒い顔のまま、捨て台詞《ぜりふ》のように言った瞬間。

「あぁん？」

バウディがシーランド・サーシェルの襟首を片手で掴んで、足が浮くほど持ち上げた。

かおっ！　顔が、般若《はんにゃ》のようだわ素敵っ！　どんな顔でもかっこいいっていうのは、どういうことかしらねっ。

「貴様、いま自分がなにを言ったのか、理解しているのか？」

つるし上げたまま下から凄《すご》み、ドスの利《き》いた声でヤツに聞いてるけど、首が絞まってて声が出ないみたいよ？

あら、身体強化を使って、なんとか窒息は免《まぬが》れたようね。さすが、未来の騎士団長サマ。

だけど、バウディの手からは、いくら暴れても逃れられない。

「くっ！　このっ、使用人風情がっ！　こんなことをしてもいいと思っ――ぐふっ」

周囲に見えないような角度で、目にもとまらぬ華麗なボディブローが決まりました。

がら空きのお腹《なか》なんか殴られて当然じゃない？　すこし間に合わなかったとはいえ、強化魔法で腹部を強化したのは、さすが、かしら。

それとも、バウディの手加減のお陰かな？

「謝罪を要求する」

バウディが冷え冷えとした声で告げる。

「なっ、なにが謝罪だっ！　恥知らずにも、義足などつけてっ！　貴族としての矜持《きょうじ》はない――ひっ！」

さすがに顔を殴るのはまずいでしょうよ、バウディさんや。

身体強化をしてバウディの腕を掴んで止める、寸止めのようにヤツの眼前で止まった拳《こぶし》に安《あん》堵《ど》した。

私の力で止められるわけはないから、バウディ自身が反射的に止めてくれたんだろうな。

「邪魔をしてくれるな、お嬢」

般若顔のバウディに見下ろされる。ふふっ、ゾクゾクしちゃうわね。んん？　ゾクゾクってこの感覚、恐怖ではなくて怖気だわ。

身体強化したまま近づいてわかったけれど、シーランド・サーシェルから、教室で感じたあのねっとりとした嫌な魔力を感じる。

身体強化した私が気付いたってことは、バウディも気付いているはずね。

「貴様ら……っ、こんなことをしていいと思っているのかっ」

「シーランド・サーシェル様、お伺いしてもよろしいかしら？　私が足を失うことになったのは、あなたが騎乗した馬が、私の足を二度ほど踏み潰したからですよね。そのことはもう忘れていらっしゃるのかしら？」

心持ち大きな声で聞いたら、ヤツの顔は見事に引きつる。

うふふ、聞き耳を立てている方々の視線が釘付《くぎづ》けよ。

「あなたの乗った馬が私の足を二度も踏んだので、私は足を、切断しなければならなくなったということを、本当に忘れてしまったのですか？　私はいまも、痛みに寝れぬ夜があるというのに？」

声を震わせ、哀れみを誘う表情で彼を一心に見つめる。

ウソではないよ？　幻肢痛《げんしつう》はいまでもある、ただ、義足に魔力を循環させることで、それを解消するのが上手になっただけで。

「う、ウソだっ！　医者は、もう治ったと言っていたぞ！　ない足が痛むなど、あるわけがないじゃな――ぐふっ」

光速ボディブロー、二発目入りましたー。

今度は身体強化のタイミングが悪かったんだか、バウディがさっきよりも強く殴ったんだかわからないけれど、かなり効いてるみたいね。

「失った四肢《しし》が痛むということを信じられぬのか？　ならば、同じように骨を砕き、切り落として、その真偽、身を以《もっ》て理解してもらおうか」

バウディがヤツの腕を掴む。

ミシリ……。

そんな音が聞こえそうな力に、ヤツが無音の悲鳴を上げる。

「自らの罪から目を逸《そ》らすくせに、娶ることでなにもかもをなかったことにできると思ってる、その根性が許しがたい」

周囲を憚《はばか》る低く擦《かす》れた怨嗟《えんさ》の声が、ヤツにだけ聞こえるように吐き出される。

イケメンの凄みは素晴らしいわー、なんて感心している場合じゃなくて、骨に軽くヒビが入ったようなので、バウディに手を離すようにお願いする。

単純骨折なら、強化魔法で治せるって知ってるもーん。痛みがあるから、なかなか魔力の操作がうまくできないかもしれないけどね。未来の騎士団長サマなら自分でこのくらい治せて当然よね？

左腕を抱えて痛みに顔をゆがませるヤツの襟首を、バウディがやっと離した。

体をくの字に曲げ、ふらふらと後退《あとずさ》った彼に近づく。

「ふふっ、どうせ、娶ったところで、妻としての責務を果たせないだのなんだの言って、愛人でも連れてきてそっちを本妻のように扱って、体面上娶った妻は療養という名目で田舎《いなか》に追いやり、死なない程度の金を渡しておけばいいとでも計画なさってるのでしょう？」

きっと、ご両親あたりからの入れ知恵で。

「なっ！　なっ!!」

顔を真っ赤にしたら、それが正答だって言ってるようなものじゃない？

「さすがは、武の誉《ほま》れ高いサーシェル家ですわね。考えることが、とてもわかりやすくていらっしゃいますわ」

やーい、脳みそ筋肉ぅ。

顎《あご》を上げて見下すように嘲笑を唇に乗せると、ヤツは握りしめた拳をブルブルと震わせる。

本当に単純。

バウディに手を出さぬようにと目配せをする。私だって、一矢《いっし》や二矢や三矢くらい報いたいじゃない。

全身に身体強化して、ヤツが拳を振り上げるのを見る。

力み過ぎて遅いその拳に合わせて、うしろに飛んだ。

「きゃぁっ！」「おいっ！　なんてことをっ！」「ひどいっ」

野次馬から、悲鳴が上がる。

しめしめ、うまくいったわね。転びそうになったところをバウディに抱き留められ、軽くかすっただけの頬を両手で押さえて大袈裟に体を丸める。

「お嬢様っ！　シーランド・サーシェル殿っ、あなたはなんてことをっ！」

よしよし、野次馬たちにヤツの名前がしっかりと知れ渡ったわね。

「い、いや、そんなに強く殴ってなど――」

「女性を殴っておいて、言い訳するなんてあんまりだわ！」

すかさず野次馬をしていた女性から非難の声が上がり、シーランドから庇《かば》うように私とバウディの周囲を、野次馬たちがあいだに入って隔ててくれる。

彼らの意識がヤツに向いているあいだに、小声でバウディにこの場を離れるように伝えた。

素早く杖と鞄を拾い上げたバウディにお姫様抱っこされ、両手で頬を押さえたまま顔を彼の胸に寄せる。

バウディがうまくその場を逃れて、無事に帰宅することができて一安心。

「お嬢、なかなかえげつないことをやるねぇ」

玄関先で私を下ろしながら言った彼に、杖を受け取って肩をすくめる。

「あなただって、ノリノリだったでしょう」

「まぁ、な」

バウディと二人、悪い顔を見合わせた。

幕間　シーランドの罪

――やってしまった。叩《たた》いてしまった。そんなつもりはなかったのに、レイミ・コングレードが俺にひどいことを言うから。咄嗟《とっさ》に。当たってなんかいなかった。手応えなんてほとんどなかった。だけど、吹っ飛んだ。なぜだ。無意識に身体強化してしまったのか。訓練の成果が忠わぬところで。ああどうしよう、母上の耳に入ったら、また……。俺は無能じゃない。なのにどうして、あんな女性を娶《めと》らなくては。俺は悪くない。馬が暴れたなら逃げるものなのに、あんなところで転ぶ人間が悪い。俺はちゃんと馬を操っていたのに――

衆人の非難の視線に晒《さら》されて立ち尽くしていたシーランド・サーシェルは、不意に腕を引かれて驚いて見下ろした。

そこには愛くるしい顔を心配げに曇らせたミュール・ハーティが抱きついている。

「シーランド先輩っ。あんな人のこと、気にしちゃ駄目《だめ》ですよ！　だって、先輩はなにもおかしなこと言ってないもの。貴族の女の子が義足をつけるなんておかしいでしょ？　介助もいらないくせに、あんな風に見た目のいい使用人をわざわざ迎えにこさせるのだって……どう考えても、あの二人、なにかあるって言ってるようなものだもの！」

声高にシーランドを擁護《ようご》する彼女に、強張《こわば》っていた表情を崩した。

こんなに他人の目のあるところなのに、義憤に駆られて自分を庇《かば》ってくれる彼女がキラキラと輝いて見える。

「ミュールは優しいな」

彼女の頬に掛かっていた柔らかな髪を指先ですくい耳に掛けると、くすぐったそうに彼女が笑う。その笑顔に癒やされる。

いままでだってそうだ。辛《つら》い訓練も、理不尽な上下関係にうんざりしたときも、何度も彼女の笑顔に癒やされてきた。

「うふふっ、先輩はやっぱり優しーねっ。あのね、先輩に相談があるんだけど……いまから、すこしいい？」

窺《うかが》うように見上げてくる彼女に頷《うなず》き、促《うなが》されるまま校舎へと戻った。

はじめてきた校舎裏だが、ひらけていて人もなく、丁度《ちょうど》建物で日陰になっていて過ごしやすい場所だった。そこに置いてあるベンチもちゃんと手入れをされていて、この場所に来る人間が少なからずいることがわかる。

そのベンチに並んで座る。

彼女が座る前にハンカチを敷いたのは咄嗟の判断だったが、そんな行動をした自分に内心驚いていた。

「ありがとう、先輩って、本当に理想の騎士様だよね、カッコイイ」

蕩《とろ》けるように笑う彼女に、胸が熱くなる。

彼女はなんの色眼鏡もなく自分を正当に評価してくれる、そして真っ正面から褒めてくれる。彼女の裏表のない正直さに、深く癒やされていた。

「あのね、シーランド先輩」

ベンチに手をついて、こちらに身を乗り出して見上げてくる彼女に、盛大にドギマギする。

制服の襟元の緩み、上気《こ》した頬、よく熟《う》れた果物のようにみずみずしい唇。

風向きの関係か、胸を焦がすような甘い香りが、深緑の匂いを消して鼻先をかすめる。

「先輩にお願いがあるの――」

そうして聞かされたのは、忌《い》まわしきレイミ・コングレードを、この魔法学校から追い出すための計画だった。

「彼女を、階段から……？　いや、さすがにそれは」

「大丈夫っ！　ちょっと落ちてもらうだけだから！　それに、彼女が魔法学校を追い出されて、平民になっちゃえば……シーランド先輩、あの人をお嫁さんにしなくてもよくなる、よね？」

彼女の大きな瞳に見つめられ、胸が高鳴った。

――そうか、あの女を妻にする必要がなくなるのか。

毒を含んだ甘い言葉に、虜《とりこ》になった自覚はあった。

レイミ・コングレードを廃してしまえば、目の前にいる彼女に思いを伝えることができる。

甘い匂いを含むその甘言が、思考を奪う。

「そうだな。いい考えだと、俺も思う。是非《ぜひ》、協力させてくれ」

「やったぁっ！　先輩だーい好きっ」

思わずといったように抱きついてくる彼女を抱きしめ返してから、彼女の勧めに従い、きたるべき明日に備えて帰宅することにした。

＊・＊・＊・・＊・・＊

大きく手を振ってシーランド・サーシェルを見送ったミュールは、すっかり見えなくなってから三秒数えて手を下ろした。

シーランドが座っていた側の木立から、アーリエラ・ブレヒストが疲れた顔で出てくるのを見てミュールが吹き出す。

「ちょっとぉー、アーリエラさんったら、こーんな格好するんだもんっ。笑い堪《こら》えるの大変だったんだよぉ」

ミュールが上体をくの字に倒し、両手を前に突き出して唇をとがらせてみせるのを見て、アーリエラは顔をしかめた。

「仕方がないでしょうっ、距離があったのですからっ」

「うふふっ。レイミに盗《と》られた、最高級の魔法の杖《つえ》があったら、楽勝なのにねー」

元々あまり魔法の才能のないアーリエラを助けてくれるはずだった魔法の杖は、始業式の朝にへまをしてレイミ・コングレードに巻き上げられたまま取り戻《もど》せずにいる。

親に報告していないので新調してもらうこともできずに、いまはなんとかシエラーネを介して入手した、似た形状の市販品を使っていた。勿論《もちろん》、市販品の中ではグレードの高いものではあるが、オーダーメイドのものとの威力の差はいかんともしがたい。

「でも、アーリエラさんの魔法って、どうしてセンサーに反応しないのかなぁ？　やっぱり、フスボス特権なの？」

「そのようなこと、わたくしにわかるはずがないでしょう。それよりも、もうよろしいかしら、家の馬車が待っておりますの」

用が済んだら早々に去ろうとするアーリエラの手首を掴《つか》んで、強引に隣に座らせる。

「そんなに急がなくてもいいじゃない。それにしても、面白いくらい簡単に掛かったわよね？もしかして、アーリエラさんの能力上がったんじゃない？」

ハンカチも敷かずに座ってしまい、気持ち悪そうにもぞもぞとお尻を動かしていたアーリエラは、彼女の言葉を聞くと表情を暗くして顔を逸《そ》らした。

「……どうかしら」

生徒会室で何度も精神魔法を使ったのに、彼らの様子はなにも変わらなかったのだ。シーランドにしたような遠方からの魔法ではなく、接触しての魔法だったのに。

接触しての精神魔法は取り巻きであるシエラーネとリンナ、そして他の生徒には容易《たやす》く掛けることができたのに。生徒会の三役である彼らには、何度やっても効いた気がしない。

それに、どうしても反《そ》りの合わない生徒会長に至っては、すぐに逃げられてしまうから、一度しか試せなかった。その一回も不発のうえに、婚約者以外の男に軽々しく触れるとは公爵令嬢らしからぬ行動だと説教までされた。

本当は、生徒会になど近づきたくもないのに、ミュールの強い勧めに抗《あらが》えずにいる。

何度か話をして、ミュールのほうがゲームの内容に詳《くわ》しく、細部まで覚えていたことと、貴族の世界の常識にあまりにもミュールが疎《うと》く、公爵家の人間であるという肩書きが彼女にはまるで通じないことが、いまの上下関係に繋《つな》がっていた。

ミュールの指示で動いたことによって、精神魔法を得られたというアドバンテージも大きいかもしれない。

「教室に掛けてくれてる、レイミへのヘイトを溜《た》める魔法、地味～に効いてるわよ？　わたしの魔法をすこしでも使ったら、すぐに消えちゃうくらい弱いけどねー。ねぇ、もっと強くできないの？」

「簡単に言いますけど、あれは教室全体に継続して効果を発揮しなければならないから、魔法の構築もあって大変なんですのよ」

ムッとして言い返したアーリエラに、ミュールは肩をすくめる。

「まぁ、アーリエラさんの出番は、本当は、後期からだもんね。調子がでなくても当たり前なのかもしれないよね」

「そうですわ。わたくしの能力は、後期からこそ花開くのです」

言い切ったアーリエラだが、その根拠はどこにもない。強《し》いて言えば、ゲームではそういう流れだった──というくらいだ。

それに、花開くということはイコール悪魔に支配されるということに他ならないのだと、二人共気付いていない。

「だよねー、後期はアーリエラさんの天下だもんねー。アーリエラさんが天下を取るためにも、明日は頑張らなきゃね！」

「わかっておりますわ。わたくしは、あの場に精神魔法を重ね掛けしておきます。あなたも、しっかりと務めを果たしてくださいな」

「もっちろん！　階段落ち、楽しみにしててよねっ」

密談を終えた二人は、時間をずらして校舎裏をあとにした。

終章　退場

制服から運動用の服に着替え、運動前にお庭でティータイムをしながらバウディへの報告タイム。いつもは歩きながらなんだけれど、今日はシーランド・サーシェルの妨害があってできなかったので、お茶をしながらだ。

マーガレット様と確認した教室の違和感、ローディ先生の難癖と、教室の話題で先生が慌《あわ》てていたこと、アーリエラ様が生徒会室に何度も顔を出しているようだということを伝えた。

「それで、お嬢の考えは？」

立って給仕をしてくれながら促《うなが》す彼に、考えを伝える。

「アーリエラ様が精神魔法を使っている可能性と、ミュール様と手を組んだ可能性かしら。でもアーリエラ様の魔法は、生徒会の会長と会計には効いていなかったみたいだわ」

お茶で喉を潤《うるお》している私の前で、彼は考える姿勢になった。

がっしりした体格で体幹がしっかりしていて、まっすぐ立っているだけでもとてもカッコイイ、眼福だわ。

「だが、その精神魔法。本当にそんなものを使っているとしたら、魔法学校の探知に引っかかるんじゃないのか？」

「そうなんだけれど。もしあの場所が、碧霊族《へきれい》の魂がとどまっている場所なら、魔法が感知されないなんて不思議があっても、おかしくはないんじゃないかしら」

解《げ》せぬ、って顔をしないでほしいな。そりゃね、それを証明する方法はないけれど、可能性のひとつくらいにはなるんじゃないかと思うのよ。

「探知されないのは、ミュール嬢の中和魔法でどうにかしている可能性もあるんじゃないのか？　ミュール嬢と公爵令嬢が手を組んだと考えれば」

彼の言葉に、なるほどと納得する。

「でも、そうすると、アーリエラ様の精神魔法も、中和して消すことにならないかしら？」

「そこなんだよな。中和魔法ってのが、どの程度の威力なのか、範囲を決めて使えたりとか、魔法の種類もどれだけあるのかもわからねぇしな」

空を仰《あお》ぐ彼に、追い打ちを掛ける。

「それをいったら、アーリエラ様の精神魔法も、魔法の種類はどれだけで、範囲はどこまででどんな威力があるのかもわからないわ」

考えれば考えるほど、わからないことだらけで嫌になっちゃう。

「でも、どうせ明日で、学校を辞めるのだし、悩むだけ無駄ではないかしら」

なんていう言葉で締めくくって、それ以上彼女たちの魔法について悩むのを打ち切る。

「確かにそうだが、想像して、対策を練ることは有効だぞ。だが、それはそれとして、明日はどうやって、学校を退学するつもりなんだ？」

「最初は、適当に魔法を無断使用して、退学にしてもらおうと思ってたんだけど。今日の感じだと、もしかしたらミュール様が、なにか仕掛けてくるかもしれなくて……」

「車椅子で、階段から落とされるやつか？」

正しくは私がミュール様を突き落とそうとして、逆に私が落ちてしまうってものだけどね。

「もう車椅子には乗っていないから、その手は使えないでしょ？」

「だとすれば、別の方法か」

「たいしたことはやってこないと思うのよね。今日だって、泣いて逃亡するだけだったし」

アーリエラ様の魔法も使って、教室内での私の立場を悪くするつもりだったんだろうけど、明日学校を辞めるつもりの私としてはどうでもいいことなのよね。

「だが、なにがあるかわからないだろう」

「危ないことには近づかないし、ミュール様にもアーリエラ様にも近づかないようにするわ。それにほら、そもそも本当に向こうが仕掛けてくるかどうかもわからないもの。向こうだって平穏無事に学校を卒業したいなら、なにもしないのが一番なんだし」

「平穏無事を願う人間が、精神魔法や中和魔法を使うとでも思っているのか？」

無茶苦茶真っ当な意見ですね、バウディさん。

「ただ、せめて前期だけでも通い通したい、という気持ちは理解できる。顔を見たい友人も、いるだろうしな」

友人なんて――あー、強《し》いていえばマーガレット様かな。彼女とはもっと一緒にいたかったと思う、知れば知るほど面白い人だし。あとは、カレンド先輩にもお礼を言いたいし、ローディ先生にもなにかとお世話になったし。

　あら──思ったよりもずっと、私の学校生活は充実してたのね。

「では、行ってもいいのね？」

「行きたいんだろう？」

　しょうがないなという表情で、彼が諦《あきら》めてくれた。

「最後は有終の美を飾りたいもの、引退は華やかにするものですからね」

　力強く言い切れば、彼は微苦笑を浮かべる。

「やっぱりな。俺のお姫様は、やるといったら聞かないもんな」

「おれの、おひめさま？」

　って……ええぇぇ、と、私？

　外で当てつけのように言われたことは何度かあるけど、こうして面と向かって、なんて。

「顔が赤いぞ」

　イケメン、ひどいっ！　自分がどれだけイケメンなのかわかってるのかーっ！　リップサービスだってのはわかるけれ……えぇと、バウディも顔、赤いわね？

「バウディも、人のこと言えないわよ」

「……口が滑ったんだよ、くそっ」

　赤らめた顔を逸《そ》らし、悪態をつく。

口が滑ったってことはですよ、もしかして、いつも心の中で、私のことを『俺のお姫様』って呼んでたってこと……？　い、い、いやいやいや、まさかね！　まさか、ねっ。

「いいから、今日の訓練はじめるぞっ！」

明らかに照れ隠しの話題転換だけど、仕方ない、ノってあげましょう。

「お手柔らかにお願いしますね」

彼に続いて立ち上がる。

「ああそうだ、ひとつ言っておくが」

「なに？」

不機嫌そうに言った彼が威圧するように、私を見下ろす。

「なにかあったら名を呼べ、必ず助けにいくから」

学校内で呼んだところで彼に聞こえるはずもないのに、安心させようとするその気持ちが嬉《うれ》しい。

「俺が必ず守る、だから心配するな」

真剣な目に射貫《いぬ》かれて、胸が高鳴った。

こ、この人、私の心臓を壊す気かな？

「はい……よろしく、お願いします」

思わず両手で顔を覆《おお》い、なんとかひねり出した言葉に、彼は笑って応えてくれた。

＊・＊・＊・・＊・・＊

今日で前期の最終日。

午前中の授業のあと、講堂で全校生徒揃《そろ》っての集会が終われば、一ヶ月間の夏期休暇に入ることになるのだ。

朝からすこしだけ浮き足立っている雰囲気の教室の片隅《かたすみ》で、静かに本を読む。

さて、このまま何事もなく学校を去ることができるかな。

いやいや、昨日でアレだったんだもの、今日も絶対なにかあるわよね。来るならさっさと来てほしいわ。

来るか来ないかわからないものを待つのって、気持ちが疲れるわよね。

気もそぞろなせいか、なかなか本を読み進められず、諦めて本を閉じたそのとき、するりと撫《な》でるように両肩に手が掛けられた。

その手つきにゾワッとした私の耳元に、明るい声が掛けられた。

「おっはよー、レイミさん。よく今日登校できたね、その根性は素晴らしーぞっ」

低く囁《ささや》くように言われた後半の言葉が恐ろしい。

そして、肩に乗った手がグッと私の肩を掴《つか》み、私の魔力をかき乱すようにしながら乱暴に中和していく。

体内の魔力に干渉されるという気持ち悪い感覚を堪《こら》えて、彼女の手をそっと退《ど》けて肩越しに笑みを向ける。

「おはようございます、ミュール様。明日からの夏期休暇、楽しみですわね」

私の笑顔を見て、彼女は怪訝《けげん》な顔をしたものの、視線を彷徨《さまよ》わせてから気を取り直したようにニッコリと笑った。

「ふぅん、随分余裕があるじゃない。ねぇ、レイミさん、立てないようなら言ってね、車椅子、ちゃぁんと用意してあるからさ」

彼女が言ったように、いつの間にか教室のうしろの壁に、チープな作りの車椅子が置かれていた。

どこから用意したのかしら？　乗り心地、凄《すご》く悪そう。

「必要ありませんわ、義足も杖《つえ》もありますから」

きっぱりと拒否する私に、彼女の目はすこしだけ細まる。

「折角《せっかく》用意したんだからさ、いつでも声掛けてよね、わたしとレイミさんの仲なんだから。身体強化のお上手なレイミさんでも、調子の悪いときもあるでしょうし、ねっ」

ダメ押しのように、肩を叩《たた》いて離れてゆく。

……どんな仲なんだか。

でもこれで、ミュール様がアレを再現したがっていることは確定ね。自前であんな車椅子を用意するくらいだから、よっぽどだ。

それにしても……一度は、私の境遇に同情してくれたのにと、恨めしく思ってしまう。

とはいえ、私は私でゲームに準じて「一抜けた」をするつもりなのだから、とやかく言うことはできないけれど。

ただ、方向性は同じなんだから、無茶なことはやめてほしいと切に願うわけよ。そんな願いも虚《むな》しく、朝っぱらから中和魔法を掛けられたわけなんだけどね。

言いたいことを言って離れ、他の生徒に朗《ほが》らかに挨拶《あいさつ》しながら自分の席についた彼女の背中から視線を外し、抑えていた魔力を循環させようとしたんだけれど、なかなか思うようにいかない。

中和魔法が継続しているのかもしれない。昨日までよりも、中和魔法がしつこくなってるわね……。奥の手を隠していたってことかしら？

まぁいいわ、バウディとの筋トレの成果で、身体強化なしで生活できるようにはなっているわけだし。それに、万が一のために『効いてる』ことにしておいたほうが、隙《すき》を作れるかもしれない。

午前中にある基礎の授業は移動教室がないから、特に問題もなかった。

あるとすれば……このあとの、講堂への移動。そのときこそが、私が退場するあのイベントだから。

だけどそれにノッてやる義理はないので、ちゃっちゃと移動しますよ。

アーリエラ様の薄いノートでは最後に教室を出て、誘い出したヒロインちゃんを階段上から車椅子で体当たりして突き落とそうとする、そのときに彼女の秘められた魔法が覚醒するという流れだけど。

覚醒もなにも、彼女バリバリ中和魔法使ってるし、私も車椅子じゃないし、彼女を傷つけたいほどの恨みもない。

というわけで、さっさと講堂に移動しよう!

「それじゃぁ、時間までに移動しておけよ。荷物は持っていってていいからな」

朝から調子が悪そうだったローディ先生は、最低限の指示を出して教室を出ていった。

先生が出るのと同時に、鞄《かばん》に教科書を詰めて立ち上がる。おっといけない、スタスタ歩いたら私の筋力がバレてしまう。

他の生徒たちはまだ当分移動しそうにない。そりゃそうよね、急げば五分もあればついちゃうし、式の開始時間までは三十分以上あるわけだから。

隣の席の子が怪訝な顔をして、立ち上がった私を見上げる。

「もういかれるの?」

「ええ、今日はすこし調子がよくないので、早めに行動しようと思いまして」

彼女は私の言葉に、不機嫌そうに顔をゆがめた。

「団体行動ができないのでしたら、ミュール様が用意してくださった車椅子を使用なさるべきではありませんの?」

周囲の生徒も同調するように頷《うなず》く。

「そうですわ、折角のご厚意を無下《むげ》にするなんて、あまりにも冷たいんじゃありません？」

うわぁい、なんだかいつにも増して疎外《そがい》感が半端ないわ。

これはあれかな？　仮説を立てていた、アーリエラ様の精神魔法でクラスが汚染されてるってことでいいのかな？

「時間までに移動できれば問題ないので、お手を煩《わずら》わせる必要はありませんわ。では、お先に失礼いたしますね」

彼女たちの言い分をまるっきり無視し、ニッコリ微笑んで杖をついて教室を出る。

ミュール様もこっちを見ていたから、気付かれずに教室を出る作戦は失敗だったけれど、まぁよかろう。この時間なら、まだ誰も移動していないだろうから、身体強化……はまだ使えないんだよね、朝に掛けられた中和魔法のせいで。でも、魔法で強化せずとも筋肉があるから平気よ！

人の気配のない階段を、二階まで下りる。

二階から一階へ行くのに、例の大階段があるんだけれど、無事にここまでは来れた。

余裕綽々《しゃくしゃく》じゃない？

「レイミさんっ！」

大階段までたどり着いてホッとしたとき、ミュール様の鋭い声に足を止めた。

振り向けば、肩に車椅子を担ぎ、階段を下りてくる彼女が……え、ちょ、どんな!?

呆気《あっけ》に取られている私の前で、ガシャンと乱暴な音を立てて彼女が車椅子を下ろした。

「調子が、悪いんでしょっ！　乗りなさいよっ！　じゃないと、選択肢《し》が開かないのよっ」

ぜぇはぁしながら早口で言われた言葉は、後半聞き取れなかったけれど、彼女も身体強化できるようになっていたのね。彼女は教科によって成績の波が激しいから、身体強化はマスターしていないと思ってた。

「車椅子に乗るよりも、ミュール様に背負ってもらったほうが早そうですわね」

ニッコリと微笑《ほほえ》んだ私に、彼女は「はぁっ？」と語尾上がりで顔をゆがめた。

「なんであんたなんか、背負わなきゃなんないのよっ！　いいから乗りなさいよっ」

「必要ありま――きゃぁっ！」

身体強化を掛けた彼女に腕を引かれ、強引に車椅子に座らされる。

あっ！　杖まで蹴《け》り飛ばされて、階段下に落ちたじゃないっ！　最悪っ！　折れてないわよね!?

「よしっ！　選択肢が進んだわ！　やっぱり、車椅子に乗らなきゃ駄目《だめ》だったのよ！」

わけのわからないことを口走りながら、私を強引に車椅子に押しつける彼女の、予想外の力の強さに慄《おのの》く。

「やっ、やめてくださいっ！」

「うるさい。いい加減諦めなよ！　あんたはただの悪役なんだからさ。わたしやアーリエラさんみたいな転生者とは、根本的に違うじゃん！　最初から立場が全然違うの！」

うしろ襟を掴んで私を逃がさないようにしながら、車椅子を大階段に向けて押してゆく。

逃れたいのに、身体強化もできないし、むしろ彼女が身体強化で私を押さえにかかっているから……もしかして、結構ヤバい？

タイヤがゆがんでいるのかガタガタする車椅子を四苦八苦しながら押す彼女を、体で振り返るようにして見上げる。

「私は元々、前期で学校を辞めるつもりなのっ、だから、こんなことをしなくても――」

言い募ると、強い力で頬を平手打ちされた。

いや、あの、身体強化したまま平手打ちって、マジで……あー、口の中切れたわぁ。

思いもよらない彼女の行動に面食らっている私の襟首を前後に揺さぶってから、襟を掴みあげて私を上から覗《のぞ》き込んできた。

「それなら、余計にここから落ちなきゃダメじゃない！　大丈夫よ、ちょっと怪我《けが》するだけなんだから。そもそも、勝手に義足なんか作っちゃってさぁ、退場するつもりなんてないんでしょ。わかってんのよ、だってここを辞めるってことは、貴族じゃなくなるってことでしょ。貴族と平民の差ぁ舐《な》めんなよ？」

元々平民だった彼女がドスを利《き》かせて言うけれど、だから、なによ。

身体強化もなしでここから落ちて『ちょっと』怪我をするだけ？　なにを考えてそんなことを言えるのよ！　なにも考えてないんでしょうがっ。

沸々と怒りがこみ上げてくる。

「舐めてるのはどっちよ？　転生者だからどうの、悪役がどうのって――っ！」

もう一度、同じ頬を張られた。

ないわぁ……かなりガチで、ないわぁ。

でも、本気の身体強化だったら、首がもげてもおかしくはないのに、この程度。やっぱりこの子の身体強化はたいしたことないわね。

とはいえ、ノーガードで食らうのはやっぱりキツい。

「黙りなよ、あんたみたいに中途半端な悪役、ちっともお呼びじゃないのよ。わたしたちの幸せのために、消えてよね」

彼女の両手が車椅子に掛かり、グッと前に押し出される。

もう、駄目…………っ！


――――名を呼べ、必ず助けにいく。最悪のこの状況で、彼の声が脳裏に浮かんだ。

「バウディッ！」


「えーいっ！　いっちゃえー！」

私が叫んだのと、彼女が階段に向けて勢いよく車椅子を押し出したのは同時だった。

階段に投げ出される、絶望的な浮遊感。

一秒が一分にもなる、不思議な感覚だった。

一緒に押し出された車椅子から体が投げ出され、体が無防備に宙を舞う。

そして——

バキィ——という破壊音の直後、強い力が私を攫《さら》った。

墜落の衝撃を身構えていた体は逞《たくま》しい腕に抱えられて、階段下に着地をきめる。

「今度からは、もっと早く呼んでくれ」

私を横抱きにしたバウディが、安堵《あんど》のため息と共に私の肩に額《ひたい》を乗せた。

ドキドキという激しい鼓動は、私のものなのか、彼のものなのかわからない。

「ぜ、善処します」

ショックに震える両手を握りしめて胸に押しつけ、なんでもない顔で言ったのに声が震えてしまった。

「どうしたんだっ！　ミュール嬢、大丈夫かっ！」

大きな声に驚いて階段の上を見上げれば、階段を数段下りた場所で倒れているミュール様をシーランド・サーシェルが抱き起こしていた。

「レイミさんが……っ、突然、わたしのうしろから、車椅子でっ。驚いて転んだら、彼女が落ちてしまってっ。ああっ、わたしっ、なんてことをっ！　私が転ばなければ、彼女は無事だったのに……っ」

綺麗《きれい》に説明してから顔を覆って泣く彼女に、ヤツが荒々しい形相で私を睨《にら》む。

「君はちっとも悪くないじゃないか！　悪いのはレイミ嬢だ！」

いやいや、いまの会話で私が悪いって、どういう理屈よ。

「いや、シーランド、君、もうちょっと冷静に――」

「私は冷静だっ！　レイミ嬢の非道さを、一番知っているのは私だ。そして、誰よりもミュール嬢の正しさを理解している。口を挟まないでくれ」

一緒に行動していたらしい男子生徒の言葉を制してきっぱりと言い放ったヤツに、男子生徒も困惑している。

「シーランド先輩……」

ヤツの腕に抱きしめられていたミュール様が、ポゥッとした顔で彼を見上げている。そして、彼女を見つめるシーランド。

勝手にやってれば？

白けたお陰で、冷静さが戻《もど》ってくる。

「バウディ、このまま帰りましょう。下ろしてもらえるかしら？」

彼の腕から下りて、自力で立つ。まだ魔力が戻らないけれど、バウディが側《そば》にいる心強さのお陰で、もう恐怖はなかった。

これで学校を出てしまえば、面倒とはおさらばよ！

バウディが拾ってくれた杖を受け取り、周囲を見てちょっと驚いた。いつの間にか、生徒が増えている。

そうか、早めに講堂へ移動したのが裏目に出たのか。

「お嬢……空気に嫌な魔力が混じっているそれに、生徒たちの様子も」

バウディに耳打ちされてしっかりと周囲を見れば、私への非難の視線が多いのがわかる。

同じクラスの生徒たちがミュール様を擁護《ようご》し、私を非難する発言をしているのだ。

私に掛けられた中和魔法のせいで、空気の変化はわからないが、異常さは肌で感じ取れた。

「レイミ・コングレード！　君の極悪非道な所業はすべて聞いている！　君への情けで婚約していたが、もう我慢ならん！　婚約は解消し、今後一切の援助を断る！」

演出なのか階段の中程まで下りてきたシーランド・サーシェルが、ミュール様の肩を抱いたまま私に向けて人差し指を突きつけた。

「…………はぁ？」

思わず低い声が出た。

おまえが、学校では婚約者だということを伏せろと言っておきながら、どうして自分で暴露するのかな？　それに、治療費は負担してもらったが、援助なんてしてもらったことなんてないのに、よくもぬけぬけと盛ってくれるな。

腹の奥から、怒りがグツグツと湧《わ》き上がる。

レイミの怒りと、私の怒りが混ざり合い、膨れ上がった。

「お嬢、乗るな」

　バウディが小声で注意してくるが、聞けないな。

「バウディ、邪魔ぁしないでちょうだい、これはあたしに売られた喧嘩《けんか》よ。手ぇ出したら、死ぬまで許さないから」

　怒りのあまり、唇が笑みの形に上がる。

　バチバチと小さな静電気のようなものが私の周りで爆《は》ぜ、魔力が勢いよく体を巡りだした。

　血の巡りもよくなったのか、先程ミュール様に平手打ちされて切れた口の端から血が流れる。

　親指で血を拭《ぬぐ》い、口に溜《た》まっていた血をペッと吐き出す。到底、貴族の令嬢がするような所作ではない。

　全身に強化魔法を掛けて、右手で持った杖で肩を叩きながら、ゆっくりと階段を上っていく私に、非難を囁いていた生徒たちも気圧《けお》されて口を閉ざし、ただバウディだけが影のように付き従っている。

　敢《あ》えて、二人を通り越して二段高い位置まで階段を上がり、そこから斜め下に向けて見下ろして口を開いた。

「ねぇ、さっき、なんて言ったの？」

　シーランドを睨み付けて、久し振りに出す……いや、レイミの体でははじめて出す、ドスの利いた声にヤツの顔が引きつる。

「そ、それが、本性かっ――ぐっ」

　ヤツの喉に、手にしていた杖のグリップを引っかける。

「誰が、勝手に喋《しゃべ》っていいって言った？　そもそも、アンタから学校では声を掛けるなと言っておいて、よくもぬけぬけとあたしに声を掛けられるよねぇ？　どういう神経をしてるのかしら、一回お医者様に診《み》てもらったら？　それから、ミュール・ハーティ、あたしの顔を殴るなんて、洒落《しゃれ》たことして、生きて帰れると思ってないわよね？」

シーランドを睨《ね》めつけていた視線をゆらりと彼女に向ければ、目に見えて顔を引きつらせる。

「ひっ！　あ、あなた、もしかして、転生――」

真《ま》っ青《さお》になった彼女だが、彼女を抱きしめるシーランドの腕が邪魔で逃げ出せないでいる。

口の端に垂れた血を舌先で舐め、にぃっと……若かりし頃、姫夜叉《ひめやしゃ》の二つ名をつけられていた笑みを浮かべる。

昔取った杵柄《きねづか》を、まだ私は忘れていなかったようだ。体に、いや魂に染みついてんだな。

「まだわけのわからないこと言ってんの？　頭の緩いお嬢ちゃん、もう一回生まれ変わったら、すこしはマシになるかしらねぇ？　その前に――ああ、アンタ邪魔だわ、ほら、しっかり強化しなよ？」

左の拳《こぶし》でシーランドの顔面を軽く殴って、その緩んだ腕から小動物のように震えるミュール様を引き剥《は》がしたタイミングで、邪魔なヤツを階段下に思い切り蹴り落とす。

か弱い私に攻撃されるなんて思ってもいなかっただろうに、騎士を目指しているだけあって、ちゃんと強化して落ちていった。ブラボー！

この世界の人間は、本当に便利な体をしてるよね。

すぐ近くで、影のように控《ひか》えていたバウディに押しつけるように杖を預けて、左手でミュール様の襟首を掴み、右手の強化を消してふっくらした彼女の頬を景気よく往復ビンタした。

ミュール様の身体強化はまだまだへなちょこなので、抵抗らしい抵抗もなく、小気味よい音がパァンパァンと頬で鳴る。

「倍返しじゃないだけ、感謝しな」

戦意喪失した彼女を掴んだまま階段を上がり、柱の陰に隠れているアーリエラ様のところへまっすぐに進んだ。

気付いてないとでも思ってたんだろうか？　柱の陰から両手をこっちに突き出して、あからさまに『なにか』やっておきながら。

「あっ、あっ、あのっ、わたくしはっ」

身を縮ませて壁に張り付く彼女の顔の横に、ゴンッと強化した拳をつく。

少々壁に傷がついてしまったが、ご愛敬《あいきょう》だろう。

「ひぃぃっ！」

パラパラと剥がれ落ちる壁の欠片《かけら》を目にして気を失いそうな顔をしてるけど、この程度で寝られるわけにはいかないのよね。

周囲の生徒たちが逃げるように距離を取る中、茫然《ぼうぜん》自失《じしつ》のミュール様の襟首を掴んだままでアーリエラ様の顔に顔を寄せる。

「アーリエラ様、精神魔法、覚えちゃったんだ？」

内緒話をするように囁いた私に、涙目の彼女は小さく頷いた。

「どうやって？」

「ミュ、ミュール様が、ガイドブックで、どうやってアーリエラが精神魔法を習得したか知っていらしたので……っ。禁書庫の奥に隠されていた魔導書を探し出してっ」

あーあ、というため息が出る。

「あんたさぁ、自分が、破滅の道にまっしぐらなの、気付いてないの？」

私の呆《あき》れ声に、大袈裟《おおげさ》なほどビクッと体をすくめた彼女は、本当に気付いてないのかもしれない。それとも、わざと考えないようにしていたのか。

どうして禁じられた書庫に『隠されて』いるのか。そんなことも考えずに、ゲームの知識ってやつを使いたくて、手を出したのか？

本当にそうだとしたら、哀れなほど愚かだわ。

「――気が削《そ》がれたわ。あたしは、ここで退場する。あんたたちは、自分の頭で、この世界でどうやって生きるか、ちゃんと考えてみな」

思わず出てしまった老婆心《ろうばしん》からの言葉だけど、この子たちはちゃんと理解できるだろうか。

ミュール様を掴んでいた手を離してその場に落とし、アーリエラ様に背を向ける。

数歩離れた場所で、見守ってくれていた彼を見上げて微笑む。

「バウディ、行きましょうか」

「仰《おお》せのままに、我が姫」

彼から杖を受け取り、堂々と大階段を下りる。

階段の下のホールには、粉々になった車椅子の残骸と生徒会の面々が立っていた。

シーランド・サーシェルは、生徒会執行部の風紀を担当する面々に押さえつけられている。

筋肉馬鹿だけど、さすがに四人がかりだと勝てないみたいね。

「レイミ嬢」

生徒会長であるカレンド先輩が声を掛けてくる、うしろには第二王子殿下と会計のベルイド様が立っているが、それぞれの表情は険しいものだった。

「お騒がせいたしまして、申し訳ありません。このたびの責は私にあり、償いといたしまして、除籍処分を受け入れる用意があります。このような形で謝罪の意を表すこと、お許しください」

三人を前に淑女《しゅくじょ》の礼をする私に、彼は首を横に振った。

「レイミ嬢、そう急《せ》いてはいけない。とりあえず今日のところはゆっくり休んで、体をいたわってください。学校としての沙汰《さた》は、調査をおこなってから、追ってご連絡差し上げることになると思いますが、ともかくいまはお帰りなさい、講堂で準備をしている先生たちが来ぬうちに」

学校としての沙汰をあとでくれるというが、これだけ騒がせたのだから、退学となるのは間違いないだろう。

いっそ、先生がいてくれたほうが、手っ取り早く済んだのに、と思ってしまう。

「カレンド先輩、いままでのご厚誼《こうぎ》、ありがとうございました。皆様もどうぞご健勝で」

だんだん腫《は》れてきた頬のせいで喋りにくいけど、なんとか最後まで言い切って、バウディと共に魔法学校をあとにした。

＊・＊・＊・・＊・・＊

片頬をパンパンに腫らして学校から帰ってきた私を見て、母は無言で救急箱を出してきてくれた。

家に帰って鏡を見てビックリしたけれど、これのお陰でカレンド先輩が早く帰れと言ってくれたんだろうというのがわかる。これは言うわ、ひどい顔だもの。

それからスゴスゴと部屋に戻って、バウディに手当されているのだけど、無言がいたたまれないときってあるじゃない？

色々やらかしちゃったからなぁ……。いままで我慢してたんだよ、これでもかなり。

でも、あそこまでお膳立てされて、やらなきゃ女が廃《すた》るってもんだからさ、昔取った杵柄で派手にメンチ切ったり、啖呵《たんか》切ったりしちゃったけど――引くわよね、普通は。

魔法学校を退場して気分はスッキリしたけど、思いっきりやらかしちゃって、ちょっと、かなり、凄く、気が重い。

あああぁ……就職してから封印していたのにぃぃぃ。

あの時代が黒い歴史だとは思ってないけど、ほら、ＴＰＯとか、年齢を考えて、とかあるわけじゃない。

だけどいまはそれは置いておいて、敢えて言おう。

「これで、魔法学校を退学っ！　尚且《なおか》つ、念願のシーランド・サーシェルとの婚約も解消！　公爵令嬢やヒロインちゃんとの縁も終了！　万歳っ！」

「お嬢、まだ手当終わってねぇから、あんまり動くな」

万歳しようとしていた私の手を下ろしたバウディは、瓶《びん》からひとすくい取り出した青色のスライム状の物体を手の中で練りはじめた。

そして薄く引き延ばしたそれを、私の腫れている頬に貼り付ける。

「冷たっ」

「そういうもんだ」

冷湿布みたいなものかな？　剥がれ落ちないし、慣れたら気持ちいいわね。

薬効もあるのか、痛みも弱まっている気がする。

救急箱を片付けている彼の横顔を盗み見ていると、蓋《ふた》を閉めた彼の顔が不意に上がって視線がかち合ってしまった。

ベッドの端に座っている私と、治療のために近距離に寄せた椅子に座っている彼。膝《ひざ》が当たりそうな近さだ。

どうにも不機嫌そうな彼が、机に薬箱を置いて真っ正面から私を見た。これは……お説教タイムでもはじまるのかしら？

「お嬢があんなにやっちまったら、俺の立場がねぇだろうがっ」

低く吐き捨てられた彼の悪態に、逃げ腰になった私の手を彼が握る。

ひぇっ！

「逃げるな。いや、逃げないでくれ。怒っているのは、あなたにじゃない」

浮かせたお尻をベッドに戻したのに、彼の手は私の手を掴んだまま離してくれない。そればかりか、もう片方の手まで私の手を握ってきた。

持ち上げた私の手の甲に、彼は懺悔《ざんげ》するように項垂《うなだ》れた額を押し当てる。

「呼ばれるまで待つなんて、悠長なことをした自分に腹が立っているんだ。それだけじゃない。あなたにあんなことまでさせてしまった。権力《ちから》がないことを、今日ほど悔いたことはない――」

本当に、懺悔だぁ。

あのとき、従者である彼が動くわけにはいかなかった。

貴族が占めるあの場で、手を汚すのは私が適任だったし、なにより当事者である私がやらずにどうするよ？

「バウディがさせたんじゃなくて、私がやるべきだからやったのよ。まぁ、少々本性を晒《さら》し過ぎてしまったとは思っているけど……驚いたでしょう？」

バツの悪さに顔を逸らし、彼の反応を窺《うかが》うように尋ねた。

その頬を……冷却剤の貼られていないほうの頬を、彼の手が撫でる。

「正直に言えば――」

私を否定するであろう彼の言葉を、覚悟を決めて待つ。

「――あなたの咳呵に、惚《ほ》れ直したよ」

私の耳に、彼の柔らかな声が……ええと、聞き間違いかしら、惚れ直す――え、惚れっ⁉

驚いて彼のほうを向けば顔のすぐ側に彼の顔があって、思わず飛び退《の》こうとしたのに、膝をつき合わせせている距離がそれをさせない。

「な……っ、ななっ」

顔がこれ以上ないほど熱くなり、言葉がうまく出てこない。

私の顔を見た彼の表情が、緩くとける。

あああああイケメンンン……ッ！

椅子から腰を上げた彼が、彼に見惚《みと》れてフリーズしている私の頬に唇を寄せた。

ほ、ほっ、ほっぺにチュー⁉

「え？　えっ？」

呆然《ぼうぜん》と見上げたすぐそこに、ベッドに片方の膝を乗りあげた彼が私を見下ろしている。

彼の手が私の頬を優しく撫でた。

「とうとう、今日という日を迎えることができましたね。これで――あなたは自由だ」

「そっ、そうねっ」

確認するように言われた言葉に頷くと、彼の目が獰猛《どうもう》に揺れ、獲物を狙う獣のような笑みを浮かべた。

「これで、あなたが傷つけられるのを、指を咥《くわ》えて見ている必要もなくなる。そして、あなたを、私のものにできる――」

狂おしそうに吐き出された言葉が熱い吐息と共に唇に掛かり、呆然と開いていた私の唇に厳《おごそ》かに触れた。

コレデアナタヲワタシノモノニ？

あぁ、脳みそが処理を諦めてる……いやいや、諦めたらそこで試合終了よ！

もう一度近づいてきた唇を、空いているほうの手の指先で止めた。

至近距離で、獰猛な視線が愉快そうに揺れる。

「その前に、大事なことを忘れていないかしら？」

「大事なこと？」

指先が触れたまま喋るからくすぐったいけれど、これを退《ど》かすとまたキスされてしまう。

だからその前に、絶対に確認しなければならないことがある。

「私とレイミ、どっちを求めているの？」

きっぱりと聞けば、彼は指先に小さなキスを繰り返してから、唇の端を引き上げた。

「いまの、あなたがほしい」

「それなら……前にも言ったと思うけれど。私、いつまで、レイミの中にいるのかわからない

のよ？　――明日、消えてしまうかもしれないわ」

自分で言っていて、胸が痛む。

なのにあなたは、その獰猛な顔のまま笑うのね。

「かまわない、あなたがあなたである限り、私は自分勝手にあなたを愛するだけだ」

唇を押さえていた手をそっと除《の》けられ、彼の唇が私の唇を覆った。

自分勝手を自称するだけあって、強引に奪っていった唇。

触れるだけのキスなのに、頭がクラクラしてしまう。

「ほ……んとにっ、勝手だわ……っ」

「これでも、随分自制しているんだがな。今日のところは、傷に免じて――」

魅力的な笑みに抗《あらが》えず、目を閉じて触れるだけのキスを許した。

Mid-Boss Lady wants to enjoy second life. Extra.

中ボス令嬢は、退場後の人生を謳歌する（予定）。番外編

番外編　道草

体力もついて義足にも慣れてきたので、松葉杖《づえ》をもっと使いやすく短く改良してもらうべく、ボンドの工房にお邪魔した帰り道。

いままでは町の中を歩く余裕もなく、レンタル馬車で帰っていたけれど、今日は時間的にも体力的にも余裕があるからということで、ウィンドウショッピングを楽しみながら、ゆっくり徒歩で帰宅することに決めた。

お供のバウディはあまり乗り気ではなかったけれど、そこはそれ、強引にいくことにしましたよ。だって、はじめてのお買い物だもの！

そのつもりでお小遣いも持ってきてるし、あらかじめ母にも伝えてある。

「仕方ねぇなぁ……疲れたら、すぐに教えるんだぞ」

「はーい」

これ以上ないイイお返事をしたのに、彼の顔は渋かった。もしかして、家になにか仕事が残ってるのかと確認したけれど、私の付き添い以上に大事な用事はないと断言されてしまった。

「なら、なんでそんなに嫌そうなのよ」

ボンドがいつもの手際のよさで直してくれた杖を使ってゆっくりと歩きながら、隣を歩く彼を見上げる。

レイミの記憶では、昔は母とバウディの三人でよく町に買い物に出ていたから、買い物自体になにか問題があるとは思えない。

とすると問題は私の体力面かな？　でも、魔法学校に通うようになれば、毎日歩かなきゃならないわけだし、その前哨戦《ぜんしょうせん》ってことで付き合ってもらうわよ。

「それで、どこに行きたいんだ？」

「ケーキを食べたいの。だから、大通りね」

ボンドの工房は、職人の工房が集まる地区にあり、お店が多くある町の中心から離れているので、ここから結構歩かなくてはならない。

いつもは小さな馬車を借りて、中央を迂回《うかい》して行き来しているんだけれど、今日は徒歩で突っ切ることになる。

「活気があって、楽しいわね」

「そうだな。おっと、お嬢、前を見て歩かないと、危ないぞ」

人にぶつかりそうになったところを、彼が腕と腰を引いて避《よ》けてくれる。

周りの人より歩くのが遅いから、ちょっと邪魔になりがちなのが申し訳ない。

杖も、松葉杖よりはずっとコンパクトになって歩きやすいんだけど、こう人が多いと……。

「腕を貸そうか？」

「ええ、是非《ぜひ》！」

彼が申し出てくれた厚意に、すかさず甘える。

体格のいい彼だから、借りた腕もこれ以上なく心強い力強さだ。

それにこうして腕に掴《つか》まっていれば多少よそ見をしながら歩いても、彼がフォローしてくれるから気楽に歩けるのも最高だわ。

露店やお店を冷やかしながら町を歩いていると、みんな器用に道路を横断していて感心する。

車道と歩道の区別はないけれど、馬車や馬に乗ってる人はそれなりにゆっくり走り、人は馬車や馬のタイミングを見計らって自由に左右へ移動しているのよね。

「みんな器用よね、これだけ混んでいるのに、事故もないし」

「…………ああ、そうだな」

歯切れの悪い彼の言葉にハッとする。そっか、レイミは事故に遭ったんだものね。

もしかしたらこの通りで、だったのかもしれないわね――なんて考えていたら、なんだか足が痛いような気がしてきたから、話題転換してしまおう。

「バウディ、ここら辺にお菓子屋はないかしら？　店内で食事できれば最高なんだけど」

「すこし先に、最近できた店がある。割高ではあるが、お菓子も飲み物も好きなだけお代わりできるそうだ」

その言葉に一も二もなくそのお店に決定する。わずかに感じていた痛みも吹っ飛び、先程よりも元気に先を急いだ。

到着したお店は繁盛しているものの、お店に入れる人数を決めているからか、混雑とまではいかない様子だ。

これだけ人気なら行列もできていそうなものだけど、貴族はこういうところに並ばないいんだってさ。予約もできるみたいだし、飛び込みで入るほうが珍しいのかもしれない。

着いたときに、丁度《ちょうど》空きが出たお陰ですんなりお店に入れて超ラッキー！　吹き抜けのある二階建ての建物で、貴族御用達《ごようたし》だからか内装も高級感が漂っていて素敵。プライバシーも配慮され、個々のテーブルも離れていて、さりげなく衝立《ついたて》で区切られているから気楽でもある。

素敵なアンティーク調の二人席に案内され、バウディが引いてくれた椅子に座る。彼も私の前に座ると、可愛《かわい》らしいお仕着せを着た女性がワゴンを押してやってきて、ケーキを吟味《ぎんみ》させてくれた。

二十種類のケーキと五種類のパイ、男性向けと思われるサンドイッチもあった。スコーンもあるので、オーダーすれば焼きたてを持ってきてくれるとのことだ。飲み物は紅茶とコーヒーの二択で、酒類の提供はなし。

私はとりあえずケーキを三種類選んで、紅茶をお願いする。

小さなテーブルに並んだ細工も見事なケーキを見て、思わずため息がこぼれた。

「テーブルでオーダーできるスタイルのケーキバイキング、最高ね！」

そこらのバイキングとはグレードが違うわ！

――ん？　そこらのケーキバイキング……ああっ！　チユキちゃんたちと行くはずだったケーキバイキングッ！　すっごく楽しみにしてたのに、すっかり忘れていたわ。

そういえば……あっちの私、私の体？　ってどうなってるのかしら。

こっちで私がレイミの中にいるように、私の中にレイミが入っていたらいいのに。

そうだとしたら、レイミが仕事に行くことになるのよね……。こっちと同じ状況なら私の知識が残ってるはずだから、なんとかやれるかしら。

レイミにも、バウディのように秘密を共有できる相手ができたりして？　足を失う前のレイミは、ちゃんと貴族のご令嬢をやっていたんだから対人スキルはあるはずだし、きっとなんとかなるはずだわ。

レイミ、どうにか頑張ってね！　私もこっちで頑張るから！

「お嬢？　どうかしたのか？」

レイミに思いを馳《は》せて黙ってしまった私に、彼が心配そうに声を掛けてくる。

「私がこの世界に来る前に、友達とケーキを食べにいく約束をしていたのを、ちょっと思い出しただけ。それにしてもどれも美味《おい》しそうね、どれから食べようかしら。バウディはケーキは食べないの？」

あまりあちらの話をするのは憚《はばか》られたので、さらっと流して彼のお皿を指摘した。

彼の前には、甘くないパイが一切れとコーヒーがある。

「甘過ぎるのは、ちょっとな」

男の人って割とそういう人が多いわよね、甘い物もしょっぱい物も、等しく美味しくいただける自分に感謝だわ。

一番手前の皿を引き寄せ、フォークを入れる。

パリッとした薄いチョコの殻を破り、スポンジとクリームをフォークですくい上げて口に入れると、ビターなチョコが口の中で溶けてスポンジと合わさる、そのえもいわれぬ美味しさに夢心地になる。

目を閉じてゆっくりと咀嚼《そしゃく》して堪能《たんのう》し、口の中が空になってからようやく目を開けた。

「最高……」

うっとりと呟《つぶや》いてしまうくらい、最高に美味しい。――美味し過ぎて、自分の世界に入ってしまったわ。

「随分うまそうだが、口の端にクリームがついてる」

正面の彼が手を伸ばし、ナプキンの端で私の口の端を拭《ぬぐ》ってくれた。

「ありがとう。バウディも食べてみる？　もう、本当に、掛け値なしに美味しいわよ」

真顔で絶賛して、ケーキをすくって彼の前に差し出してみた。

駄目《だめ》なら駄目ですぐ引くつもりだったのに、彼はフォークを差し出した私の手を掴まえて、すくったケーキをパクリと食べてしまった。

「どう？」

間接キスなんて考えもしない彼に指摘するのは負けた気がするからスルーして、彼の薄い反応に味を尋ねれば、彼はおもむろに手を挙げると、給仕の女性を呼び寄せて同じケーキをオーダーした。

美味しいなら美味しいと、ちゃんと言葉にすればいいのに。

「ねっ！　凄《すご》く美味しいでしょうっ。もう最高よね、チョコレートのほろ苦さが絶妙で。本当に、作った人は天才だわ」

「同感だ」

興奮気味に言った私に彼も同意してくれる。

最初の感動が過ぎれば落ち着いて味わうことができ、会話をする余裕も出てきた。新しいケーキを口にするたびに絶賛する私に、彼も表情が柔らかい。

「公爵家でも、ケーキを食べていただろう？　あそこの料理人は、宮廷料理人に引けを取らないと有名だぞ」

ＴＰＯを意識してか、いつもよりも丁寧な口調の彼に問われる。

「公爵家でいただいたときは、緊張で食べた気がしなかったもの。それに、誰と食べるかっていうのも重要だわ」

自分で言っておきながら、うんうんと納得する。

だって、これって実質、バウディとのデートでしょう？　アーリエラ様とのお茶会とは違って当たり前よね。

「それに、このお店のケーキ、本当にどれも美味しいもの！　さて、次はちょっとしょっぱいものを食べようかしら、でもここのパイ、結構大きかったわよね……」

「残したら食べるから、気にせずにオーダーすればいい」

パイでお腹《なか》をいっぱいにするのもなぁ、なんて思っていたら助け船が！

「やだ、バウディ、素敵っ！　カッコイイ！　大好き！　あ、すみませーん、チキンパイをひとつお願いします」

思わず胸の前で手を合わせてバウディを大絶賛して、通りかかった給仕の女性にすかさずオーダーをした。

丁度ワゴンにあるのが品切れで、焼きたてを持ってきてくれることになり、お腹を休めてワクワクしながら待つ。

「……本当に、アンタは……」

疲れたように呟いた彼は、目の前のケーキの端をちまちまと崩している。

「私がどうかした？　あ、もしかして、もうお腹いっぱいだった？　それなら無理しないでいいのよ、パイひとつなら、頑張れば入るから」

最後は最初に食べたチョコレートのケーキで締めたかったけれど、彼に無理をさせるのは忍びないので諦《あきら》めよう。

「そういうことじゃないから、安心してくれ」

ではどういうことなのかと問う前に、待望のパイがやってきた。先に半分に切り分けてバウディに渡してから、焼きたてあつあつのパイをナイフとフォークでいただく。

コレはコレで素晴らしい！　もしかしたら一切れ食べ切れたかもしれない、なんて考えたけれど、冷静にお腹の具合を確認すると、やっぱり半分にしておいて正解だった。

そして意気揚々と、締めに食べると決めていたケーキをオーダーした。

満足感を抱えてお店を出る。

「ああ幸せ！　ごちそうさま、バウディ」

バウディの肘《ひじ》に掴まって歩きながら、ご機嫌な声がこぼれる。

美味しいケーキに、美味しいお茶、そしてバウディが一緒に楽しんでくれる、これぞ幸せだ。

「お嬢が望むなら、毎日でも連れてきてやるよ」

しれっとした顔で、すぐ私を甘やかす彼に笑ってしまう。

お会計も結局彼がしてくれた。

ちゃんとお小遣いも持ってきてたのに、頑として譲らない彼に支払いを譲ってあげたのよね。

お会計でもたつくのって嫌だし、どうしても割り勘にするなら家に帰ってからでもいいわけだから。

「バウディは本当に、レイミに甘いわよね」

彼を見上げてからかうように言えば、彼はすこし考えてから首を横に振る。

「あなただから言ったんだ。ずっと頑張ってるあなただから、甘やかしたくなる」

「……ふーん？」

確かに頑張ってはいるけれど、全部自分のためなんだからなんだか納得がいかなくて、歯切れの悪い私に、彼は苦笑いする。

「私はあなたが思ってるよりもずっと、あなたのことを気に入ってますよ」

そりゃ、彼が私のことを気に入ってくれているのはわかっているつもりだけれど、私が思ってるよりもずっとっていうのは言い過ぎじゃないかしら？

疑いの目を向けた私の額《ひたい》を、彼は人差し指でつつく。

「さぁ、しっかり栄養補給して休んだんですから、頑張って歩きましょう。疲れたら教えてください、抱きかかえて差し上げますから」

「だ……っ！　大丈夫よ、安心して！　ちゃんと歩けるからっ」

本当に抱き上げて帰りかねない彼だから、丁重にお断りして頑張って歩き通した。

家に着いたときは息も絶え絶えな私に、途中で何度も抱き上げることを提案して私に断られることを繰り返した彼が、納得した顔を向けた。

「あなたは頑張り屋というより、負けず嫌いなんですね」

ええ、ええそうですとも！　息が上がってなければ、言い返すのにねっ！

あとがき

はじめましての方も、お久し振りの方も！　こんにちは、こるですっ！

この度は『中ボス令嬢は、退場後の人生を謳歌する（予定）。』をお手にとっていただき、誠にありがとうございます！　当作品はネット上で連載していたものをガッツリ改稿して番外編を追加した書籍版で、ＷＥＢで既読の方にも楽しんでいただける内容になったのではないかと思っております。


久し振りにあとがきが三ページもあって、なにを書いたらいいのか迷うところではありますが、まずはこの作品ができた経緯をご説明させていただきますね。

この作品は前作『ひたむき姫のひみつの恋』を出した時にいただいたファンレターにあった、「悪女ものが読んでみたい」というリクエストをきっかけに生まれた物語でした。悪女とはなんだろう？　巷《ちまた》にある悪女って、なんだか私が書きたいイメージじゃないんだよな。悪い女？　悪い……性格？　口調？　素行――そうか！　特攻服着て単車《バイク》乗り回して、拳を血に染めている、レディースの特攻隊長（※妄想）だ！

というわけで、麗美華ができあがりました。

そしてその麗美華を、過去に手詰まりになっていた、片足を失って失意の底に沈む少女の話（明るくしようにも暗すぎてにっちもさっちもいかなかった）に投入してみたら思いのほか相性がよく、くるくると物語が動き出してこうして形になりました。

当初の目標である『悪女』とはちょっと別方向に突っ走ってしまいましたが、これはこれで味があるってことで、楽しんでもらえれば勝利です。

今回、素敵なイラストを付けてくださったShabon先生！　本当にありがとうございました！　勝ち気なレイミにパワフルなバウディ。正統派お嬢様のアーリエラに、ヤバめなヒロインちゃんことミュール。表紙イラストから個性がにじみ出ていて素晴らしいです。ピンナップは巻末にある番外編のおデートのワンシーンで、こちらもちょい照れのレイミが可愛らしく！　そしてイチオシは、挿絵のレイミの退場シーンですよ！　煽ってる顔が最高オブ最高。ありがとうございます（五体投地）。

私は自分の作品のキャラをぼんやりとしかイメージできないので、こうして具現化してくださるイラストレーター様の卓越した能力に、いつも感動しております。

私事になりますが、我が家に猫が増えました。四匹目。表紙裏のプロフィールの写真の仔猫です。名前は『よも』。シュッとした尻尾が凛々しい、オスの黒猫です。

今回保護した猫は、へその緒つきで目も開いておらず……一時間おきのミルクに、排泄も補助せねば出せぬという幼子。成長が早いのがせめてもの救いでした、成長するのが早いか、私の体力が尽きるのが先かという（あながちウソじゃない）。

そうして手塩に掛けて育てたお陰で、すっかり人間にべったりに育ってしまいました。他の猫は保護時点で離乳済みだったので、奴らは結構自立してたんだなと実感。面よもは仔猫ながら、先輩猫のとら次郎に果敢に喧嘩を売りに行く無鉄砲な奴で。面倒見のいいとら次郎との格闘のお陰で、甘噛みを覚え、爪を出さずに肉球パンチをするのを覚えてくれました。とら次郎（教育係）がいてくれて、本当によかった！

一番年長で警戒心の強い姉弟猫は、仔猫に対して基本的には我関せず。たまに顔を合わせるとフーシャー言っています。本当に大人げない。


最後になりましたが、Shabon 先生をはじめ、いつもとてもお世話になっている担当様、素敵な装丁にしてくださるデザイナー様、印刷所様、出版社様他携わってくださった皆様、本当にありがとうございます！　多くの方々の能力の集結がこの一冊の本で、そして、この本を最後に完成させるのは、『読んで』くださる皆様です。

読まれてこそ、本が本として完成するのだと思います。

多くの本の中から、この本を手にしていただき本当にありがとうございました。

IRIS ICHIJINSHA

中《ちゅう》ボス令嬢《れいじょう》は、退場後《たいじょうご》の人生《じんせい》を謳歌《おうか》する(予定《よてい》)。

2022年2月1日　初版発行

初出……「中ボス令嬢は、退場後の人生を謳歌する
小説投稿サイト「小説家になろう」で掲載

著　者■こる

発行者■野内雅宏

発行所■株式会社一迅社
〒160-0022
東京都新宿区新宿3-1-13
京王新宿追分ビル5F
電話03-5312-7432(編集)
電話03-5312-6150(販売)

発売元：株式会社講談社
(講談社・一迅社)

印刷所・製本■大日本印刷株式会社

ＤＴＰ■株式会社三協美術

装　幀■今村奈緒美

ISBN978-4-7580-9432-0

この本を読んでのご意見
ご感想などをお寄せください。

おたよりの宛て先

〒160-0022
東京都新宿区新宿3-1-13
京王新宿追分ビル5F
株式会社一迅社　ノベル編集部
こる 先生・Shabon《シャボン》 先生